夜行人

YE
XING
REN

壹

默媛静／著

新华出版社

图书在版编目（CIP）数据

夜行人. 一 / 默媛静著. -- 北京 : 新华出版社, 2017.3
ISBN 978-7-5166-3154-6

Ⅰ. ①夜…　Ⅱ. ①默…　Ⅲ. ①长篇小说－中国－当代　Ⅳ. ①I247.5

中国版本图书馆CIP数据核字(2017)第063491号

夜行人. 一

作　　者：默媛静	
责任编辑：雏　悦	**责任印制：**廖成华
特约编辑：李文孝	**封面设计：**臻美书装

出版发行：新华出版社

地　　址：北京石景山区京原路8号　　　**邮　　编：**100040

网　　址：http://www.xinhuapub.com

经　　销：新华书店、新华出版社天猫旗舰店、京东旗舰店及各大网店

购书热线：010－63077122　　　**中国新闻书店购书热线：**010－63072012

照　　排：臻美书装

印　　刷：北京明恒达印务有限公司

成品尺寸：145mm×210mm

印　　张：10.125　　　　　　　**字　　数：**210千字

版　　次：2017年6月第一版　　　**印　　次：**2017年6月第一次印刷

书　　号：ISBN 978-7-5166-3154-6

定　　价：36.00元

目录
CONTENTS

第一章 过去

红砖旧楼，大雨倾盆。

铁架楼梯上传来刺耳的"当当"声，伴随着雨声，听得人心里烦躁。唐明轩踩着湿漉漉的阶梯，皮鞋已经被水彻底打湿。唐明轩走上三楼，数着门牌号走到一扇淡蓝色防盗门前，先是轻轻地敲了三下门，等了一会儿没有人开门，又敲了两下依旧没人。唐明轩把雨伞靠在墙边，从西装内兜里掏出手机，在通话记录中找到柯媛的电话号码拨了过去。几秒钟之后，隔着防盗门音乐听到屋里手机铃声响起。唐明轩边继续敲着门边打着电话，许久房门才被打开。

柯媛衣衫不整、头发凌乱地站在唐明轩面前，看到是唐明轩，柯媛顿时愣住。回过神来时迅速跑回屋内，连房门都忘了关，快步跑回卧室。唐明轩拿起雨伞，先进了门。

柯媛在卧室里边换着衣服边喊着："下这么大雨，你怎么来了？也不提前打个电话。"

唐明轩甩着西装上的水，站在客厅里环顾着四周不知道该放在哪里："你看看你的电话，我都已经打爆了。"

柯媛边扎着头发边从卧室里走出来，走到茶几边拿起茶几上的手机，打开看了一眼，上面全是唐明轩打来的电话和发来的信息，略显尴尬："喝点什么？"

唐明轩环顾着屋子的四周，心不在焉："不用了。"

"你找什么？"柯媛看出唐明轩像是在找什么东西。

"椅子。"

柯媛诧异："干吗？"

唐明轩指了指自己的裤子，柯媛顺着他的手望去，只见裤腿已经湿了一大片。柯媛指了指茶几旁边的小沙发："哪来的那么多事儿，就坐这儿吧。"

唐明轩愣了一下坐在沙发上。

柯媛打开冰箱，从冰箱里拿出两瓶维 C 饮料："找我有事儿？"

唐明轩接过柯媛递过来的饮料："江东厂的客户着急要策划表……"

"不是说周三才要吗？"柯媛拧着瓶盖，愣了一下，"我还没做。今天你们家那位脾气那么大，一天都在写方案。"

想到白天会议室的情景，唐明轩脸色略显尴尬："对不起啊。"

"对不起什么？这又不是你的错，本来就是我们没有把工作做好，瑶瑶说得一点也没错，我们根本就没有用心做，也难怪她生气。"

唐明轩不说话。

柯媛想到了什么："你等我一下。"说完起身走进卧室，抱着笔记本电脑走出来，径直走到茶几前，坐在地上。

"你干吗？"

"做策划表啊。我记得之前有给别的厂做的策划表副本，直接在上面修改一版就行。"

"能行吗？"

"没问题。你坐一会儿。"

柯媛认真起来，眼睛一直盯着电脑屏幕，手指开始敲击键盘。

长方形的红木桌上，三盏蜡烛被点燃，解玮瑶放下打火机转身走进厨房，从厨房里端出两个盘子，分别放在桌子的两侧。这时，客厅里传来落地大钟的声音，解玮瑶拿起桌子上的手机，已经十一点。又看了一眼窗外，玻璃上已经满是雨珠，窗外的灯光模糊一片。

柯媛手指在电脑感应器上轻轻一点："OK，好了！"

唐明轩睁开眼睛，看到柯媛把 U 盘从电脑上拔下来，忙从沙发上坐起来："对不起，睡着了。"

柯媛把 U 盘递到他面前："做好了。"

唐明轩接过 U 盘，站起来。柯媛盖上电脑，也从地上站起来，走到饮水机前接水："公司给了你多少钱，这么拼命？下这么大雨就为了一份报告表格。"

唐明轩把 U 盘放进西装的内口袋里："老板吩咐了，能不做？"

"老板让你跳楼你也跳？"

"瑶瑶一个人支撑这么大一家公司，我不帮她还能有谁帮她？"

"这倒也是。"

"我走了，你早点休息。"

柯媛点了点头，看了一眼窗外，叫住唐明轩："你拿把伞吧。"

"好像不下了。"唐明轩看了一眼窗外。

柯媛从电视柜下面拿出一把白色的雨伞递给唐明轩："还是拿着吧。从这儿到你们家很远，万一再下起来呢。"

"谢谢。"

屋外的雨已经见小，唐明轩撑着雨伞走到停车场。雨水滴在雨伞上，雨滴敲击雨伞的声音充斥着唐明轩的耳朵。不知是刚才靠在沙发上睡觉的原因还是忙碌了一天已经疲累，太阳穴部位的血管绷得厉害，脑袋就像是快要炸开一样地生疼。此时，充斥在耳边的声音，听得唐明轩心里更加烦躁。唐明轩坐在车上，没有发动车子，而是在座位上靠着椅背坐了一会儿才发动引擎，开出停车场。

雨刷来回地在玻璃上摆动着，眼前的玻璃被雨滴打湿很快又被擦掉，就这样来来回回不知多久。唐明轩专注地开着车，虽然头疼得厉害但依旧坚持着。倒车镜里，霓虹灯向后远去，淅淅沥沥的雨滴滴在车窗上。迎面一辆开着远光灯的车开过来，灯光刺眼，让唐明轩的头更疼得厉害。

窗外的雨已经停了，唐明轩打开房门，客厅里只亮着灯带。解玮瑶躺在沙发上已经睡着，大钟上的指针也逐渐接近十二点半。唐明轩走到解玮瑶身边，摸了摸解玮瑶的手，冰凉的手像冰块一样穿透唐明轩的手心。

唐明轩把解玮瑶放在床上，盖好被子直起身刚要走，突然解玮瑶抓住唐明轩的手。唐明轩低头看着解玮瑶从床上坐起来，没有扶她。

　　"你很不想回这个家吗？"解玮瑶松开唐明轩的手，坐直身子靠在床头上。

　　唐明轩没有说话。

　　"我问你话呢！"

　　"瑶瑶，我最近太累了。我们……"

　　"你为什么不碰我？"

　　唐明轩低头看着解玮瑶，解玮瑶抬头盯着唐明轩。

　　"我就那么让你厌恶吗？"

　　"瑶瑶，你能别这样子好吗？"唐明轩的语气里满是疲惫。在这个问题上解玮瑶已经跟他争吵过很多次。连他也不明白是从什么时候开始，解玮瑶像变了一个人似的，没有原来的温柔和体贴，更多的是猜疑和无理取闹，在唐明轩看来解玮瑶所做的任何事都是无理取闹。"瑶瑶，我已经很累了，头也疼得厉害，我不想跟你吵，也请你为我考虑一下。"

　　"我哪一件事没有为你想？"解玮瑶突然从床上跳下来，"从你进公司，我做的哪一件事不是为你铺路，我把最好的项目给你做，把最好的资源给你用。你还不满足，我为了你，把原来的总监赶走了，你还有什么不满足的？！"

　　"因为你从骨子里就看不起我，"唐明轩强忍着头痛，"我承认，我唐明轩就是靠你上位的。你做得很好，是我不好，可以了吧！"

"咚"的一声，唐明轩摔门而去，独留解玮瑶一个人光脚站在原地，身子不停地发着抖，眼神只盯着卧室紧闭的房门，双手垂在身体两侧，攥得更紧，再用力指甲都要嵌进肉里了。

　　这一晚，唐明轩和解玮瑶两个人背对背侧身躺着，安静得只能听到放在床头柜上手表指针的"嚓嚓"声，一夜未眠。

　　柯媛和解玮瑶从电梯里走出来。

　　"又失眠啦？"柯媛指着解玮瑶憔悴的脸色。

　　"有点儿。"解玮瑶想起了什么，从背包里拿出一把白色的雨伞。柯媛一看就认出了这是昨晚借给唐明轩的雨伞。"这个，给你。"

　　柯媛接过雨伞："别误会啊，他只是有工作找我。昨晚下那么大的雨，所以才给他……"

　　"你们俩之间有需要我误会的吗？"

　　"你以为西湖借伞呢。"

　　解玮瑶笑了笑，或许是因为失眠导致的精神很差，解玮瑶的笑容看起来是那么地勉强。

　　栗子瑶看着解玮瑶走进办公室，拦住刚走进格子间的柯媛："气还没消呢？"

　　"谁？"柯媛问。

　　栗子瑶轻轻抬了抬下巴，指向解玮瑶的办公室。

　　"没有。怎么会。"

　　"她不会是因为你跟唐明轩走得太近，所以……"

　　"我跟他就是为了工作。干活不在一起嘀咕，难道还要隔山隔水。"

柯媛这句话刚说完，栗子瑶就看到唐明轩走过来，便对柯媛使了一个眼色。柯媛看到唐明轩："站住！"

柯媛这一声喊，响彻整间办公室，已经走进办公室的其他员工都看向柯媛。唐明轩正要往前再走近一步，刚迈出脚就被柯媛那一声喊叫喝住："怎么了？地雷啊。"

"天雷，轰死你。"

唐明轩没有理会，继续往前走："谈工作……"

"站着！"柯媛抬起手指着唐明轩的脚，"刚刚法庭已发布禁止令，禁止你进入我的视线范围300米。"

"什么法庭？"

"柯媛法庭。"

唐明轩站在原地，把手里的几张纸举在半空，对着柯媛："你的工作表。"

柯媛站在原地也不动，给栗子瑶使了个眼色。栗子瑶明白，走到唐明轩跟前，接过了工作表。

栗子瑶刚把工作表交给柯媛，解玮瑶走进格子间，在她的身后跟着一个西装笔挺的男人，看起来二十七八岁的样子，脸部轮廓棱角分明。栗子瑶的眼睛一直盯着他，没有离开过，直到他站在唐明轩跟前。

"大家停一下，"解玮瑶向众人开始介绍，"这位是新来的同事，陈绍洋。柯媛，你来带一下，尽快把业务熟悉起来。"

"好。"

解玮瑶转身："这三个月就让柯媛带你，有什么问题直接找她就行了。"

陈绍洋看向柯媛，微微一笑："辛苦了。"转而侧头看向唐明轩，和唐明轩对视一眼，微微点了点头。

唐明轩绅士般地回礼："欢迎。"说着，把手伸到身前。

"以后……"陈绍洋握住唐明轩的手，"请多关照。"

陈绍洋紧紧地盯着唐明轩，仿佛要把他看穿一样。柯媛看着眼前的两个男人，心里顿生一种不安。

"子瑶，给陈绍洋安排一个座位。"解玮瑶说完转对柯媛，"你来一下。"

柯媛跟着解玮瑶走出格子间，唐明轩对陈绍洋点了点头也走了出去。栗子瑶走到陈绍洋跟前："你跟我来吧。先去人事部办一下手续。"

栗子瑶从陈绍洋身边走过，走出格子间，陈绍洋向格子间的众人微微一躬身子，转身跟了出去。

"很意外吧。"陈绍洋突然开口。

栗子瑶径直往前走："什么？"

"没想到我会回来。"

栗子瑶突然站住脚，陈绍洋一时间没有收住，差点撞在栗子瑶的身上。还好身手快，立刻站住了。这时，栗子瑶忽然转身，和陈绍洋面对面贴得极近，两个人顿时都愣住。

栗子瑶向后退了一步，心跳加速让她脸色变得通红，立刻稍微稳定心神："是挺意外的，那又怎么样？"

陈绍洋往前迈了一步，正好又跟栗子瑶的脸贴上："脸红什么？"

栗子瑶急忙转身："赶紧走吧。"

陈绍洋看着栗子瑶的背影，露出一抹浅笑。

"我是组长？那……"柯媛一脸的难以置信。

解玮瑶顺手拿起旁边的文件夹："下午开会我会宣布你是这个案子的组长，栗子瑶配合你的工作。至于明轩那边，你不用再管了，专心做好这个案子。这是我们的新领域，将来会是很大的一块市场，我希望有个人来专门负责。"

"可是，唐组……"

"陈绍洋会加入到他那边，你就不用担心了。"

柯媛看出解玮瑶似乎已经有了决定，没有再多想。认识解玮瑶这么多年，柯媛非常清楚她想要什么，这也正是为什么喜欢跟着解玮瑶做事情的原因，她那种果断的个性也影响着柯媛，做起事来很痛快，而这也正是柯媛本身的个性，所以两人才这么投缘并成为无话不说的好朋友。

栗子瑶端着水杯靠在柜子前，柯媛从包装盒里拿出一包绿茶。栗子瑶看着柯媛："她那是什么意思？"

柯媛弯腰在饮水机前接着热水："什么什么意思？"

"别装傻！"

柯媛接好水走到栗子瑶跟前："通知的意思。"

栗子瑶摇着头："我看不像，她是不是察觉到了什么？"

"别绕弯子，有话直说。"

栗子瑶站直身子，一本正经地看着柯媛："唐明轩。"

"我跟他之间什么事都没有，别没事找事啊。"

"光你说没事就叫没事啦，得看当事人怎么说。"

"栗子瑶！"

栗子瑶被柯媛这一声喊吓得一哆嗦："吓死我了，我什么都没说，你至于这么大反应嘛！"边说着边拍着胸口。

"柯媛。"不知何时唐明轩已经站在两个人身后，听到声音两个人一起回头，脸上都是惊讶。因为不知道唐明轩有没有听到刚才的对话，栗子瑶和柯媛都相互看了一眼。

"你什么时候站在我们身后的？"柯媛问。

唐明轩还没开口，栗子瑶识趣地抢先道："得，说曹操曹操到，你们聊吧。"说完，意味深长地看了一眼唐明轩，走出了茶水间。

"找我有事？"柯媛双手抱着杯子。

唐明轩叹了口气："你别怪她，她可能最近压力太大，所以才……"

"我要怪谁？"

"我知道瑶瑶不让你再跟我的项目，所以来……"

柯媛长叹一口气："我还以为什么事，你误会了。"

唐明轩惊讶。

"瑶瑶是不让我再跟你的项目，并不是因为生气，而是她把一个新的项目给了我。这个是她前些日子谈下的大单子，之后可能会成为公司的重要代理领域，所以让我负责这个案子。你想多了。"

听到柯媛这么说，唐明轩板着的脸终于有些缓和："那就好。"

柯媛诧异地看着唐明轩："瑶瑶没跟你说吗？"

唐明轩摇了摇头。

柯媛突然想起解玮瑶已经好几天没有理过唐明轩了，公司的员工也一直在对他们之间的关系议论纷纷。茶水间里安静了几秒钟，柯媛开了口："你跟瑶瑶之间没出什么事吧？"

唐明轩没有回答："她最近总失眠，情绪不太好。"

"那你更应该多关心她，她不理你，你想办法哄她啊。这个时候不展现你的浪漫什么时候展现。"

"所以我打算带她出去散散心。"

柯媛放心："这就对了。你们去吧，公司有我呢。"

唐明轩深情地看着柯媛，内心由衷地感谢身边还有柯媛这样的朋友，在自己最疲累的时候能够给自己精神上的支持。

雨后的安仁镇地面湿润，唐明轩牵着解玮瑶的手穿梭在巷子里。唐明轩的脸上始终露着轻松的微笑，解玮瑶看着这时的唐明轩，也露出勉强的笑容。夜幕逐渐降临，唐明轩拉着解玮瑶的手走进一家老公馆。唐明轩站在柜台前办理着入住手续，解玮瑶坐在椅子上翻着唐明轩的手机，看着白天拍的照片，脸上不由自主地浮现出了久违的笑容。柜台前，唐明轩在等着服务员办理手续时，无意间看到解玮瑶的笑容，也松了一口气。

解玮瑶坐在床上，突然开口："这里环境还不错。"

唐明轩边收拾着行李边抬头看向解玮瑶，微笑着："走了一天累了吧？"

解玮瑶躺在床上，打了个哈欠："有点儿。"

唐明轩打开背包，从里面拿出衣服和洗漱用品，又在背包里翻了翻，像是在找什么东西。解玮瑶侧头看到唐明轩的样子，坐起身："怎么了？"

"好像没带毛巾。"抬手看了一眼手表，"还不到九点，店铺应该还没关门，我去给你买条毛巾。"

解玮瑶拖着疲累的语气："算了。"

"不行，你不习惯用酒店的毛巾。刚刚过来的时候我看到有小超市什么的，我去给你买一条，很快就回来。你要是累了就先眯一会儿。"

解玮瑶没再阻拦，看着唐明轩换鞋，拿钱包，走出房间。解玮瑶一个人在房间里，环视了一圈房间，左手在右胳膊上搓了搓，把被子翻开一脚搭在身上，斜着躺倒在床上。

唐明轩手里提着一个塑料袋从小超市里走出来。白天熙攘的街道人群已经散去，店铺也陆陆续续相继关门。唐明轩快步地往回走，快速地从昏黄的路灯下走过。唐明轩转过最后一个巷口，老公馆就在眼前，小跑了几步走了进去。巷口的路灯下，一个黑影站在路灯下，注视着唐明轩走进了老公馆。

窗外的月光透过窗帘的缝隙照进屋子，照在墙上的挂钟上，隐约可以看到已经是半夜两三点钟的样子。窗帘微微飘动，解玮瑶瑟缩着躺在床上，双手交叉抱在胸前，双腿蜷缩着。

挂钟的秒针一针一针地跳动着，解玮瑶感觉到越来越冷，干脆坐起身，盯着房间看了一会儿，伸手开灯。手指在床头的开关上连续按了几次，房间依旧是漆黑。解玮瑶摸了摸唐明轩那边，没有人。只好下床蹭到桌子前，拿起手机打开闪光灯，先看了一眼床上。唐明轩那一侧的被子掀开着，由于太累洗完澡就沉沉地睡去，好久没有这样安心地睡觉，解玮瑶完全没有意识到唐明轩起来。

冷风从窗户外吹进来，解玮瑶没有多想，走到窗前关上窗户后，再次尝试着开灯，房灯还是没有亮才确定停电了。有些不知所措，解玮瑶举着手机把房间都照了一遍，向门口走去。

走廊里也是漆黑一片，死一般的寂静。解玮瑶举着手机走出房门，长长的走廊只有解玮瑶身前的一点亮光，身前和身后都是漆黑一片，解玮瑶不敢回头，又找不到方向，只能硬着头皮往前走。她想喊唐明轩，又担心吵到其他的房客。

不知不觉，解玮瑶已经走到楼梯边，只顾着回头张望没有注意到脚下的台阶，一下踩空，眼看着就要摔下楼梯时，一只手突然从身后把解玮瑶拽住。

站稳后的解玮瑶还没有从刚才的惊慌中回过神来，抬头看到是唐明轩，不免埋怨道："你去哪儿了？"

"没电了，我去看看怎么回事。"唐明轩语气冰冷。

"回去吧。"说完，从唐明轩的身边擦过，向房间的方向走去。

唐明轩先是站在原地盯着解玮瑶看了一会儿，才跟上她的脚步，拉起了解玮瑶的手。

走进房间，解玮瑶再次试了试开关，房灯仍旧没有任何反应。

"估计是电缆出问题了。"唐明轩反手关上房门。

解玮瑶坐在沙发上，借着手机微弱的灯光捋了捋头发。唐明轩走到解玮瑶跟前蹲下身，抓着解玮瑶的手反复地抚摸着。解玮瑶不说话，就这样看着唐明轩，两个人都沉默着。许久，解玮瑶才开口："明轩，我害怕！"

唐明轩抬着头，桌子上手机的闪光灯照在解玮瑶的脸上。从解玮瑶的眼神中，唐明轩看到了惊慌，一种他从未在她的眼睛里看到过的状态。唐明轩把解玮瑶抱在怀里，在头上轻轻亲吻，安抚着。

公交车进站，柯媛从车后门走下来。走出站台 100 米就是柯媛租住的房子，和往常一样柯媛戴着耳机边听歌边往前走着。耳朵里回荡着舒缓的音乐，柯媛哼唱着继续往小区的方向走，没有注意到身后才有一个人紧紧地跟着自己。直到快走到单元楼门口时，柯媛摘掉耳机后听到身后的脚步声。一开始没有太在意，以为是同小区的住户，渐渐地发现脚步声一直跟着自己。

柯媛没有加快脚步，而是突然站住脚在原地站了一会儿，她发现身后的脚步声也随着自己停止而消失。就这样，又走走停停了两次，柯媛深知自己被人跟踪，于是加快了脚步，怎料跟踪的人也同时加快了脚步。柯媛的心跳得越来越快，为了尽快摆脱对方，柯媛干脆跑了起来。

"当当当"，柯媛跑上铁质的楼梯，后面紧跟着也传来"当当当"的声音，与柯媛跑楼梯的脚步声重叠着。柯媛不敢停步，即使高跟鞋已经开始磨脚也要费力地向上跑着。突然，一只手从身后拉着柯媛的胳膊，惊吓中柯媛尖叫一声，吓得对方立刻松开手。柯媛继续叫着，只听耳边频繁传来一个熟悉的声音："别叫，别叫……"

柯媛这才看清来人是唐明轩，拍着心口，心跳得厉害，连说话都气短："你吓死我了，连句话也不说！"

"我叫你了，你戴着耳机没听见。"

柯媛还没从刚才的惊慌中缓过来："那你可以再多叫我几声啊。看见我摘了耳机还不出声。"

"对不起，大小姐。"

"你们回来啦。"

"废话，不回来你能看见我。"

稳定心神后，柯媛转身继续上楼："找我有事吗？"

唐明轩跟在柯媛身后："没什么事，给你送点儿东西。"

"什么东西这么金贵，非得今晚送过来，明天也可以啊。"

"瑶瑶今天让我一定要给你送过来。"

柯媛从背包里拿出钥匙："替我谢谢她。"

"给你。"唐明轩递上纸袋。

柯媛接过打开，从里面拿出一张老碟片："哇，老古董啊。可是我没有留声机，只能成为摆设了，也不错。"

"东西送到，我先走了。"

柯媛没有留唐明轩，目送他离开。

第二章　解脱

　　柯媛敲响唐明轩办公室的门，唐明轩眼睛盯着电脑，手指在键盘上不停地敲着，眼睛偶尔看一眼手边的文件夹，又继续开始工作。忽然听到有人敲门，便说道："请进。"

　　房门被推开，唐明轩看着柯媛走进来，停下手里的工作："找我有事儿？"

　　柯媛边走着边把手里的策划书举在身前，做出要递给唐明轩的姿势："这个。"说着，已经走到唐明轩的办公桌前，"刚刚陈绍洋找我，说这个案子现在我来接手，去上海出差要我跟你一起去。那边的事情早已经不是我负责了，怎么又……"

　　"绍洋对上海代理公司那边不熟悉，这个案子本来就是你负责的，还是你跟我去比较合适。而且上海那边的客户对你也熟悉，突然去一个生面孔，我担心他们会有想法。"

　　"瑶瑶知道吗？"

　　"我还没来得及告诉她。她最近身体也不好，有些事情我也不想让她操心。"

"既然这样，那你也别去了，我和绍洋去。对方也不至于就因为一个生面孔而对约定好的事情反悔吧。"

"不用，就三天两夜，很快就回来了。"唐明轩看出柯媛还是犹豫："行啦，你就别操心这些事情了，赶紧把资料拿回去看看，我会跟她说的。"

柯媛见唐明轩这么坚持，只好答应："那你记得说啊。"

"知道了，知道了。"

柯媛接过唐明轩又递回来的策划书："对了，还是让绍洋跟着去吧，他都已经转正了，也该接触客户了。"

唐明轩无奈地从椅子上站起来，绕过办公桌走到柯媛跟前。柯媛莫名其妙地看着唐明轩走到自己跟前，只见他伸出胳膊把手搭在自己的肩膀上，动作迅速地把自己转了一百八十度面对门口："就这么定了。"

柯媛想说话，却在唐明轩一连贯的动作下一句话也说不出来。

唐明轩把柯媛推到门口，打开门。柯媛还在尝试着再多说几句。忽然一转头看到房门口站着的解玮瑶，顿时怔住。

"瑶瑶……"唐明轩诧异。

"你怎么来了？"柯媛也不知道自己为什么会突然说出这么一句话，还在心里懊恼着。

解玮瑶盯着唐明轩和柯媛看了一会儿："我不该来吗？"

"你没事了？"柯媛看出解玮瑶的精神比前些日子好了很多。

"在家待得太无聊了。"

唐明轩走到解玮瑶面前，把手放在她的肩上："那就在小区附近转转，没必要大老远跑到公司来。"

解玮瑶拨开唐明轩的手："我就是因为不知道干什么才来公司的。"

"还是要多休息，看你的脸色……"

解玮瑶摸了摸自己的脸，脸上苍白，没有任何表情。

唐明轩担心地看向解玮瑶："药吃了吗？"

解玮瑶点点头，转身向办公室走去。

看着解玮瑶的背影，一想到她越来越憔悴的面容，柯媛就有说不出的心疼。记得刚刚认识解玮瑶时，她是那么一个精神十足的女孩儿，虽然是公司的领导者，但是在她的身上却看不到丝毫的疲惫。可是这才两三年的时间，当初的那股精神劲儿便不复存在，脸上总是看着疲累甚至有时还是憔悴。

柯媛看了一眼唐明轩，本想再跟他说一下关于解玮瑶病情的事，可是当看到他的神情时又把已到嘴边的话咽了回去。

栗子瑶把一杯刚冲好的奶茶放到柯媛跟前，柯媛抬起头看了一眼，对栗子瑶说了声谢谢，端起杯子喝了起来。

栗子瑶边喝茶边问道："她怎么来了？"

柯媛不明白栗子瑶指谁："什么？"

"解玮瑶，她来干吗？"

"看你这话说的，她是老板，能来干吗？"

栗子瑶向解玮瑶的办公室望了一眼，回头对着柯媛指了指自己的头："她不是……"

"别瞎说。"

栗子瑶拉过旁边空位上的椅子坐在柯媛面前，把杯子放在柯媛的办公桌上："不是我瞎说，公司里的人都这么说。"

柯媛好奇："说什么？"

栗子瑶没有直接回答她，而是拿出手机开始翻着。手指在手机屏幕上划了两下，将屏幕一侧对向柯媛。柯媛拿过栗子瑶的手机，仔细地看着，手指在屏幕上缓缓地滑动着。

柯媛翻着手机里微信群组聊天界面，越看越生气。突然把手机扔给栗子瑶："你们这是盼着人家离婚呢，是吗？"

"生气啦，你生哪门子气啊？"栗子瑶对柯媛的反应感到莫名其妙，"这不是大家每天亲眼所见的事吗？再说了，难道你就没察觉解玮瑶的变化？"

柯媛被问住，不知道该如何回答，望了一眼解玮瑶的办公室。

客厅里回荡着缓缓的音乐，解玮瑶一袭白裙站在客厅中间，伴随着音乐声跳起了舞。自小学习舞蹈的解玮瑶其实对跳舞并没有什么兴趣，只是小时候妈妈说跳舞可以增加女孩子的气质，把她送到了舞蹈学校。然而，就在所有人都以为将来会选择舞蹈成为终身职业的解玮瑶在上了高中之后毅然决然地放弃了舞蹈，专心学业，那时候妈妈才知道女儿最喜欢的是乐器，特别是钢琴。伴随着钢琴声，解玮瑶翩翩起舞，逐渐进入高潮——不断地原地旋转着。唐明轩坐在沙发上，注视着解玮瑶。两人四目相对，相视而笑。

加完班，唐明轩看到柯媛还没走，便约柯媛去吃消夜。服务员把两碗粥和两碟小菜端上桌后，唐明轩一句话不说，只顾喝着粥，柯媛看着对面的唐明轩一口接一口地喝着粥，没有马上要停下来的意思。

　　很快，一碗粥就被唐明轩喝完。柯媛也放下手里的勺子，夹了一些小菜到自己碗中。唐明轩抽出餐巾纸快速地擦完嘴。站起身："我先走了。"

　　柯媛猛抬起头："啊？"

　　"瑶瑶一个人在家。"

　　"既然担心，下班的时候就应该追出去。"

　　柯媛不经意脱口而出的一句话让唐明轩的心一颤，愣了几秒："走了。"转身边拿钱包边向收银台走去。

　　空旷的客厅，只有墙上微弱的灯光还亮着，书房里的钢琴曲缓缓流出来。唐明轩关上门，边在玄关处换鞋边向屋里张望。

　　唐明轩走进客厅，看到茶几上放着的红酒瓶和酒杯，拿起酒瓶看了一眼已经空了。放下酒瓶，唐明轩转身上楼，先是到书房里看了一眼，发现只有音乐开着没有人，又退出书房。

　　"瑶瑶……"唐明轩边向卧室走边叫着。

　　唐明轩走到卧室门口，正要开门，解玮瑶的声音从身后传来："明轩。"

　　唐明轩闻声转头，解玮瑶背着双手，脚步轻快地走了过来。站在唐明轩面前没有说话，直接拉起他的手，打开卧室的房门走了进去。

　　解玮瑶一直藏着手里的东西，把唐明轩拉到床边。唐明轩看着此时的解玮瑶，不知是脸上化了淡妆还是气色真的有所好转，脸颊上带着些许粉嫩。

　　"身后藏着什么？"

解玮瑶羞赧地和唐明轩四目相对，嘴角始终挂着浅笑，从背后伸出手，拿出一个精致的盒子。唐明轩看着解玮瑶一系列的动作，一脸莫名其妙。解玮瑶打开盒子，一对六角菱形的银质袖口出现在唐明轩的眼前。

　　"这个……"唐明轩看着袖口，说不出话。

　　解玮瑶把盒子递到唐明轩面前，微笑着："给你的。"

　　唐明轩迟疑地接过盒子："你什么时候买的？"

　　解玮瑶没有回答，从盒子里拿出一颗袖口直接给唐明轩换上。

　　"客厅里的……"

　　"跳舞了？"解玮瑶也不抬头看他，直接开口，"你说要看我跳舞。"

　　"我吗？"唐明轩惊诧。

　　解玮瑶给唐明轩换好袖口："对呀，你刚才一直坐在沙发上，茶几上的红酒就是你喝的，你忘啦。"

　　解玮瑶微笑着，不停地抚摸着唐明轩的手腕，欣赏着新换上的袖口。唐明轩望着解玮瑶，眼神一刻都不愿离开，可是神情却充满了担心。他知道，解玮瑶说的那个时间自己还在公司加班，而且下班后在和柯媛吃夜宵，根本不在家。他也知道，解玮瑶的病情加重了。

　　唐明轩坐在书房的椅子上发呆，书架上的五面不同形状的镜子里映出唐明轩的身影。

　　"袖口不错。"一个女人的声音在耳边响起。

　　唐明轩闻声转头，只见一个红衣女人坐在小沙发上，正在用一种欣赏的眼光望着自己。

"这个女人的品位还挺高的。"红衣女人继续说道。

唐明轩瞥了一眼，面无表情："和你无关。"

红衣女人笑了笑，站起身走到唐明轩跟前，伸出涂着红色指甲油的手指，在唐明轩的心口画了一个心形："怎么能跟我无关，她也是我的。"

"我警告你，别动她。"唐明轩眼神狠戾。

"现在才说这句话是不是有点儿晚了，"红衣女人魅惑一笑，"别忘了，是谁让她变成现在这个样子的。"

"不是我。"唐明轩有些心虚，声音比刚才也小了很多。

"不是你？骗谁呢。"

"不是我，"唐明轩声音又变得大了起来，仿佛要喊出来似的，"是你！"

"你就是我，我就是你。"

红衣女人这句话一出，唐明轩顿时愣住了。

"其实你一点儿都不爱她，你只是在欺骗自己，只是想拥有她的一切，所以才会娶了她。"

"不是，不是的。"

红衣女人总是见不得唐明轩这副样子，一脸嫌弃地盯着他："她有很好的背景，不需要奔波就可以拥有现在的一切。你羡慕她，可是你更嫉妒她。"

"不是的，我没有，我爱她。"唐明轩接口。

"你觉得这个世道不公平，凭什么一个小女人永远站在自己的头上，在公司如此，在家里也是如此。你没有一天不在想，杀

夜行人 ●

了她，得到她的一切。因此你一直忍着，就是在等待一个机会。"

"我感激她，"唐明轩不想被红衣女人的话影响，捂着耳朵，一刻不停地说着，"她是真心对我，她信任我，她总说我是一个有责任感的男人，我给了她安全感。我也发誓要一生保护她，不让她受到任何伤害。"

"所以你才让她爱上你，然后占有她，取代她。"

"不是你说的这个样子，不是的，不是！"唐明轩近乎歇斯底里。

"终于，你等到了这个机会，"红衣女人还在逼着他，"你知道她吃安眠药助眠的习惯，你就在她的药里做了手脚。"

"我没有！"

"你有！"

红衣女人的声音也变大，盖过了唐明轩的声音。唐明轩顿住，才发现不知道何时已经被眼前的这个女人逼到了墙角。

红衣女人手点着唐明轩的心口："我做的不就是你想做的吗？"

唐明轩还在否定着："不是。"

"但我是。"红衣女人嘴角上挑，眼神里充满了阴狠。

唐明轩看着女人的神情和眼神，心里竟有些害怕了，他第一次对这个女人感到害怕。以前，不管这个女人出现后对自己说些什么，他都完全当作不知道，若无其事地过着自己的生活。现在，她却在影响着他。而这个善良的男人也逐渐被她同化，开始了自己的罪恶，这份罪恶连他自己都不清楚目的何在以及为什么要听从她。他深知自己陷入了一个漩涡，可是有时他很享受，有时又很无助。他渐渐地越陷越深，直到将罪恶之手伸向了最爱的妻子解玮瑶。

　　格子间里一如往常地忙碌，栗子瑶、陈绍洋分别站在柯媛的身边。"咚"的一声闷响，所有人的目光都向门口的方向望去，只见解玮瑶披散着头发，一脸素妆快步走进公司，向唐明轩的办公室走去。陈绍洋见送水的师傅弯腰提水，连忙上前接过师傅手中的水，道了一声谢，目送师傅出门。

　　众人看着解玮瑶连门也没敲就进了唐明轩的房间，陈绍洋看了一眼柯媛和栗子瑶，刚准备开口问怎么回事，就听到唐明轩办公室里传出来一声脆响，听起来像是杯子摔碎的声音。

　　"坏了！"陈绍洋脱口而出，立刻向唐明轩的办公室走去。

　　柯媛和栗子瑶相互看了一眼，跟着快步走了过去。不一会儿唐明轩办公室门口就围满了人。

　　办公室里狼藉一片，唐明轩的左手背流着血，血沿着手指滴在地上。解玮瑶站在办公桌前，双手抱着开信刀的刀把，刀刃上沾着一抹血迹，刀尖直对着唐明轩。

　　敲门声响起，柯媛直接推门进来，门口已经围了两重人。柯媛先是看到了地上狼藉一片，没有说话。再抬头看向唐明轩和解玮瑶时，首先看到唐明轩左手背上的血，愣了一下。

　　"瑶瑶，发生什么事了？"柯媛看向解玮瑶，心跳得很快，"你先把刀放下，别伤到自己。"边说着边向解玮瑶走过去。

　　解玮瑶看着柯媛走过来，把刀指向柯媛："你别过来！"

　　柯媛还在试图靠近："瑶瑶，你先把刀放下，好吗？"

　　解玮瑶没有听从，而是又把刀指向唐明轩："你们，你们……"

夜行人

刀尖指向所有人，在半空中划过，"你们所有人都在骗我。"

"瑶瑶……"唐明轩想劝阻。

"瑶瑶，虽然我不知道你指的是什么，但是你相信我，我们都没有骗你。"柯媛打断唐明轩。她看出解玮瑶的紧张，知道唐明轩对她来说是一个让她不安的对象，便截断了唐明轩的话，安抚着。

"你们都是骗子,骗子！我不要听。"解玮瑶变得越来越激动。

唐明轩向解玮瑶走近。

"明轩。"柯媛轻轻地叫了一声。

站在门口的栗子瑶和陈绍洋等人脸上也浮现出紧张。

唐明轩走到解玮瑶跟前，举在半空的开信刀直指着唐明轩，刀尖顶在心口上。解玮瑶凝视着唐明轩，眼眶里噙着眼泪，抱着开信刀的双手颤抖着。唐明轩伸出左手握住开信刀。

"刺过来。"唐明轩紧紧地攥着开信刀，不一会儿手心里有鲜血滴下来，滴在解玮瑶的鞋上。"我知道你痛苦，如果刺过来能让你心里舒服,刺过来。"唐明轩拽着开信刀往自己的心口上扎。

解玮瑶能感觉到唐明轩拽刀的力道，反向自己的怀里抻了抻，却没有成功，竟随着唐明轩的力道把刀向唐明轩的心口刺了过去。

"瑶瑶，不能！"柯媛惊叫出声，转而语气缓和下来劝道，"别犯傻，把刀放下。"

解玮瑶盯着唐明轩，丝毫没有放手的意思。

此时，一直站在门口的栗子瑶和陈绍洋等人已经不由自主地走进了办公室。看到办公室里情形，人群中顿时传出一声尖叫，是一名女职员看到地上的血，吓得叫了起来。

唐明轩满手是血，解玮瑶的鞋上也是血迹斑斑。

唐明轩没有放手的意思，解玮瑶也没有放下刀的意思，就这样对峙着。

柯媛走到两人中间："明轩，你放手，"脸上满是焦急，"快点儿放手。"

唐明轩没有反应，眼睛注视着解玮瑶，握着刀的手又向心口靠近了一些，刀尖扎在心口上，唐明轩的眉头微微一皱："刺下去，用力地刺下去，刺下去你就不用再痛苦了。"

解玮瑶流着泪，颤抖的双手举在半空，眼神里却依旧透着恨意。这双曾经总对唐明轩显出温柔目光的眼睛此时此刻只有恨。

"唐明轩，你知道你在干什么吗？"红衣女人站在柯媛对面，用蔑视的眼神看着唐明轩。"你想死？你以为你死了，她就解脱了吗？别做梦了。"

唐明轩不看向任何人，凝视着解玮瑶，一行眼泪流了下来。

"你心疼她？"红衣女人看到唐明轩的眼泪，"你也会心疼？"

"刺下去，刺下去你就不再痛苦了。"唐明轩继续说道。

"唐明轩！"红衣女人断喝。

"明轩。"柯媛说着握住唐明轩的手，想要用力掰开，"放手，明轩，放手啊！唐明轩，你放手啊！"

柯媛已经急得快要哭出来，唐明轩、解玮瑶，两个人没有一个听她的话先放手。

"愣着干吗！"柯媛转头看向陈绍洋和栗子瑶。

陈绍洋愣了一下反应过来，急忙走上前。栗子瑶也快步跟了上去。

终于在三个人合力之下才把唐明轩和解玮瑶分开。

栗子瑶把解玮瑶搀扶到一边，陈绍洋把从解玮瑶手里夺下来的刀扔在地上，刀片上已经满是血迹。

唐明轩的手垂在身侧，血流不止。柯媛环视一圈房间，想要找东西给唐明轩的手做包扎。

"柯媛姐。"一名男职员向柯媛递上一条领带。

柯媛闻声看到没有多想，慌忙接过来给唐明轩包扎上。还没有来得及系上，唐明轩转身向解玮瑶走去。

"我们回家。"唐明轩弯腰扶起解玮瑶，在耳边轻声说道。

唐明轩从二楼走下来，柯媛坐在沙发上，看到唐明轩下来忙站了起来："她还好吧。"

唐明轩疲惫地点了点头："吃过药，已经睡下了。"

唐明轩走到茶几前，把桌子上的药和纱布放进药箱里。

柯媛看着："怎么样？"

"小伤，没事。"

"应该去医院的。"

"我不想把瑶瑶送到那种地方,那种地方只会让她的病更重。"

"我说的是你。"

唐明轩一愣，看了一眼已经包扎好的左手，笑了："我没事，过几天就好了。"

"这段时间别沾水。还有，消炎药记得吃。"

"知道了。"唐明轩收起药箱，对柯媛微微一笑，这笑容里尽是疲倦。

"对了，后天出差你就别去了，我和绍……"

"不用了，我没事。而且这次的会很重要，如果进行得顺利有可能会当场签约。"

"那瑶瑶怎么办？"

"我已经请了保姆，只是给她做两天饭，盯着她吃药就行。"

柯媛抱着怀疑的心情："不行就别死撑着。"

"扛得住。"

送走柯媛，唐明轩拖着疲倦的身子走进卧室，看着躺在床上安睡的解玮瑶，眼神里没有丝毫感情，瞥了一眼走出卧室，反手关上了门。

机场广播里传出声音："从成都飞往上海的 CA3981 航班即将停止检票，还没有办理登机的旅客请尽快到登机口登机。"

柯媛背着单肩包走出安检口，唐明轩紧随其后，左手垂在身侧，右手拿着登机牌和手机。

"消炎药带了吗？"

"在行李箱里。"

"伤口还疼吗？"

"好些了。"

"如果不行，还是去医院看看吧。"

"不用，伤口又不深。"

"还不深，流了那么多血。"

唐明轩把左手抬起来低头看了看："这算什么，跟瑶瑶比起来，她才是最痛苦的。"

夜行人

柯媛不再说话。

候机大厅不断地传来广播，登机口的旅客按部就班地准备登机。唐明轩、柯媛站在登机口前排着队，等待地勤人员检票。

蔚蓝的天空，飞机渐渐离离地面，一点一点进入云层。

解玮瑶坐在轮椅上，目光呆滞地看着窗外的天空，云朵飘浮着。保姆端着一杯水走过来，放到解玮瑶的手里，又把两片白色的药片放在解玮瑶的手里。

刚走出机场的唐明轩和柯媛还没喘口气就被来接机的工作人员带走了。在上海的这三天，唐明轩忙碌得连给解玮瑶打电话的时间都没有，倒是柯媛每天晚上都会给解玮瑶打一个电话或发几条微信。柯媛也跟唐明轩提过要他抽个时间给家里打一个电话，可是一工作起来就忘掉自我的唐明轩总是忘记。

因为进展顺利，在上海的最后一天上午双方决定签订合约。为了庆祝，唐明轩特意带着柯媛来到一家西餐厅。唐明轩、柯媛面对面坐在靠窗的餐桌前，各自面前已经摆上了牛排。

柯媛端起跟前的红酒杯，喝了一口红酒："手还疼吗？"

唐明轩放下酒杯，拿起刀叉："没事了。"

"明天我们就回去了，你跟瑶瑶说了吗？"

"还没，一会儿回去我打电话给她。"

"我已经跟她说了。"

唐明轩切牛排的手停了一下，由于动作轻微，柯媛又低着头切牛排没有注意到。唐明轩继续费力地切着："哦。"

柯媛放下刀叉，把自己的盘子递到唐明轩面前："给你。"

唐明轩抬起头，看到眼前的盘子，诧异："干吗？"

柯媛没有说话，直接把两个盘子换过来。

"一会儿回去我就把明天中午的机票订了，明天上午应该很早就结束了吧。"

"不着急，等所有事情都办妥了再走。"

"早点回去吧，我不放心瑶瑶，你应该也不放心吧。"

唐明轩没有回答，只是微微点了点头，吃着牛排。

第二天的签约的确如柯媛所预想的一样很早就结束了，而也就在柯媛和唐明轩准备离开时，唐明轩接到了一通电话，手机上显示的却是一个陌生的手机号码。

警戒线拉开，别墅门口已经围满了附近的居民。警察进进出出，勘查着现场。保姆站在院子里，被旁边的两名年轻的警察询问着。不一会儿，两名戴着手套和脚套的鉴证科人员抬着一具已经包裹完毕的尸体从屋子里走出来。

"刘队，死者是 S&Y 药业集团的总裁解玮瑶。"对保姆做完询问笔录的其中一名年轻刑警走过来，"保姆是三天前才来的，据保姆提供的线索，解玮瑶的丈夫唐明轩三天前出差去了上海。"

"对，已经通知唐明轩，正在往回赶。"另一名年轻刑警说。

刘唯铭点了点头："几点的飞机？你们去机场接一下。"

"好。"

"知道了。"

两名年轻刑警一同离开，走出解玮瑶的别墅。

写字楼门口，唐明轩飞快地从里面跑出来，与迎面走过来的男人撞在一起。柯媛穿着高跟鞋跟着跑出写字楼，边跑边打着电话。

空荡的停尸房走廊，两名年轻刑警在前，唐明轩和柯媛跟在身后，一直朝着走廊的尽头走去。柯媛的眼眶红红的，一路上都在忍着的泪水终于流了下来。走进停尸间，担架床上躺着一具尸体，柯媛不敢上前，突然腿脚一软坐在了地上，泣不成声。

唐明轩缓步向停尸房的中央走去，走到担架床前先是愣了一会儿，才伸出手掀开盖在尸体上的白布。解玮瑶苍白的脸出现在眼前，看着她没有血色的脸颊和双唇，唐明轩表现得异常镇定。站在旁边的刑警队长刘唯铭从唐明轩一进来时就注视着他，眼神一刻也没有离开过。

唐明轩看着解玮瑶，神情平静。红衣女人走到唐明轩身边，看着躺在那里的解玮瑶，红艳的嘴唇，嘴角上翘。

"她死了，你应该开心才对，终于没人再来约束你了。"红衣女人看着唐明轩。

唐明轩凝视着解玮瑶，没有反应。

"可惜了，这么漂亮的美人。"

唐明轩还是没什么反应。

刘唯铭看了一眼坐在地上泣不成声的柯媛，又看了一眼情绪平静的唐明轩，对两名年轻刑警使了一个眼色，走出了停尸房。

第三章　告知

三年后。

解天钧怎么也没有想到三年后，唐明轩会再婚。这个曾经让他内心厌恶的男人会在自己的妹妹去世三年后另觅新欢，而这个女人不是别人，正是柯媛。

看着镜子里的柯媛，栗子瑶眼神里充满了羡慕。"守得云开月明，恭喜你啊！"栗子瑶拍在柯媛的肩膀上。

柯媛抬起头看了一眼镜子里的栗子瑶："哪有这么夸张？"

"别得了便宜还卖乖，"栗子瑶转身靠在梳妆台上，面对着柯媛，"你知不知道单身女人最忌讳什么？"

"什么？"

"出嫁的女人晒幸福，而且还是当面晒。"栗子瑶一双明亮的眼睛"恶狠狠"地盯着柯媛。

"你是单身女人吗？"柯媛反问，"那陈绍洋算什么？"

"他？"栗子瑶急道，"他……我可没亲口说过我喜欢他啊。

是他，是他自己，自己上赶着。"栗子瑶脸颊顿时发烧，潮红一片。

这次换柯嫒盯着栗子瑶了："脸红什么？紧张啊。那就证明我说到你的心坎儿上了。"

"切。"栗子瑶白了一眼，走到柯嫒身后的小沙发上坐下。"说正经的，"栗子瑶不想再说下去，故意岔开了话题，"解玮瑶去世刚满三年你俩就结婚，不太合适吧。你不怕别人说闲话啊？"

柯嫒坐在椅子上转过身，弯腰把脚底的婚纱整理了一下："我本来是想再过些日子的，可是明轩说再没有好的日子，也担心酒店难订，所以……"

"没想到他还信这个。"

柯嫒笑了笑没有说话，又转身面对镜子。

"也是，自从解玮瑶死了之后唐明轩就跟变了一个人似的，看来受的打击不小啊，是该小心点。"

柯嫒看着镜子里一脸严肃的栗子瑶，笑着说："瞎说什么呢你，别在那儿胡说八道了。"

"你爸妈呢？你是怎么说服他们同意的？"

柯嫒沉默不语了。

栗子瑶见状也不再追问下去。

在司仪的主持下，婚礼正式开始。由于唐明轩是孤儿，因此来参加婚宴的人并不多，除了柯嫒家的几个亲戚之外，其他人都是职场上的朋友以及集团的同事。婚宴以自助餐为主，在婚礼结束之后宴会大厅里仿佛变成了一场舞会。

柯嫒已经换下了婚纱，穿着一身大红旗袍和红色高跟鞋，站在会场中特别显眼。一个男人走进会场，先是在门口环视了一圈大厅，看到站在一群女孩子中间的柯媛，径直走了过去。

"恭喜你。"男人声音柔和，富有磁性，让在场的女孩为之一惊。

柯媛闻声向男人望去，也吃了一惊。

男人绅士地向其他几位女孩儿问道："我可以单独跟新娘聊聊吗？"

女孩儿们还沉浸在他的声音中，都愣了一下才回过神来，忙连声说："好，请便，没问题。"

男人对女孩儿们微微一笑："谢谢。"说完，男人转对还在震惊的柯媛，"我们去外面聊可以吗？"

柯媛注视着男人，没有回应。

"好帅啊。"其中一个女孩儿花痴般的眼神一刻不离正在向大厅外走着的男人。

"那男的是谁？跟柯总什么关系？"

"不会是 ex 吧？"

"什么 ex？谁的 ex？"栗子瑶突然出现在身后。

一脸花痴的女孩儿指着已经走到大厅门口的男人，对栗子瑶说："就那个。刚刚来找柯总，还要跟柯总单独聊聊。我的妈呀，这是什么地方？婚礼现场耶，这样直接就闯进来真的好吗？不过我喜欢，是真的太帅了，声音也好听。"女孩儿越说越一脸陶醉。

"大姐，大姐，"栗子瑶拍着女孩儿的肩膀，"欧尼，欧尼。醒醒好吗？能别一看见男人眼珠子都快掉下来可以吗？"

"是真的帅嘛。"

栗子瑶一脸嫌弃："帅有个鬼用。"

"你当然这么认为，因为你家的陈绍洋就已经是个标准帅男人了。哪像我们这种人，别说帅男人，就算是能拿得出手的男人都找不到。"

"你喜欢啊，给你啊。"

女孩儿一愣："什么？"

"帅男人，"栗子瑶凑近女孩儿，"陈绍洋。"

"切，我才不要呢。全公司谁不知道陈绍洋只围着你转，你还是自己留着吧。"

柯媛跟着男人走到酒店大堂的咖啡厅，面对着坐在自己对面的男人，柯媛脸上没有任何表情。

"不想见到我？"男人在沉默了一会儿之后开了口。

"什么时候回来的？"柯媛问。

"昨天。"男人答道。

再次陷入沉默。此时，服务员走过来，站在桌边并递上水单。男人没有接，直接示意服务员把水单递给柯媛。

柯媛抬头对服务员微笑："不用了，谢谢。"

"一杯美式咖啡，一杯普洱。"柯媛话音刚落，男人就直接脱口而出。

服务员拿着水单离开。

"普洱可以吧？"男人问柯媛。

"回来怎么也不提前说一声，我……"

男人打断柯媛："临时决定的，也没打算告诉任何人。"

柯媛"哦"了一声，看向男人身后，服务员正端着咖啡和茶向这边走过来。

栗子瑶站在餐桌前一口一口地吃着，陈绍洋端着一杯香槟走过来："你慢点儿，没人跟你抢。"

栗子瑶嘴里含着吃的："你怎么知道没人跟我抢。"

陈绍洋眉头蹙了一下，被栗子瑶这没头没脑的一句话搞得有些糊涂。刚要开口追问，唐明轩走了过来。陈绍洋看到唐明轩，也顾不上栗子瑶了。

"看见柯媛了吗？"唐明轩边环视着大厅，边问道。

陈绍洋正准备回答"没有"，话还没说出口就被栗子瑶截了去："她出去了。"

"去哪儿了？"唐明轩和陈绍洋几乎异口同声。

栗子瑶这才抬起头："刚听葳蕤说一个男人把她叫出去了。"

"男人？"唐明轩诧异。

"什么男人？"陈绍洋看了一眼唐明轩，向栗子瑶追问。

"不知道，我还没看清楚就已经走出去了。"

栗子瑶话音还没落，唐明轩就转身快步朝大厅门口走去。栗子瑶看着唐明轩的背影，呢喃着："看来我多余了。"

"啊？"陈绍洋又被栗子瑶突然冒出来的一句话搞得更加糊涂了，像是看怪物似的注视着栗子瑶，不一会儿就把栗子瑶给看得有些发毛了。

"你老看着我干吗？"

陈绍洋没有回答，而是向栗子瑶迈了一步，站在她面前，两人之间的距离只有一拳之隔。栗子瑶脸顿时潮热起来，心跳加速："你，你干吗？"看着陈绍洋的眼睛，栗子瑶霎时想起两人第一次看电影时，陈绍洋也是离自己这么近站着，而那时自己也是和现在一样心跳加速、面颊潮热。那一次，陈绍洋未经自己同意就吻了自己，这一次该不会又要……栗子瑶的脑子里反复出现着那次的情景，生怕陈绍洋在这种环境下再突然来这么一回，那就太丢人了。

就在栗子瑶准备逃离时，陈绍洋抬起左手伸出拇指在栗子瑶的嘴唇上一抹，看了一眼手指上的奶油，对着栗子瑶笑了一下，抹在了自己嘴里。

"吃归吃，注意点儿形象。"说完，陈绍洋端着香槟向宾客走去。

栗子瑶用手背抹了抹嘴唇，只感觉到有些滑滑的，但已经没有奶油。

"这种妻子被杀，丈夫就是凶手的论断什么时候能改一改。"柯媛面带愠怒，"更何况警方已经证实瑶瑶是自杀，明轩的不在场证明也很明显。"

"我知道，"男人放下咖啡杯，看着柯媛的眼睛，"你就是他的不在场证明。"

"你是在怀疑我吗？"

"你有值得我怀疑的吗？"

柯媛噎住。

"这样对一个女孩子咄咄逼人好像不太绅士吧？"

柯媛闻声回头，男人也闻声抬头。

唐明轩走到柯媛身旁的椅子上坐下，脸上带着微笑："大哥，什么时候回来的，也不通知一声。"

解天钩注视着唐明轩："通知你让你有准备的时间？"

解天钩的眼睛明亮，可是眼神里充满了冷漠。虽说唐明轩是自己的妹夫，可是在解天钩看来，眼前的这个人是一个戴着面具的伪君子，自从解玮瑶去世之后他恨不得杀了唐明轩。

然而，在解天钩面前，唐明轩深知自己的出身是让他看不起自己的原因，因此也总是在他的面前表现得高傲。

"我上次恭喜你是什么时候？"解天钩故意想了一下，不等唐明轩开口，"应该是三年前……"

"大哥……"唐明轩语气平和地叫着。

"别叫这么亲，我可不是你大哥。"

"我知道，瑶瑶那件事你还在生我的气。而且，关于瑶瑶的死，我也知道你在想什么……"

"知道就行，省得我们都猜来猜去的。"

柯媛看出了解天钩的心思，这样一句接一句的，完全不容许唐明轩说话。

"明轩，我们进去吧，客人们还等着呢。"柯媛把"客人"两个字说得很重，似乎是故意说给解天钩听。柯媛和唐明轩同时从椅子上站起来，转身正要走时又想起了什么，转过头看了一眼桌子上还冒着热气的茶水："谢谢你的普洱。"说完，挽起唐明轩的胳膊，两个人离开咖啡厅向宴会大厅走去。

解天钩看着两个人的背影，看着两个人亲昵的样子，想到自己连妹妹最后一面都没见到的情景，放在腿上的双手紧握成拳。

窗外的霓虹灯照进屋内，整座城市被灯火照亮。解天钧站在窗前，手里端着一杯咖啡，注视着窗外的城市夜景。已经许久没有回到这座城市了，城市的改变没有引起解天钧太多的感慨，看着眼前的这座城市，如果不是因为解玮瑶，或许他早在十几年前就把它忘得一干二净了。

"你去找唐明轩了？"一个男人的声音从身后传来。

解天钧转身，对着坐在沙发上戴着黑框眼镜，正在浏览着笔记本电脑的男人笑了笑："确切地说，是去找柯媛了。"解天钧边说着边走向沙发，把咖啡杯放在茶几上，坐了下来。

姚伟合上笔记本电脑，端起一杯水喝了一口："聊得怎么样？"

"比想象中好。"

姚伟笑了："看来是有收获。"

"收获谈不上，算是先礼后兵吧，怎么说唐明轩也是自己的妹夫，还是该见一面的。"

"见到唐明轩了？都说了些什么？"

"嗯。"解天钧拉着长音，抿着嘴唇，想了一下，"我是回来报仇的。"

姚伟伸手拿过沙发上的背包："像你的风格。"

解天钧没有回应，端起咖啡喝着。

姚伟从包里拿出一个档案袋子，递到解天钧面前："手续都办好了。"

解天钧放下咖啡杯，接过档案袋子，边打开边说："谢谢。"

"你说得没错，这些年还真没有人买那套房子。中介公司一开始还大力向外推荐，但是后来一直卖不出去，也就不再作为重点推荐的房子。毕竟，死人这件事还是很忌讳的。所以直到现在都在空着，中介公司也是头疼。"

解天钧看着手里的购房合约："你去买这套房子，他们应该很高兴吧？"

姚伟哼了一声，没有说话。解天钧知道他什么意思，肯定中介公司的人对他说了很多闲话。

"怎么样？唐明轩看到你什么反应？"姚伟岔开刚才的话题。

解天钧把合同扔在茶几上："还不是那副虚伪的表情。"

"柯媛呢？你有没有把唐明轩的罪证交给她？"

解天钧摇摇头。

"也对，没必要把不相干的人拖下水。"

"她不是不相干的人，"解天钧沉思着，"最起码现在已经不是了。"

"你还在怀疑唐明轩的下一个目标就是柯媛？"

"你不怀疑吗？"解天钧反问。

姚伟不知道怎么回答他，作为刑事律师，他对任何事和任何人的怀疑都要讲究证据。虽然解天钧手里有证据，可是从专业的角度来讲那只是间接证据，在法庭上并不能凭此而定唐明轩的罪。

"我走了，"姚伟站起身，把电脑装进电脑包里，"明天我找人把房子收拾一下你就可以搬进去了。"

"人找到了吗？"

"还没。"

"你抓紧点儿，我可不希望这条大鱼从我眼中跑掉。"解天钧语气中透出些不耐烦。

姚伟也有些不乐意了："你怎么这么霸道？我也着急，可你给我时间了吗？"

"对不起，我错了。"

"知道错啦。"

姚伟点点头："知道错就好，我走了。"

姚伟走到门口，又转身指着茶几上的咖啡杯："再提醒你一句，晚上别喝咖啡，你怎么总是不听话。"

"嘶，你走不走？！"

姚伟转身开门，走了出去。

柯媛站在阳台上，眼睛望着远处的夜景。唐明轩走到他身后，环手抱住柯媛的腰，头抵在柯媛的肩膀上。柯媛侧了一下头，双手握在唐明轩的手背上。

"又发什么呆呢？"

柯媛转过身，伏在唐明轩的怀里，脸贴在心口处："没什么。"

唐明轩抱着柯媛："没想什么，那就睡吧。"

柯媛微微地点了点头，紧紧地抱了抱唐明轩。唐明轩身上的味道，让柯媛感觉很舒服，不知是因为紧张的一天终于可以放松下来，还是因为唐明轩身上这种让她喜欢的味道，竟然有了困意。

唐明轩把车开进写字楼的地下停车场，先是在停车场里转了一圈，终于找到一个车位把车停了下来。

柯媛从副驾驶上走下来，紧跟着唐明轩也走了下来。唐明轩关上车门，锁好车，走到车尾："刚结婚第二天就来上班，你说，这世界上除了你柯媛还有谁能干得出来。"

柯媛拉起唐明轩的手，两人十指紧扣地往电梯的方向走："对不起啊，我突然想起还有一份合约没有处理，而且杭州分部那边还在等着。"

　　唐明轩故作嗔怪："我看你不是要处理工作，你是因为昨天见到了解天钩，所以……"

　　柯媛突然站住脚，唐明轩的手被押了一下。

　　唐明轩转过身："怎么了？"

　　"显摆你聪明是吧？"柯媛生起了气。

　　唐明轩见柯媛生了气，忙道歉："对不起老婆，你别生气。你说是处理工作就是处理工作。蜜月什么的，都靠边站。"

　　柯媛看着唐明轩委屈的样子，扑哧一声笑了。

　　唐明轩明白过来："好啊你，敢跟我开玩笑了是吧。"

　　柯媛一副傲娇样子："谁叫你先惹我的。"

　　"你看我怎么治你。"

　　"好，我等着。"

　　"哎呀！"唐明轩叫道，"胆儿肥了是吧。现在是上班时间，你等晚上的。"

　　柯媛还不示弱："好呀，我等着，我等着呢。"

　　唐明轩见柯媛越来越嚣张："不行，看你这么嚣张我不能等晚上，我现在就要治你。"

　　话音刚落，顿时打横抱起柯媛，柯媛被唐明轩突如其来的动作吓了一跳，"啊"了一声："你干吗？快放下我。"

　　唐明轩抱着柯媛往电梯的方向走："晚了。正好写字楼旁边有一家酒店，反正蜜月泡汤了，那我就在那里把蜜月过了。"

　　　　　　　　　　　　　　　　　　　　　夜行人 ●

柯媛挣扎着："你快放下我，让人看见多不好啊，快放下。"

两人一走进公司就引来众人的目光，唐明轩被员工拦了下来，柯媛先回到了自己的办公室。刚坐下，房门就被敲响了。柯媛知道一定是栗子瑶，没有客气地说"请进"，而是直接喊了一声："进来吧。"

房门被推开，栗子瑶光在门口靠了一会儿，盯着柯媛看，也不说话。

柯媛正在收拾桌面，发觉半天都没有声音，抬起头看到栗子瑶站在门口注视着自己，笑了："干吗？"

栗子瑶这才走进来："结婚第二天就上班，这个世界除了你柯媛会这么干也真是没谁了。"

柯媛把垃圾都扔进垃圾桶里，坐直身子："同一句话我一早上听了两遍，还有新鲜的吗？换句别的。"

栗子瑶把背在身后的手拿出来，递上合约："我看过了，没什么问题，你签个字就行了。"

柯媛看到合约笑了笑，接了过来直接在上面签了字。

"真不知道你是太高估自己了，还是太低估别人了。"

柯媛签好字："什么？"

"你就那么不放心我们呀？"栗子瑶从桌子上拿起合约，看了一眼，"不放心我们会把工作干好！真是操不着的心也操。"

说完，栗子瑶不等柯媛说话就走出了办公室。柯媛看着栗子瑶，微笑不语。

陈绍洋把时间表放在唐明轩的桌子上，看着时间表上写着"总部"两个字，惊诧："这是？"边说着边指给陈绍洋看。

陈绍洋低头看了一眼："临时通知的，说是一个述职会议。"

唐明轩点了点头，没有说什么，又看了一会儿时间表，突然问："那件事办得怎样了？"

"都已经办妥了。"

"他们没说什么吧？"

"没有。"

唐明轩站起身走到饮水机前接水："既然没什么问题里就赶快把合约弄好，让他们尽快签字，以防夜长梦多。"

"知道了，"陈绍洋转对唐明轩，"但是剩下的部分在解天钧手里，那部分要拿出来可不容易啊。"

唐明轩站在饮水机前喝水，沉思不语。

"现在是他不知道，万一他知道了肯定会有所动作。解天钧的手段我们都知道，一旦决定不会善罢甘休。更何况……"

"他的那部分先放放，"唐明轩转过身，"先把其他人搞定，只要转让书签了就是既定的事实，解天钧就算再有本事也不敢硬抢，对吧？"唐明轩笑着，走回座位。

陈绍洋认同地点了点头。

"你去忙吧。"

陈绍洋走出办公室，关上房门后又在门口站了一会儿，拿出手机边拨着号码边走出了公司。

解天钧坐在沙发上喝着咖啡，耳边传出姚伟打电话的声音："确定签合约的时间了吗？行，知道了。"

姚伟挂断电话，走回到沙发前坐下，把手机放在了茶几上："唐明轩开始行动了。"

"签字了？"

姚伟摇头："还没，已经开始准备了，不出意外的话，下周。"

"那就是说我们还有几天时间。"

"我马上让人去准备转让书。"

说完，姚伟起身正要走，解天钧叫住："哥。"

"嗯。"

"寄份快递给柯媛。"

"知道了。"

"吃饭了。"

柯媛抬起头，不知道何时唐明轩已经站在了门口。

柯媛看着唐明轩微笑，转而又一副为难的表情："不吃了。"

唐明轩走近柯媛的办公桌前："又要忙工作？"

"有好几封邮件要回。"

"唉，我就不应该答应你。"

"要不你去吃吧，给我随便带一份就行，我现在确实走不开。一会儿还有一个长途电话要打。晚上，晚上我陪你吃，我做给你吃。"

"晚上我要加班。"

"那就明天，明天中午。"

"明天中午我不在。"

"去哪儿？"

"总部。"

"开会？"

"嗯。临时通知的，要去三天。"

"什么重要的会？"

"述职报告。"

"这还没到年底呢，述什么职？"

"唉，"唐明轩又叹了一口气，"你是真一点儿都不关心你老公我呀，总是把自己的事记得那么清楚，别人的事一点儿也不上心。"

"啊。"柯媛轻轻地，"你升职。"

"算了，你忙吧，我去买饭回来一起吃。"

"谢谢老公。"

唐明轩无奈："不客气。"

"对了，老公，我还要一杯热拿铁。"

唐明轩已经转身，背对着举手示意了一个 ok，表示知道了。

唐明轩刚出去，栗子瑶就抱着一个箱子走进来。柯媛看到栗子瑶，又看了一眼她手里的箱子，好奇地问："给我的？"

栗子瑶把箱子放在柯媛的办公桌上："一个叫姚伟的人寄给你的。姚伟是谁啊？"

柯媛也从来没有听过这个名字，疑惑地摇摇头，把箱子向自己内侧移了移，看了一眼上面贴着的快递单子。

"不打开看看？"栗子瑶见她盯着快递也不动手。

柯媛从笔筒里拿出开信刀，打开了箱子。两人同时伸头往箱子里看，里面是一个木质的小箱子。柯媛拿出箱子端详了一会儿，在箱子的侧面有一个锁眼，柯媛尝试着打开，没想到箱子并没有锁着。在箱子里放着一个日记本，栗子瑶手快拿出了日记本，当翻开扉页看到上面的名字时，栗子瑶没有再翻下去。

柯媛也看到了扉页上的名字：解玮瑶，在名字的下方写着一个年份：2010年。

"这不是解玮瑶的日记吗？"栗子瑶疑心大起，"这个姚伟是什么人？你认识吗？他怎么会有解玮瑶的日记？唐明轩知道吗？"

栗子瑶一口气问了一连串的问题，柯媛发着愣，一个字都没听进去。柯媛仿佛猜到了这个叫姚伟的人是谁，她想起了解天钧昨天对自己说的那些话，心顿时跳得厉害。

"唐明轩就是有这个本事，可以让每一个女人都对他死心塌地。真不知道是该夸他太有魅力还是该说你们女人太相信爱情。"

"你想说什么？"

"想告诉你爱情是最不可靠的东西，不要被他的假象所迷惑，到时候自己怎么死的都不知道。"

"大哥。"柯媛顿了一下，深吸了一口气，由于动作轻微，解天钧没有看出来，"看在瑶瑶的面子上我叫你一声大哥，请你不要故意诽谤，唐明轩是什么人我比你清楚，相信瑶瑶也清楚……"

"对。"解天钧突然打断，声音有些大，柯媛愣了一下，"瑶瑶清楚得很。就是因为她清楚，所以才会死得那么惨。唐明轩就是杀人凶手，如果他不是杀人凶手，为什么着急火化尸体？如果他不是杀人凶手，为什么他拒绝了警方的调查？如果他不是杀人凶手，为什么他把房子重新翻修粉刷？如果……"解天钧越说越激动，一口气说了太多质疑，最后终于松了口气，语气平和了下来，淡淡地，"如果他不是杀人凶手，为什么瑶瑶会写那些痛苦的日记？"

解天钧强压着内心的伤感，眼泪虽然在眼眶里打转，柯媛的身影也变得模糊，但他还是强忍着没有让眼泪掉下来。

"明轩有不在场的证明。"

"我知道，你就是他的不在场证明。"解天钧像是被抽空了的气球，话语间透出了疲惫，"可是，他可以雇凶杀人。"

柯媛被解天钧的最后一句话噎得不知该如何辩驳，确切地说，她开始为这番话动摇，心里的天秤出现了偏向。

"要看看吗？"栗子瑶的声音传入耳中，柯媛回过神来。

"你说什么？"

"我说要看看吗？不过这是别人的日记，未经本人同意就偷看似乎不太好吧。"

柯媛从栗子瑶手里拿过日记本，放回木盒子，锁进了抽屉里。

"唐明轩应该可以，毕竟他跟解玮瑶夫妻一场，看看……"

栗子瑶话还没说完，柯媛截住："这件事不要告诉明轩。"

"啊？"栗子瑶诧异。

"我自己会看着办的，你先出去吧。"

栗子瑶无趣地走出了办公室，边走边转头看着陷入沉思的柯媛，替她关上了办公室的门。

第四章　现身

　　晌午时分，苍蝇馆子里人满为患，服务员和老板娘迎来送往，光顾的客人络绎不绝。在馆子的偏僻角落背对着门口坐着一个男人，大热的天气，男人依旧还戴着帽衫上的帽子，似乎是在刻意躲避人群。

　　唐明轩走进苍蝇馆子，在柜台点完餐之后，收完钱的老板娘让唐明轩先坐一会儿，唐明轩应了声好之后转过身开始在不大的馆子里寻找着座位。由于馆子不大，再加上人又很多，几乎每个桌子上都有了客人。唐明轩眼睛注意到了角落里的男人，走了过去。唐明轩直接坐在了男人的对面，侧对着男人，看了一眼手表，拿出手机开始翻着。男人微微抬眼看了一下唐明轩，继续吃东西。

　　馆子里嘈杂的声音吵得唐明轩有些心烦，只好拦住服务员问了一句自己点的餐有没有做好。服务员满头大汗，答应帮他去厨房催一下。

　　戴着帽子的男人一言不发地继续吃着，唐明轩转头看了一眼男人，手指继续在手机屏幕上翻着。

不一会儿，服务员手里提着两个塑料袋向唐明轩走了过去，唐明轩接过饭菜对服务员说了声谢谢便走出了馆子。而一直坐在角落的男人此时也站了起来，走出了餐馆。

唐明轩回到办公室时，柯媛已经不见了踪影。唐明轩提着两个塑料袋走到栗子瑶办公桌前："看见柯媛了吗？"

栗子瑶抬起头："没有。没在办公室吗？"

唐明轩摇了摇头。

栗子瑶也感到奇怪："刚才还在呢。"

"你没看见她出去？"

"没有。"栗子瑶说，"你找她有事儿？"

"她还没吃午饭，我刚买上来就看不见人了。"

"哦，可能是去厕所了吧，要么就是去楼下买咖啡去了。"

"咖啡我已经给她买了，还是她让我买的。"

"哦。"栗子瑶也不知道该说些什么了。

"那什么，你忙吧。"唐明轩提着饭菜走进了茶水间。

柯媛把木箱子推到解天钧面前："还给你。"

解天钧看着箱子笑了一下。

"你觉得很好笑吗？"

解天钧把木箱子拽到自己跟前，顺手打开拿出了里面的日记本："瑶瑶生前写了很多本日记，这是其中一本。每天一篇，从不间断。"说着，解天钧翻开了日记本，边翻着边说："我这个傻妹妹呀，也不知道是从什么开始喜欢上写日记的。或许，是我真的离开太久，已经忘记她有什么兴趣爱好了。"

"所以她遇到了明轩，是明轩给了她想要的。"

听到这句话，解天钧的脸色骤变，眼神也变得冷淡，完全没有了刚才看到日记时的温存："但她却死在了唐明轩的手里。"

"你为什么就不能相信他？"

解天钧突然把日记本摔在桌子上，声音响彻整个房间："你让我怎么相信他！瑶瑶的日记里写满了对唐明轩的失望，是唐明轩杀了她，这是既定的事实。我，只相信事实。"

"但你并未亲眼看见。"柯媛被解天钧的举动吓了一跳，为了掩饰内心的惊颤，声音也提高了一些，"这些都是你的猜测。"

"合理的猜测。"

"莫名其妙。"柯媛从沙发上拿起背包，径自离开了解天钧的房间，房门被重重地关上。

茶水间里，唐明轩一口一口地吃着饭菜，中间也有同事进来泡茶冲咖啡，也都只是简单地寒暄几句之后就离开了。唐明轩看了一眼手表，已经快两点，又看了一眼桌子上的饭菜，无奈地轻叹了一口气，收拾了一下站起身把饭菜放进了冰箱。

明天就要去澳洲总部，唐明轩一下午都忙碌不已，可是即便如此他的心思仍完全没有在工作上，总是有些坐立不安的。唐明轩端着水杯走出办公室，经过柯媛办公室时向里面望了一眼，看到依旧是空无一人，不免有些失落。就在快走到茶水间门口时，由于一直低着头，没有看到迎面走出来的人，两个人撞在了一起，而对方刚冲好的咖啡也洒在了唐明轩白色的衬衫上。

"对不起，对不起……"对方一直说着抱歉的话。

唐明轩抬起头看到是栗子瑶："没关系，是我自己不小心。"

"你站在这儿干吗呢？"

"哦，接杯水。"唐明轩说着举了举手里的水杯。

栗子瑶指了指唐明轩身后："你办公室不是有饮水机嘛。"

"啊，哦，那个，那个，饮水机没水了。"

栗子瑶看着唐明轩一脸慌张，不知所措的样子，扑哧一声笑了："行啦，别解释了。你不就是想看看柯媛回来了没有嘛。你至于嘛，想看就看呗，还假装出来倒水。你俩婚都结了，你还矜持什么呢？"

"什么？"唐明轩听到"矜持"两个字，没反应上来。

"你给她打电话没有？"栗子瑶没有回答，反问道。

"打了，一直没人接。"

听到柯媛一直不接电话，栗子瑶也有些疑惑："那就奇怪了，这一下午她去哪儿了？平时可不这样的。"话音刚落，栗子瑶似乎想到了什么，眼睛一亮："会不会是……"

"什么？"唐明轩追问。

栗子瑶刚想开口说出解玮瑶日记本的事情，忽然想到柯媛交代给自己的话，又把话咽了回去，摇摇头："没什么。"低头看到唐明轩衬衫上的咖啡渍，指着唐明轩的衣服，"这个，你还是赶紧处理一下吧，否则时间一长就很难洗下来了。"

唐明轩低下头："好。"把水杯递给栗子瑶，径直走出了公司。

黑暗的办公区，只有唐明轩的办公室还有亮光，电脑显示器的光映在人的脸上。电脑显示器上显示着文件夹，里面是一个又一个的表格文档。鼠标将整个文件夹进行了复制，复制窗口出现在眼前。20%，60%，100%，复制成功。电脑里传出"咚"的一声，电脑前的人从椅子上站了起来，走出了办公室。

唐明轩从洗手间出来，经过走廊时恍惚间看到一个人影走进了电梯。从背影来看，唐明轩以为是陈绍洋，但转而一想下班时自己是看着陈绍洋和栗子瑶一起离开的，又想到现在已经快十点了，陈绍洋不可能还出现在公司，便没再多想又走回了公司。

坐在电脑前，唐明轩顿时感觉到了一丝头痛，手指在太阳穴上按了两下，疼痛不但没有缓解反而有些加重了。唐明轩随手打开抽屉，从里面拿出一个小盒子，晃了两下，没有听到里面药片晃动的声音，又扔回了抽屉里。疼痛开始加剧，唐明轩手肘撑在桌子上，两只手开始在太阳穴上缓慢地按压着，双眼紧闭，眉头微皱。然而，他没有注意到在对面的沙发上坐着一个女人。

昏暗的房间里，虽然周围一切都处于黑暗中，但是女人红色的嘴唇、红色的指甲油、红色的长裙、红色的高跟鞋还是让人眼前一亮，甚是扎眼。红衣女人手托腮注视着唐明轩，嘴角微翘着，不发一语。

不一会儿，办公室外的灯亮起了一小片，红衣女人转头望向格子间，柯媛背着包手里提着一个纸袋子正在向唐明轩的办公室走来。红衣女人转头又看了一眼还在按压太阳穴的唐明轩，还是一副看戏的表情，嘴角微翘。只是这一次没有托着腮，而是端坐着靠着沙发背。

柯媛没有敲门，直接推开了唐明轩的门："明轩。"

唐明轩闻声猛然抬头，看到是柯媛有些惊讶，转而又变成一副生气的表情："你一下午都去哪儿了？！打你电话也不接。"

柯媛似乎早已想好了为自己辩解的方法，不慌不忙地说："对不起，我下午去见一个客户，手机一直静音。没想到一聊起来就聊了一下午，还一起吃了一顿晚饭。"

"那你可来个电话呀！"

"手机一直在包里，等我从饭店里出来时才看到你的电话。"柯媛边说着边把手里的纸袋子放在茶几上，顺势坐在了沙发上，坐在了红衣女人的旁边。

唐明轩头疼得厉害，也懒得跟她说那么多，也不再追问。

"你还没吃饭吧。我给你买了一些吃的，中午没一起吃饭，我现在陪你吃。"

唐明轩从椅子上站起来，头里面就像炸了似的，疼得让他没站稳，身子晃了一下。愣了一会儿才朝柯媛走过去，边走边说："我吃过了。中午本想买回来跟你一起吃的，没想到我回来之后你人倒是不见了，就把剩下的饭菜放在了冰箱里。在你来之前，我在微波炉里热了一下，刚吃完。"

"对不起啊。"柯媛一脸歉疚。

唐明轩坐在另一侧的单人沙发上，脸色疲惫："没事。这些就放着当夜宵吧。"

柯媛看出了唐明轩的疲惫："你怎么了？"

唐明轩眉头一皱："头疼。"

"吃药了吗？"

"没有。"

柯媛知道唐明轩有头痛的毛病，但她清楚地记得自从解玮瑶死后，唐明轩头痛的顽疾也就好了。虽然这些年，中间也偶尔疼过几次，但都没有这次这么严重，挺一挺也就过去了，再加上止痛药吃多了本身就容易成瘾，柯媛便也没再让他吃过。看着唐明轩头疼的样子，她不禁又担心起来。

红衣女人端坐在沙发上，始终注视着唐明轩和柯媛，看着柯媛担心唐明轩的样子，看着唐明轩痛苦的神情，她竟然还微笑着，像是在观赏一出很有意思的戏剧。

解天钧站在大门口，看着眼前的别墅。离家十几年，对家里的一切解天钧一直都选择逃避着，唯有这个妹妹是他心里最惦记的。这栋别墅是解玮瑶结婚时，解天钧送给她的生日礼物。即便自己对唐明轩有很多的看法和想法，但是他还是真心希望解玮瑶能够幸福，能够有自己的一个完整而美好的家，只可惜事与愿违。

"进去吧。"姚伟走到他的身边。

解天钧从思绪中回神，转头看了一眼姚伟："哥，谢谢你。"

姚伟拍了拍解天钧的肩膀："自家兄弟，不说两家话。"

解天钧推开房门，房内已经焕然一新，完全没有了三年前的样子。解天钧环视着四周，姚伟介绍着房间内的每一个设计以及改换的空间。姚伟刚介绍完一楼，解天钧打断他，直接问道："瑶瑶的房间在哪儿？"

姚伟走到通往二楼的楼梯口："在楼上。"说完，转身上楼，解天钧跟在后面。

两人一前一后走到二楼正对楼梯的房间，姚伟站在门口没有开门，而是从衣兜里拿出一把钥匙，转身交给了解天钧。

"给你。"

解天钧接过钥匙。

"我在一楼等你。"说完，姚伟径自走下楼。

解天钧看着姚伟走下楼后没有立刻开门，而是在门口站了一会儿，手里捏着钥匙，手指不停地在钥匙上摩挲着，许久也不敢打开房门。他怕，他怕看到解玮瑶临死时的样子；他惊，他惊见到解玮瑶生病时的憔悴；他恐，他恐听到解玮瑶请求时的声音。

房门打开，一束刺眼的阳光照得解天钧眼前苍白一片。一个扎着马尾辫的女孩儿背对着解天钧站在解天钧面前，解天钧看着女孩儿的背影，叫了一声："瑶瑶。"

女孩儿转过头，满脸微笑，声音清脆地叫着："哥，欢迎回家。"

解天钧快步地向解玮瑶走过去，一把抱住解玮瑶，一句话也说不出来。解天钧越抱越紧，就像回到小时候，生怕妹妹被人带走，紧紧地抱着不放一样。

解天钧放开解玮瑶，想要看清楚她的样子，却发现眼前的妹妹越来越模糊，直到彻底消失在眼前，解天钧才恍然明白，原来只是自己太过思念，才会有这样的错觉。

解天钧看着眼前洁白的床单，地上摆满了各种牛皮纸箱子。空荡的房间里，唯有梳妆台上还摆着两幅解玮瑶的照片。解天钧记得，那还是自己第一次回家时他帮解玮瑶拍的。

柯媛刚坐在椅子上，栗子瑶推门进来连门都没敲。柯媛抬头看了她一眼，一边继续收拾着桌面一边说着："你还真是越来越过分了啊，进领导的办公室连门都不敲了。"

栗子瑶微笑着，径直走到办公桌前，拉开椅子就坐下来："看来是真不准备去度蜜月了。"

"不去了。"柯媛打开电脑。

"真不去了？"

柯媛瞟了栗子瑶一眼："你想去？"

栗子瑶身子往后一靠，双手交叉抱在胸前："切，我才不要呢。再说了，我倒是想去，也得有人愿意跟我去啊。"

"和陈绍洋闹别扭了？"

"没有。"

"你少来，"柯媛从栗子瑶的神情上猜出了一些端倪，"需要我帮忙吗？"

"你还是帮你自己吧。"说完，栗子瑶从椅子上站起来，转身走出了办公室。

栗子瑶回到办公桌前，顺手拿起手机看了一眼，一条微信映入眼帘，是陈绍洋发过来的。栗子瑶打开微信，看到对话框里的留言，脸色变得更难看起来。

机场的候机室里，陈绍洋坐在位置上，手里握着手机，眼睛时不时地看一眼手机，按下 home 键，栗子瑶的照片出现在眼前，但没有任何信息。

"等谁电话吗？"唐明轩坐在椅子上，从纸巾包里抽出纸巾，擦着手。

陈绍洋收起手机："没有。只是有些无聊。"

"跟栗子瑶吵架了？"

陈绍洋心一震，矢口否认："没有。"

唐明轩把擦完手的纸巾团成一个团，攥在手心，把纸巾包放进口袋里："别骗我了，你的脸色已经把你给出卖了。你别忘了，我可是过来人。"

陈绍洋继续否认着："真的没有。再说了，她一直都没亲口承认要做我的女朋友。"

"那你俩这是在干什么？搞暧昧啊？"

"呼……"陈绍洋长舒了一口气，语气变得无力，"我也想啊。"

"那就证明你还是不够主动。"

"我还不……"陈绍洋的声音突然变大，坐在周围的人都下意识地看向他和唐明轩。意识到这一点，陈绍洋刻意把声音压低了些："我做得挺明显的。"

"那就是她的问题。"

"只要不是傻子，都知道我在干什么。而且，所有人都知道我跟她的关系，也不知道她还在坚持什么。"

"也许，"唐明轩说，"她只是在保持矜持。"

陈绍洋不再说话。

唐明轩拍了拍陈绍洋的肩膀："到了澳洲之后，选一份礼物送给她。"

"买什么？我都不知道她喜欢什么。我把自己的心都掏出来了，她连四分之一都不肯给我，把自己包裹得那叫一个严实。"

"凭直觉选一个，第一直觉。她只要收了你的礼物，不管那

夜行人

句话她说与不说，都证明她是接受你的。"

"你是不是就靠这种方法追女人的？"陈绍洋神情变得冷静，眼神里仿佛带着杀气，"才会让她们对你死心塌地。"

陈绍洋的这句话让唐明轩顿时怔住，心脏膨胀得厉害甚至有些发疼，额头上泛出细小汗珠，眼睛无神，和陈绍洋对视着。

唐明轩刻意保持着冷静，细弱的几次深呼吸让心绪稳定下来，额头上的细汗也干了。耳边传来登机的广播通知，僵硬了几秒钟的嘴唇微微翘起，笑道："走吧。"

陈绍洋的脸色也恢复到了正常的状态，笑着点了点头。

两人同时起身，向登机口走去。

解天钧翻着相册，看着相册里小时候的解玮瑶，不由自主地笑出声来。耳边传来敲门声，解天钧闻声抬头，姚伟不知何时已经站在门口。

"一转眼，瑶瑶都长这么大了。"解天钧继续翻着相册。相册上，不同时期的解玮瑶好像在眼前一样。望着相册里笑得开心的妹妹，解天钧的眼泪终于掉了下来。

姚伟仍旧站在门口，也不向前走，也不离开，一言不发地看着坐在床上的解天钧。

解天钧抹掉眼泪，合上相册放回到箱子里，站起身："找我有事？"

"合约已经做好了，等你签字。"

解天钧没有说话，径直走出房门，把钥匙交给姚伟："把门锁好。"说完，拿出手机，边看着手机边说："唐明轩该到澳洲了吧？"

姚伟锁好门，转过身看了一眼手表："还有两个小时。"

"网络都安排好了吧？"

"都准备好了，你要不要先试一试，跟澳洲那边见个面？"

"不用了，惊喜嘛。提前揭晓怎么还叫惊喜。"解天钧笑着说。

姚伟回以微笑。

"哦，对了，"解天钧走下楼梯，突然又想起什么，停下脚步转过身，"让上海那边的人也开始吧，转让合约不是早就签完了吗？"

"知道了。"

"看来柯媛他们要有得忙了。"解天钧语气中透着轻松。

"我看你的麻烦也快来了。"

解天钧没有明白："我有什么麻烦？"

姚伟走下楼梯，从解天钧身边走过："女人的麻烦。"说着，走向茶几处，弯腰拿起茶几上的文件夹。

解天钧走到姚伟身边："这个你就不必担心了，我专门是解决女人麻烦的，难道你忘了我的专长吗？"

姚伟递上文件夹："签字吧你。"

解天钧微笑着接过文件夹，从西装里拿出一根签字笔，连看都没看就直接签下了自己的名字。

急促的敲门声打断了柯媛的思路，栗子瑶不等柯媛开口让她进来就已经冲到了柯媛的办公桌前，脸色沉重。

看着栗子瑶从未有过的表情，柯媛预感到了事情的严重性：

"怎么了？"

"上海……"栗子瑶心脏怦怦地跳得厉害，令呼吸都变得局促，有些气短，"上海，上海代理商要终止跟我们的合作。"

柯媛霍地从椅子上站起来："为什么？"

栗子瑶喘着粗气，摇摇头："不知道。"

柯媛一下子也慌了神，不知道该怎么办。看到柯媛的样子，栗子瑶深知她也没有办法。"能联系上唐明轩吗？"栗子瑶脱口而出，完全忘记了上下级的尊称。

柯媛看了一眼手表："这个时间他应该还在睡觉。"

"我的姑奶奶，都什么时候了，你还有心思考虑他睡不睡觉？"栗子瑶急道。见柯媛还是愣着不做任何举动，拿出手机就给陈绍洋打电话。栗子瑶拨通陈绍洋的电话，另一端传出电话已关机的提示音。

"早不关机晚不关机，偏偏这个时候关机。"栗子瑶挂断电话，继续重拨着。

"子瑶，"柯媛终于开口说话，"我们去上海。"

栗子瑶放下手机："好。我让人去订机票。"

"我给上海的刘总打电话，先问一下到底是怎么回事。你去找法务，把之前跟他们签的合约找出来，带上。"

说完，两个人开始分头行动。

墨尔本机场，陈绍洋把登机牌递给唐明轩："真没想到事情会变成这样。"

唐明轩看了一眼手里的登机牌，苦笑了一下："希望越大失望越大。不能怪别人，要怪只能怪我们太高看自己了。"

陈绍洋还有些不服气："这不是摆明了给人下马威嘛！"

唐明轩拍了拍陈绍洋："别想了。我这当事人还没怎么样，你倒先让自己气成这样。解天钧摆明了就是针对我而来的，你要是认真，就真的输了。"

陈绍洋皱了皱眉，一想到昨天会议上的事情，就气不打一处来。

"回去之后，这边的事情谁都别说。"唐明轩叮嘱着。

"知道了。"

看着陈绍洋气闷的样子，唐明轩还是不放心："公司没有人知道我们这次来是为了什么，所以什么也别说，免得有人担心。"

"你是不想让柯媛担心。"陈绍洋心里清楚唐明轩的意思，"你就不怕解天钧以后处处针对你。他现在可是你的直接领导了，看他那架势，是不把你往死里整就不罢休的样子。他要是真的给你来一个公报私仇，你觉得你还有好果子吃吗？"

唐明轩不在乎解天钧还会给自己带来什么，这些年他受解天钧的冷嘲热讽已经太多，似乎也习惯了这样的日子。

"走吧。"唐明轩指了指陈绍洋身后的安检口，"到你了。"

陈绍洋转身向安检处走去。

栗子瑶背着包，手里拿着文件袋走进柯媛的办公室。柯媛正在打电话，示意她在椅子上坐一会儿稍等一下。栗子瑶明白，转身坐了下来。

"刘总，话不能这么说，我们之间也合作了这么多年，不能您一句话说不合作就不合作，连个正当的理由也没有。"柯媛说着。

栗子瑶听着柯媛的话，猜到事情进展得并不顺利。

"这样吧刘总，我现在就去机场，等我们见了面再细说……"

柯媛放下电话，栗子瑶立刻追问："怎么样？"

柯媛摇摇头。

"走吧，机票是两个小时以后的，我们时间还挺……"栗子瑶站起身。

"把机票退了吧。"

"什么意思？"

"刘总不会见我们的，刚才电话里已经说得很清楚了。而且，他也不在上海。"

栗子瑶也泄了气，一屁股坐在椅子上，把文件袋扔在桌子上。两个人面对面地坐着，各自发着呆。

姚伟端着两杯红酒离开吧台，向客厅里走去。客厅里传出笑声，紧接着便听到解天钧的声音："多谢刘总。"

"哈哈，解董哪里话。当年如果不是你出钱，我们公司也不可能走出困境，话说回来你还是我的恩人呢。"

"刘总客气了。"解天钧看到姚伟端着红酒走过来，双手接过红酒，递给刘成，"看得出刘总是一个干大事情的人，而且刘总年长我几岁，作为弟弟哪有看着哥哥有难不出手帮忙的道理。"

刘成接过红酒，举在半空，听着解天钧对自己说的那些奉承话，心里不知道有多舒服，笑得半天合不拢嘴。

"从今天开始刘总再也不用担心代理渠道的问题了，晚上终于可以高枕无忧了。"

"高枕无忧谈不上，最重要的是不用看解玮瑶的脸色了。"

刘成脱口而出，解天钧听到解玮瑶的名字，脸色骤变。"这个女人真不是做生意的料子，每天摆着一副扑克脸，好像全世界每个人都欠她的一样。合作嘛，就要有合作的样子，她真以为自己是一人之下万人之上啊……"

解天钧压制着心中的怒火，听着刘成把自己的妹妹说得一文不值，脸色阴沉。

"我正想摆脱她，没想到老弟你把我揪出来了呀。"刘成喝了一口红酒，"不过，现在解玮瑶那个公司也不知怎么样，自从她死了以后，唐明轩一接手，就完全不一样了。说心里话，我还挺欣赏唐明轩这个人的，只可惜……"

"刘总，我还有事，您先走吧。"解天钧语气冰冷。

刘成一怔，心里明白解天钧这是在下逐客令，只是不知道哪句话惹到了这位大少爷，看到解天钧的样子又不敢问，只好无趣地放下酒杯，站起身："好，那我先走了。"还得装出一副无所谓的样子。

送走刘成，姚伟听到屋内突然传出酒杯摔碎的声音，不慌不忙走回了屋里。看着碎了一地的玻璃以及洒了一地的酒渍，再看看解天钧气愤的神情，就知道发生了什么事。

第五章　行动

会议室里鸦雀无声，唐明轩坐在椅子上面对着窗户沉思着，柯媛看着他也不说话。陈绍洋、栗子瑶等人也都低着头，不发一言。不一会儿，会议室传来敲门声，只见前台的小白推开房门，神情透着无奈。还没开口说话小白就退到一边，解天钧走进了会议室。看到解天钧，柯媛先是一惊，栗子瑶也缓慢地从椅子上站了起来，倒是唐明轩和陈绍洋表现得很镇定。栗子瑶看了一眼陈绍洋，手在桌子底下推了推他，陈绍洋依旧没有任何反应。

姚伟跟在解天钧身后也走了进来，径直走到唐明轩跟前，从包里拿出一份文件放在唐明轩的面前。柯媛看了一眼文件，伸手拿了过来，看到文件上写着"股权转让书"，似乎明白了什么。

"辛苦各位了，今天会议取消。"解天钧突然开口。

众人一怔，会议室里先是安静了一会儿，顿时传来窃窃私语的声音。

"如果没什么事，大家先出去吧。"姚伟说道。

众人纷纷收拾东西，依次走出会议室。

陈绍洋站起身，头一直低着，随着人群走出了会议室。栗子瑶先看了一眼柯媛，想要开口说话，柯媛对她使了个眼色，示意她先出去。栗子瑶看了一眼解天钧，转身走出了会议室。

"你也出去吧。"解天钧见柯媛没动，说道。

柯媛朝唐明轩看了一眼，又瞥了一眼解天钧和姚伟，拿起桌子上的笔记本走出了会议室。

姚伟跟着柯媛也走出了会议室。

"挺镇定的，的确是干大事的人。"解天钧边说着边在椅子上坐下，"干大事"三个字一字一顿地脱口而出。

唐明轩坐正身子："但都不及你。"

"知道就好。"

"祝贺你，终于得到了。"

解天钧顿了一会儿："是该庆祝，但还不是时候。"

唐明轩站起身："随便你吧。"

"这就放弃了？"唐明轩从解天钧身后走过，解天钧说道。

唐明轩站住脚："我要现在就放弃了，那多没意思。"说完，径自走出了会议室，独自留下解天钧一个人坐在会议室里。

栗子瑶坐在椅子上若有所思，看到唐明轩从会议室里出来，转头又望向了会议室，看着解天钧的背影，呢喃着。

"愣什么神儿呢？"栗子瑶闻声转头，小白端着水杯眼神也望着会议室，"这男的挺帅的。"

"还行吧。"

小白撇了撇嘴："你当然不会心动了，你们家陈绍洋……"

小白话还没说完，"陈绍洋"三个字刚说出口，栗子瑶霍地从椅子上站起来，向陈绍洋的办公桌走去。

"还真是，有了对象忘了朋友，也太现实了吧。"小白看到栗子瑶向陈绍洋走去，不禁埋怨起来。

栗子瑶走到陈绍洋桌前，也不说话直接敲了敲桌子。陈绍洋抬起头："有事儿？"

"来一下。"

陈绍洋看了一眼手表："我这儿忙着呢，着急吗？"

"哎呀，让你吃饭就吃饭，哪那么多废话。"栗子瑶说完，径自离开。

陈绍洋虽然一脸疑惑，但是心里也明白栗子瑶为什么找他，从椅子上站起来离开了座位。

栗子瑶走进茶水间，陈绍洋跟进茶水间。

"把门关上。"

"啊？"

"啊什么啊，我让你把门关上。"栗子瑶摆出严肃脸。

陈绍洋"哦"了一声，反手关上了房门。"找我什么事？"陈绍洋走到桌子前，拉开椅子坐下。

"上周去总部开会发生什么事了？"栗子瑶开门见山。

"挺好的，没什么？"陈绍洋表现得很淡定。

栗子瑶双手撑在桌面上，身体前倾，注视着陈绍洋也不说话，就那样专注地盯着。陈绍洋虽然被栗子瑶看得心里有些发毛，但眼睛也一直盯着栗子瑶。两人对视了几秒，换作栗子瑶开始浑身不自在起来，双手离开了桌子，走到了窗前刻意躲开陈绍洋的视线。

"我知道你想问什么。"

栗子瑶转过身："你们这次去总部开会，是不是还有别的事。"

陈绍洋不再隐瞒，点了点头："对，是关于新任总裁的事情。"

栗子瑶走回到桌子前坐下："怎么说？"

"唐明轩在上个月就递交了总裁申请表，自从解玮瑶死了之后，唐明轩就开始着手股权转让的事情。"

"唐明轩要做总裁？"

"有什么稀奇吗？解玮瑶死了，唐明轩想做总裁，也是情理之中的事情。"

"做总裁当然不稀奇，但是为什么要做股权转让呢？"

"集团有规定，持有一半以上股权的人才有竞争总裁的资格。"

"什么奇葩规定，哪有凭股权的多少来决定谁做总裁的。"

"你别忘了，这家公司最大的股东是谁？"

"解……"栗子瑶恍然明白。

陈绍洋打了一个响指："解天钧为了保住解玮瑶在公司的权利，所以规定持股最多的一方才有资格递交总裁申请书。"

"切，这不就是独裁专政吗？总部那边的老头们允许解天钧这样胡闹？"

陈绍洋叹了一口气："没办法，谁叫解天钧在那边吃得开呢。而且，集团本来就是解玮瑶持大股，先不管解玮瑶的钱是不是解天钧的，不过可以肯定的是无论是在澳洲还是在这里，解天钧才是最大的金主。"

"你的意思是……"栗子瑶揣测着，"解天钧一直在注意着唐明轩？"

"解天钧到底是什么来历？"柯媛问道，"以前也听你和瑶
瑶提起过他，但也只是提起过而已。"

唐明轩盛好一碗酸辣汤放到柯媛手边："具体做些什么我也
不清楚，只知道他看不上我。"

柯媛不再说下去，一口一口地吃着碗里的饭，唐明轩的那句
"他看不上我"刺痛了柯媛的心。唐明轩一句话说得轻松，可在
柯媛听来却是沉重。

"这次去澳洲开会，发生什么事了？"柯媛突然问道。

唐明轩手里的筷子停了一下，说道："没发生什么事，就只
是开会而已。"

"那股权转让书又是怎么回事？"柯媛边吃着饭边追问，"没
听你提过要转让股权的事情啊。"

唐明轩放下筷子，抬头望着柯媛，许久不说话。柯媛察觉到
唐明轩许久都没有说话，抬起头与唐明轩对视上："怎么了？"

"柯媛，你为什么嫁给我？"

柯媛没想到唐明轩会突然问自己这么一句，心里没有任何准
备，不知道该如何回答。

"嗯？为什么嫁给我？"唐明轩又追问了一句，眼睛始终盯
着柯媛。

柯媛和唐明轩对视了一会儿，被唐明轩看得有些发毛，先移
开了视线，端起桌子上的水杯，喝起了水。

唐明轩向服务生招了招手，示意买单。服务生拿着菜单走过

来，唐明轩拿出钱包付了钱，起身走出了餐馆。柯媛被唐明轩就这样扔在了餐馆里，有些不知所措。

柯媛刚走进写字楼就碰上姚伟从电梯里走出来，姚伟也看到了柯媛，没有躲避径直走了过去。柯媛也没有要躲闪的意思，也向姚伟迎面而去。

"有时间吗？"姚伟直言问道。

"没有。"柯媛一口回绝。

柯媛从姚伟的身边走过，"天钧说让我找你谈谈。"姚伟的声音从身后传过来，柯媛站住脚，转过身。

姚伟转过身面对着柯媛："解董说，让我找你谈谈。"

柯媛扑哧一声笑了出来："你怎么那么听他的话。"

"就在门口的咖啡馆，耽误不了你多长时间。"

柯媛还没有拒绝，姚伟转身走出了写字楼。

咖啡厅里的音乐缓缓流出，姚伟和柯媛面对面靠窗而坐。柯媛眼睛一直盯着窗外，看着街道上形形色色的人流在眼前走来走去。此时，咖啡厅里的背景音乐与柯媛的心情完全相反，舒缓的音乐没有让柯媛感到轻松反而更加沉闷。

姚伟放下茶杯："你知道唐明轩悄悄收购公司股份的事吗？"

柯媛转过头，眼神犀利地看着姚伟。这个问题她刚问过唐明轩，得到的是唐明轩的冷漠，现在姚伟又问同样的问题，柯媛心里还有一千个疑问等待着有人能够回答她。

姚伟从柯媛的神情中猜测出她还不知道这件事，继续道："解玮瑶死后，唐明轩就开始了他的收购计划。"

柯媛只是听着，没做任何回应。

"唐明轩跟解玮瑶结婚就是为了她的钱，"姚伟不打算隐瞒，"天钧早就知道唐明轩的目的，为了这件事他和解玮瑶也争执过很多次，但最终也没能阻止他们两个结婚。"

柯媛喝了一口咖啡，听着姚伟的每一个字，心里即使不安脸上也始终保持着冷静。

姚伟继续："……解玮瑶突然就病了，一个一直都很健康的正常人，突然变成了一个精神病患者，你从来就没怀疑过吗？"

柯媛终于开了口："瑶瑶有失眠症，经常吃一些抗失眠的药。"

"失眠症？"姚伟冷哼一声，笑了笑，"是唐明轩告诉你的吧。"

"是瑶瑶亲口告诉我的。"

"那她是在精神正常的情况下跟你说的，还是在精神不正常的情况下跟你说的。"

柯媛愣了一下："一个精神病人是绝对不会承认自己有病的。"

听到柯媛的话，姚伟笑了笑："我真的怀疑你是不是也得了失眠症，这种论断也能说得出来。"

"你放心，就算我得了失眠症，也有明轩照顾我。"

"我承认，唐明轩是一个很有隐忍的男人。为了得到自己想要的，他不惜一次又一次地忍受着解玮瑶……"

"够了！"柯媛断喝。

姚伟看向柯媛。

"解天钧已经成功了，说来说去他不就是想报复唐明轩吗？他已经成功了。"虽然柯媛心里也有千万个答案等待着解答，但是在是非面前她还是选择了站在唐明轩这边。不管解天钧和姚伟对自己说了什么，甚至说过什么，她都非常清楚，此时此刻她要相信唐明轩，毫无保留地相信唐明轩。"还劳烦你告诉他，不要以为这么几句话就可以挑拨我和明轩的关系。明轩是怎样的一个人，我看得很清楚，否则我也不会嫁给他。至于他对瑶瑶的爱，我也是看在眼里的……"

"你为什么嫁给唐明轩？"姚伟打断她。

"你为什么嫁给我？"唐明轩的话同时在柯媛耳边响起，和姚伟的声音几乎同时出现。

柯媛顿了顿，深吸了一口气，因为动作轻微姚伟没有看出来。"我爱他。"柯媛说道。

"或许。"

"明轩心里一直没有忘记瑶瑶，直到现在他还会因为瑶瑶的死而愧疚，被噩梦惊醒。"

"可他现在有了你。"

"明轩本来是不接受……"

"最终还是接受了，不是吗？"

柯媛不想再听他说下去，猛地站起身："你是在审问我吗？我没必要回答你的每一个问题，也没必要听你的每一句话。"说着，柯媛从椅子上拿起背包就要走，又站住脚，"关于明轩收购股权的事情，你是律师，应该知道夫妻共同财产是指什么。明轩不是你们所想的那样恶意收购，他只是拿回属于自己和解玮瑶的那部分，你该清楚那是合情、合理、合法的。你问我知不知道这件事，我可以告诉你我知道，明轩早就跟我提过这件事。最后，谢谢你的咖啡。"

　　说完，头也不回地走出了咖啡厅。姚伟看着窗外经过的柯媛，若有所思地端起了茶杯。

　　柯媛刚走进公司，栗子瑶就拦住了她，话还没说出口只见解天钩从办公室里走出来，站在门口环视了一圈，看到柯媛和栗子瑶，手伸在空中向两人的方向摆了摆。栗子瑶和柯媛相觑一望，不知道他叫的是谁，同时又望向解天钩。解天钩伸出食指，抬在半空的手指，指了指栗子瑶。

　　栗子瑶走进解天钩的办公室，解天钩背对着栗子瑶站在办公桌前，右手在笔筒里拨弄着笔："你来公司多久了？"

　　栗子瑶没有马上回答，房间里沉静了一会儿。

　　解天钩转过身："你为什么来公司啊？"

　　栗子瑶与解天钩对视着，眼神丝毫没有闪躲的意思。

　　"坐吧。"解天钩走到沙发前坐下。

　　栗子瑶愣了一下，坐在了解天钩的斜对面。

　　"什么时候做上柯媛的助理的？"

　　栗子瑶还是不说话。

　　解天钩看着她："怎么，打算一直都不回答问题吗？"

　　栗子瑶嘴唇动了动，终于发声："解……"

　　"从今天开始，把柯媛的行踪，一举一动都直接汇报给我。"

　　"啊？"

　　"有什么问题吗？"

　　"没，没有，"栗子瑶摇摇头，"只是，我想问个问题。"

　　解天钩端正了一下身子："一个。"

栗子瑶微微一笑："你盯了唐明轩多久？"

"从他跟我妹妹在一起开始。"

栗子瑶"哦"了一声，站起身："还有别的事吗？没事的话，我先出去了。"

"别跟任何人说这件事，为了柯媛。"

"知道了。"栗子瑶转身走出办公室。

唐明轩把水杯放在桌子上，收起桌子上的药盒扔进了抽屉后，双手在太阳穴上揉着。办公桌对面的沙发上，一个红衣女人双腿交叠坐着，眼睛看着痛苦的唐明轩："你觉得你还能坚持多久？"

唐明轩停止动作，缓缓抬起头，望向红衣女人："你怎么来了？"

"我不能来吗？"

唐明轩脸上露出鄙夷之色。

红衣女人从沙发上站起来，缓步向唐明轩走过去，边走边说："被追上门的感觉不好受吧。"

唐明轩不说话，忍着头痛开始忙碌手上的工作。

"柯媛也开始怀疑你了。"

"我很忙，你没什么事就先走吧。"

两人异口同声。

"否则她怎么会那么问你，你难道就不好奇吗？"

"我的老婆，我了解，没什么好奇的。"唐明轩始终不抬头，翻着手里的文件。

"看你焦头烂额的样子，要我帮你吗？"

"你……"唐明轩抬起头，红衣女人已经坐在了自己的对面。

"生气啦？"红衣女人玩味地看着唐明轩，"别生气。我会帮你的，还像以前一样。"

唐明轩刚要开口，话还没说出来，门外就响起了敲门声。

唐明轩看了一眼门口，又看了一眼红衣女人。红衣女人笑着，不发一言。"进来。"唐明轩喊道。

房门被推开，解天钧走了进来。看到是解天钧，唐明轩的脸色骤变，面无表情。倒是红衣女人饶有兴趣地盯着解天钧，嘴角挂着意味深长的微笑。

"看来不欢迎我啊。"

"你不给我面子，我也没有给你好脸色的必要吧。"

解天钧呵呵笑了笑，坐在了红衣女人的位置上："几年不见，敢这么跟我说话了。真是身份不一样了，说话也有了底气。"

红衣女人站在唐明轩身后，两双眼睛和解天钧的眼睛对视着。

唐明轩（红衣女人）："想激我也找一个好的方式才行啊，别到时候伤了自己也害了别人。"

"这才是你的真面目吧？"解天钧紧紧地盯着，"这样多好，那么多年遮遮掩掩，挺辛苦的吧。"

唐明轩（红衣女人）："别耍嘴皮子了，计划了那么久，也该开始了，这不就是你的第一步吗？当初如果不是瑶瑶，我也许早就消失在你眼前了，说到底我还得谢谢她，没有她我还活不了这么久。"

解天钧放在腿上的双手攥成拳头，目露凶光。

"其实你不必这么大费周章的，以你的背景，在瑶瑶去世的时候就可以做了我。只是我不明白，干吗非要兜这么大圈子。改邪归正了还是金盆洗手了？或者良心发现，想积德。"

"对，我是良心发现，想积德。"解天钧舒展开眉头，"不行吗？"

"行。你说行就行。"

"唐明轩，我一直有个问题想问问你。"解天钧站起身，双手扶住桌沿，身子微微前倾，与唐明轩的脸贴得更近，眼睛直勾勾地盯着他，想要看透一般。"杀那么多人，心里真的舒服吗？"

红衣女人走进唐明轩的身体里，唐明轩眼神变得冷漠，嘴角微扬："你呢？又如何？"

柯媛走出办公室，栗子瑶从椅子上站起来立刻追上去："柯媛。"

柯媛闻声转身："有事？"

"你去干吗？"

"出去见个客户。怎么了？"

"没事，我就是问问那个策划……"

"我还没来得及看，明天我找你。"

"不急，我就是问问。"

"我就不回来了，有什么事给我打电话。"

"好。"

栗子瑶目送着柯媛走出公司。

陈绍洋不知何时站在了身后："晚上有空吗？"

栗子瑶被突如其来的声音吓了一跳，身子哆嗦一下："吓我一跳。"

陈绍洋被栗子瑶的反应也吓得一怔。

栗子瑶站在原地,稍稍稳了稳心神:"走路怎么连个声儿都没有。"

"我以为你知道我在你后面。"陈绍洋有些委屈。

"什么事儿啊?"栗子瑶一脸不耐烦,手还轻抚着胸口。

"晚上有空吗?"陈绍洋说,"看电影。"

"没有。"说完,栗子瑶从陈绍洋身边走过。

陈绍洋拉住栗子瑶:"你最喜欢的题材。"

栗子瑶甩开陈绍洋的手:"干吗呀,上着班呢。"

"我已经买完票了。"

"都说了没时间。"

"借给我。"陈绍洋说着伸出右手,摊开在半空。

栗子瑶莫名其妙:"什么?"

"时间。"

栗子瑶冷哼一声。

"两个小时。"陈绍洋又拉起栗子瑶的手,把栗子瑶的手摊开,击了一掌,"就这么定了,下班我等你。"

说完,陈绍洋从栗子瑶的身边走过,回到了自己的位置上。

栗子瑶已经来不及拒绝,疑惑地看了一眼还举在半空的手掌,又看了一眼陈绍洋的背影,莫名其妙。

初秋季节的夜晚让闷热的伏天多了几分凉爽,陈绍洋把栗子瑶送到家门口,栗子瑶停下脚步:"你回去吧。"

"子瑶……"陈绍洋叫住栗子瑶。

"怎么了？"

陈绍洋没有说话，注视着栗子瑶。

"电影挺好看的，谢谢你。"栗子瑶语气柔和，对着陈绍洋微微一笑，转过了身。刚迈出步子，感觉被什么东西拽住，再低头一看是陈绍洋抓住了自己的手腕。

陈绍洋猛地用力把栗子瑶拉到了怀里，不容栗子瑶说话嘴唇已经覆了上去。栗子瑶反应过来，用尽全力想要推开陈绍洋，可是她越是挣扎就被他抱得越紧，吻得越用力。

栗子瑶把衬衣扔在床上："很晚了。"

"真让我走啊。"陈绍洋靠着床头，看了一眼床上的衬衣。

栗子瑶穿着睡衣站在床边："走不走？！"

陈绍洋不情愿地拿过衬衣，穿在身上："走。"一个"走"字拉着长音，边说着边从床上下来，穿好衣服。

栗子瑶转身走出卧室，从茶几上拿起水杯走到饮水机前接水。陈绍洋扣着衬衣的扣子走出卧室，站在了栗子瑶的身后，从身后抱住了她："我以后可以常来吗？"声音温柔，一股暖气在栗子瑶的耳后轻吐着，栗子瑶头皮顿时麻了起来。

栗子瑶转过身，把陈绍洋的手松开，端着水杯坐在沙发上，喝着水。

陈绍洋拿起扔在地上的西装外套，套在了身上："我走了。"

"绍洋……"栗子瑶放下水杯，转头看着陈绍洋。

陈绍洋不说话，也看着她。

"别对我抱希望。"栗子瑶的嘴唇抽动着，眼眶里含了泪，强忍着不让它掉下来被陈绍洋看到。

陈绍洋知道她什么意思，回道："你已经给了我希望，还怎么不抱希望？"

栗子瑶转过头，低头看着茶几上的水杯，眼泪终于还是掉了下来，滴在了手背上。这时耳边传来关门的声音，栗子瑶抬头再看时，陈绍洋已经离开。栗子瑶靠在沙发背上，想着刚才陈绍洋说话时的表情，那句"你已经给了我希望，还怎么不抱希望"在耳边不断地回响着。

陈绍洋站在电梯里，想起栗子瑶的那滴眼泪，心就像被什么东西扎了一下地刺痛。"别对我抱希望。"想到栗子瑶的这句话，再想到今晚栗子瑶并没有拒绝自己的举动，陈绍洋的心里竟多了一份负罪感。

深夜的霓虹变得孤独，柯媛站在阳台上看着已经安静下来的城市，双手交握搭在围栏上。

"案子已经封档，死者的遗物也都归还给家属了，你为什么不直接问家属呢？"一个穿着便装的中年男人坐在柯媛对面，端起咖啡喝了一口又放在桌子上，"你可以去问问唐明轩。"

柯媛为难道："刘队，我想拜托您一件事。"

"你说。"

"我想重新调查瑶瑶自杀的事情。"

"重新调查。"刘队惊讶，"案子已经结束封档，要重新调查是需要确切证据的，而且还要向上级汇报，不是你想查就能查的。"

柯媛不说话。

刘队看出了柯媛的心思："是发生什么事了吗？"

"解天钧回来了。"柯媛脱口而出，不做隐瞒。

"他回来怎么了？"

"解天钧给了我一本日记，是瑶瑶所有日记中的一本，里面写了关于她发现明轩一些私密的事情，我怀疑……"

"都是些什么事？"

"关于瑶瑶得失眠症的事。"

"日记呢？"

"在解天钧那里，我还给他了。"

刘队沉思了一会儿："你怀疑解玮瑶的死不是自杀？"

"我不确定，也不知道。如果她不是自杀，凶手又是谁？"

"你怀疑唐明轩吗？"

柯媛愣住。

这个问题终于还是要面对了，可是柯媛并不知道答案，心开始摇摆。

"你怀疑过他吗？"

"没有！"柯媛眼神坚定，语气笃定。"明轩有不在场证明，我就是他的不在场证明。凶手绝对不是他，瑶瑶被杀时我和他在上海。"

"被杀？"刘队重复，疑惑的口气。

柯媛也不知道自己怎么会说出"被杀"这两个字，自己看到的和听到的分明是"自杀"，自己为什么会说出"被杀"呢？

此刻，心乱如麻。

第六章　寻找

"发什么呆呢？"唐明轩的声音从身后传出来。

柯媛回神，闻声回头："没什么。"

说话间，唐明轩走到柯媛跟前，把耳边的头发掖到耳后，摸了摸她的脸："想什么呢？"

柯媛握住唐明轩的手："对不起。"

唐明轩诧异。

"我白天不应该那么问你，我……"

唐明轩把柯媛抱在怀里："该说对不起的应该是我，我也不知道怎么了，对你发脾气。"

柯媛依偎在唐明轩的怀里，听着他的心跳声。

"我不应该瞒着你股权转让的事情，应该一早告诉你的。"

"你有权不告诉我，"柯媛摇了摇头，"那是你和解玮瑶之间的事情，在这件事上我始终是个外人……"

"你不是外人。"唐明轩把柯媛从怀里移开，眼神深情地注视着，"你有权知道，也有权过问。因为，你是我老婆。"

柯媛也深情地看着唐明轩，心里有说不出的开心，也有说不出的酸楚。开心的是唐明轩的话，酸楚的是自己竟然怀疑他。

"明轩，我嫁给你是因为……"

唐明轩吻了下去，柯媛没有任何防备。"你为什么要嫁给我？"这个问题柯媛想要回答，但此时唐明轩不想听她的答案，只想抓住她，与她合为一体。

唐明轩深深地吸吮着，让柯媛有些喘不上气来。柯媛想挣脱，可唐明轩的猛烈攻势让她又不想就此抽离，只好甘愿接受，沉浸在唐明轩疯狂且温柔的亲吻里。

阳光从窗帘的缝隙中照射进来，细长的光芒照在床上，唐明轩抱着柯媛熟睡着。床头柜上的手机振动了两下之后随即传来铃声，柯媛睡眼惺忪地爬起身伸手拿起床头柜上的手机先看了一眼，接通了电话。吵闹的铃声和柯媛坐起身的动作让唐明轩翻了个身，背对着柯媛躺着。

"好，谢谢。"柯媛挂断电话。

"谁的电话？"唐明轩闭着眼睛，询问。

柯媛干脆起床："没谁。"

唐明轩翻了身，靠着床头坐起来："周末还出去？"

"嗯，约了人。"

"男的，女的？"

柯媛诧异，没想到唐明轩会问出这么一句："嗯？"

唐明轩一怔："啊，我是问……我是想说很重要的约会吗？本来还想今天让你陪我去个地方的。"

"去哪儿？"

"律师事务所。"

柯媛站在卧室门口，看着坐在床上的唐明轩，愣了一会儿。

"柯媛，柯媛？"唐明轩叫了两声。

"什么？"柯媛回神，"跟律师约的几点？"她没有问为什么去而是直接问时间，其实想也能想得明白。

"下午两点。"

柯媛转头，看了一眼客厅墙上的钟表，转过头："现在是八点多，我中午回来，下午我陪你去。"

说完微微一笑，转身消失在唐明轩的眼前。

上午的咖啡馆很冷清，整间咖啡馆里只有柯媛和刘队两个顾客。待服务员离开，刘队从包里拿出一张照片，推到柯媛面前。"这个人你认识吗？"刘队用手指在照片上敲了两下。

柯媛拿起照片，仔细看了看："黄锡伦？"

"解玮瑶的案子不太好查，关键是没有证据证明，想要重启案件很难。不过，之前我们调查时查到了这个人，我想你应该知道他是谁。"

"我知道，"柯媛放下照片，"明轩的大学同学，现在是大学里的药剂学老师，只见过一面。"

"见过一面就印象深刻，你记性不错啊。"

柯媛笑了笑，端起咖啡杯，喝了一口。

"柯媛，你如果信任我，就把你怀疑的地方跟我说说，光猜是找不到证据的。我知道你是为了证明唐明轩的清白才这么做……"

"刘队……"柯媛打断。

"我跟你哥是好兄弟，我也当你是我亲妹妹。你哥死的时候……"

"刘队，过去的事情就别提了，我没怪过你。"

柯媛这句话一出，两人都陷入了沉默。

"柯媛，"刘队把照片重新装进包里，"这个案子你别管了，我帮你查。但是你得答应我，不能自己冒险。不管唐明轩是一个什么样的人，他现在是你的丈夫，你是不是应该先选择相信他。"

柯媛凝视着咖啡杯，最喜欢的拿铁，现在尝起来全然没有了奶香气，更多的是苦涩。

"如果没有问题，你就在这上面签个字。"邢律师把一份合约推到唐明轩面前。

唐明轩拿起笔，毫不犹豫地在上面签上了自己的名字。

"其他的法律手续过两天也就差不多办妥了。不过，你之前还跟我说要把解……"

"邢律师，"唐明轩打断律师的话，"辛苦你了。"

邢律师被唐明轩突如其来的客气话搞得一愣，呵呵笑了笑："咱们之间还客套什么。"

柯媛坐在一旁，一句话不说，只是看着两个人之间你一言、我一语地说着话。

邢律师把合约收起来，唐明轩从椅子上站起来："走了。改天一起吃饭。"

"好。"邢律师也站起来。

柯媛拿起身后的背包："谢谢。"对着邢律师微微一笑。

走出律师事务所，唐明轩长舒了一口气。

柯媛抬起头："轻松了？"

唐明轩苦笑一下，摇了摇头。

柯媛知道唐明轩为什么会摇头，即便现在无债一身轻，可是解天钧回来了，定局之下又怎么可能轻松。

"我请你吃饭。"柯媛突然站到唐明轩面前，抬头微笑着。

"请我吃饭？"唐明轩疑惑，"什么理由？"

"没有理由。"柯媛眼珠子转了一下，指了指唐明轩的口袋，"你现在还有钱吗？"

唐明轩仰头笑了："是啊，看来我注定是要靠人养了。"

"走吧。"柯媛挽起唐明轩的胳膊。

姚伟走进解天钧的办公室："邢律师刚刚来电话，唐明轩把自己手里的股份全都转出了。"

解天钧放下手里的杂志："转出了？"

姚伟点了点头，莞尔一笑："你猜他转给谁了？"

"我。"解天钧脱口而出。

姚伟坐在沙发上："没想到吧。"

解天钧端起桌上的咖啡，啜了一口又放下："有点儿意外。"

"净身出户？"姚伟揣测着，"你说唐明轩会不会提出辞职？"

解天钧目光凝视，沉默不语。

"哦对了，还有件事。你让找的人，找到了。"姚伟说着从西装内侧兜里拿出一张照片，正面朝上放在桌子上，"黄锡伦，唐明轩的大学同学，现在是药剂学老师。"

"药剂学？"

"对。听说他正在准备精神科药物的研究论文。"姚伟注视着解天钧，"想到什么没有？"

解天钧若有所思："精神科药物，瑶瑶。"

姚伟表情平静，眼神却充满肯定。

解天钧盯着桌子上的照片，照片上的男人看起来比唐明轩的年纪稍微大一些，戴着一副黑框眼镜，斯斯文文的样子。高挺的鼻梁，眼睛不大却显得很精神。

黄锡伦背着单肩包，身边跟着两个男生，两个男生都穿着白大衣，三个人并排从教学楼里说说笑笑地走出来。

"黄锡伦。"

黄锡伦和两名男生突然站住脚，其中一个男生说："黄老师，我们先走了。"

黄锡伦点点头："你们先把实验器材都准备好，我一会儿就过去。"

目送两名学生离开后，黄锡伦说道："刘队，找我什么事？"

"你有课呀？"

"嗯，大实验课。"

"有时间吗？"

"什么事啊？"

刘队看出了黄锡伦没有时间，看了一眼手表问道："你几点

　　　　　　　　　　　　　　　　　　　　夜行人 ●

下课？”

“五点。”

“那你先去上课，五点我再来找你。”

黄锡伦看着刘队渐渐远去的背影，一头雾水。距刘队第一次见面已经过去五年，那是确定解玮瑶是自杀还是他杀的时候。之后再没有任何联系，已经过去这么长时间，对于刘队的突然出现黄锡伦有些疑惑。

柯媛站在柜台前埋单，唐明轩站在旁边，手机传来信息提醒的声音，唐明轩拿出手机看到是黄锡伦发来的信息：有时间吗？来一趟学校，有事。

“谁来的信息？”

“黄锡伦。”

柯媛一听到黄锡伦的名字，愣了一下：“什么事啊？”

唐明轩收起手机：“没事。好了吗？”

“好了，走吧。”

在所有服务生的送客敬语中，两人走出餐馆。

刚走进写字楼，唐明轩突然对柯媛说：“柯媛，你先回公司吧，我出去一下。”

“是不是黄锡伦有什么事找你？”

“不知道，只是发来条信息让我去学校一趟。”唐明轩坦白，“你先回去吧，我去他那儿看看。”

“好。有什么事打电话。”柯媛嘱咐。

唐明轩点了点头，径直走出了写字楼的大厅，向停车场走去。

唐明轩开着车，不断回想着黄锡伦的短信。自从解玮瑶死了之后，两个人就很少联系，除了逢年过节发个信息、打个电话问候一下。

唐明轩把车停在学校门口，就给黄锡伦打了一个电话。

"我到了。"唐明轩说着，眼睛一直望着学校大门口进进出出的学生。"我去哪儿等你？知道了。"放下手机，唐明轩从车上走了下来，锁好车向校园里走去。

黄锡伦穿着白大衣走进学校食堂二楼，还不到吃饭时间，食堂里没有什么人。唐明轩坐在靠墙的位置，低着头看着手机。黄锡伦走到他身边，在对面坐下。

"什么事啊？"唐明轩问。

黄锡伦一脸严肃："警察好像重新调查你老婆的死因了。"

唐明轩惊诧："你怎么知道？"

"当年负责案子的刘队找我了。"

"什么时候？"

"我去上课之前。我跟他说下午有课，要五点才能结束。他说五点来找我。"

"你说重新调查，是你猜的还是他跟你确切提到的。"

黄锡伦摇摇头："他什么都没说，是我猜的。"

唐明轩不说话了。

"你老婆的死不会真的被发现了吧？"

唐明轩凝视着桌面，还是一语不发。

"按理说事情都过去这么长时间了，而且当初警方虽然调查了，但结果已经认定为自杀。现在又被翻出来是为了什么？难道有人……"

"是解天钩。"

"你说谁？"

唐明轩抬起头："解天钩，瑶瑶的大哥。"

"他不是一直在国外吗？"

"他回来了，在我结婚那天。"唐明轩坐直身子，"他现在是公司的董事长。"

黄锡伦彻底无言，心脏扑通扑通跳得厉害，整个胸腔都被震得生疼。

"那，那现在怎么办？"黄锡伦开始害怕起来。

唐明轩看着他担心的脸色，从椅子上站起来："你先听听警察都问些什么，或许不是呢。"

黄锡伦想说"十之八九是这件事"，可是想到唐明轩曾经的强势，那种狠戾的眼神他从未见过，害怕如果真的表现出怯懦的样子，自己还没被警察带走先死在了唐明轩的手里。"好吧，但愿不是。"黄锡伦有气无力地说道。

"没什么事我先走了。"唐明轩刚迈出左脚，又想到什么转过身，看着呆坐在椅子上的黄锡伦，"以后不要再找我，我们还是少见面的好。况且，我们的关系本来就不那么紧密。"说完，转头的瞬间，唐明轩的脸色顿时变得冰冷。黄锡伦注意到了那个瞬间的表情，那个表情和当年答应唐明轩做交易时看到的一样，让人见了不寒而栗。

五点，正是下课的时间，校园里变得热闹起来。刘队走进校园，穿过小路径直向教职工宿舍走去。黄锡伦下课之后就直接回了宿舍，他哪里都不敢去，脑子里反复浮现着一些画面，有唐明轩逼迫自己的画面，有解玮瑶躺在血泊中的画面……唐明轩的话也在耳边不停地回响着。黄锡伦渐渐开始坐立不安，拿着杯子的手也不由自主地抖了起来。这时门口传来敲门声，黄锡伦一哆嗦，水杯里的水洒了出来，滴在了裤子上。黄锡伦慌乱地收拾了一下，喊了一声："谁呀？"

"是我。"

黄锡伦走到门口，打开房门："刘队，请进。"

"不用了。"刘队站在门口没有进门的意思，"我们走吧。"

黄锡伦迟疑了一下："哎好。"转身进屋拿起背包，锁门。

学校门口的餐馆里顾客大部分都是学生，黄锡伦和刘队找了一个包间，点完了菜之后，黄锡伦不等刘队先问，自己先开了口："刘队找我什么事？"

刘队给黄锡伦倒了一杯茶，放到他面前："也没别的事，就是有几个药学方面的专业问题想问问你。"

黄锡伦一听是药学专业的问题，一直揪着的心终于放松下来。可还是有点儿不确定他要问的是否跟解玮瑶的死有关，便小心翼翼地问道："什么问题？"

"一个正常人，如果长期服用精神类的药物会变成什么样子？"刘队开门见山。

听到问题，心情放松下来的黄锡伦再次紧张起来，端着茶杯的手停在半空，整个人僵迟了一会儿。黄锡伦尽力掩饰着内心的恐惧，让自己放松下来。然而，无论黄锡伦怎么掩饰，干了多年刑警、观察力敏锐的刘队还是看出了端倪。

"黄锡伦，你跟唐明轩下午说什么了？"刘队直接变成了审问的口气。

听到这句话，黄锡伦手里的水杯掉在了桌子上，茶水洒了一桌。见状，刘队赶忙拿过桌角的纸巾盒，擦着。黄锡伦这时才反应过来，接过刘队手里的纸巾盒，连续抽了几张纸慌乱地擦着桌子。

黄锡伦想问刘队怎么知道自己下午见过唐明轩，转而一想如果自己问了就证明解玮瑶的自杀存在疑点。在自己还没有确定刘队此行的目的时，最终还是把到嘴边的话又咽回了肚里。

"你是不是想问，我怎么知道你下午见唐明轩的事？"

黄锡伦没有说话也没有点头，专注地擦着桌子上的水，也不敢抬头。

"桌子都快让你擦出洞了。"

黄锡伦这才停住手，缓缓抬起头："刘队……你……您是不是……"

"不是。"刘队端起茶杯，一仰脖把整杯茶水全喝了下去。

"那……"

"解玮瑶的案子已经封档了，即便要重新调查也要有新证据和向上级申请。"刘队端起茶壶倒茶，"我今天来只是问问。"

"问问？"黄锡伦也不傻，"刘队，应该没那么简单吧？真的只是问问吗？如果您不是发现了什么，或者有人跟您说了什么，事情都过去这么多年了，为什么现在才想起来问？"

"你在怕什么？"

"我……"

服务员端着菜进来，打断了黄锡伦的话。

十字路口，姚伟眼睛注视交通指示灯，等待着红灯转为绿灯。后排的座位上，解天钧目光呆滞地望着窗外，嘴角始终挂着微笑。姚伟从后视镜中看到解天钧的样子，笑道："很久没看你这么笑了，想起什么来了，笑成这样。"

　　解天钧笑容立刻消失，轻咳了一声，转回了头。

　　姚伟手扶着方向盘，看到红灯转为了绿灯，右手挂挡发动车子："黄锡伦的私人实验室已经找到了，你有什么想法？"

　　解天钧头靠着座椅背，闭着眼睛："有什么发现吗？"

　　"大发现，"姚伟转弯，"而且还都是你想不到的。"

　　解天钧缓缓睁开眼睛："把握有多大？"

　　"大作用不敢说，足够黄锡伦说实话了。"

　　解天钧若有所思。

　　"实验室里的药品我已经让人去检验了，检验结果下周能出来。不过……"

　　"不过什么？"

　　"不知道能不能确定跟你妹妹吃的那种是不是一样，还是不要抱太大希望。"

　　"不管一不一样，只要黄锡伦承认了就行。"解天钧又重新闭上眼睛，"我只要他亲口承认。"

　　"对了，还有件事。"

　　"怎么了？"

　　姚伟开着车："黄锡伦见了一个人，就是当年负责你妹妹案件的警察。"

"刘队？"

姚伟点了点头，没有回答。

"知道为什么事吗？"

"不知道。我今天下午去找黄锡伦时看到他和黄锡伦从宿舍里走出来。"姚伟疑惑，"案件都过去这么多年，而且当初也被认定你妹妹是自杀，他找黄锡伦干什么呢？"

这个问题也正是解天钧想问的，两个没有任何交集的人突然见面，让解天钧不得不怀疑，是为了解玮瑶的自杀案。

"哥，你帮我约一下刘队，就说我回来了，想当面感谢一下他。"

"我说，你一回来就见柯媛、见刘队，见这个人、见那个人，是不是还有个人也该见见了。"

"你说他呀，我天天见。"

"可是他想单独见你，你可不知道他现在就等着被召见呢。"

解天钧笑了。

不知不觉，姚伟已经把车停在了一家会所门前。姚伟从车上下来，把车钥匙交给服务生："把车停好。"

服务生接过钥匙，转身上了车。

解天钧站在门口整理了一下衣服，待姚伟走到身边："他在里面吗？"

"早就到了。"

两个人并肩走进会所。

在女服务生的带领下，解天钧和姚伟走进一个包间。房门打开，一个二十多岁的男人背对着房门坐着，桌子上已经摆满了酒菜。听到声音，男人转过头忙站起来，露出灿烂的笑容："大哥。"

解天钧严肃的表情松弛下来。

一杯啤酒放在解天钧的跟前，解天钧端起酒杯："洋子，这些年辛苦你了，敬你一杯。"

陈绍洋受宠若惊，也端着满满的一杯酒，面对着解天钧："大哥，这杯酒应该我敬你。当年不是你，我也活不到现在。"

说话间，两个人举在半空的酒杯，都被另一杯酒碰了一下。解天钧、陈绍洋同时抬头看着站在旁边喝酒的姚伟。

姚伟一口气干掉整杯啤酒，走回到座位上说道："你俩干吗呢？喝个酒还这么磨磨蹭蹭的。"

解天钧和陈绍洋笑了笑，相互碰杯，一仰脖全干了下去。

放下酒杯，陈绍洋舒展的脸色变得沉重起来："大哥，对不起。"

解天钧拿起筷子夹着菜："你对不起我什么？"

"你妹妹的事……"

姚伟打断陈绍洋："洋子。"

解天钧吃着面前盘子里的菜，低头不语。

陈绍洋被姚伟这么一喝，也不敢再说下去，看了一眼解天钧，低头吃菜。

"在来的路上，"解天钧突然开口，边吃边说着，"我看到路边上一个女孩儿，她的背影特别像瑶瑶。边走边打着电话，就那么几秒钟的时间我以为是瑶瑶在给我打电话，我还竟然拿出手机准备接电话。可是，当我拿出手机时，才发现手机根本就没有响。"

姚伟停住筷子，想起刚才解天钧的那个笑容，自己还问他在笑什么。现在，听到解天钧的话顿时明白了，缓缓地放下筷子，端起酒杯喝了一口酒。

"大哥。"陈绍洋叫着。

解天钧转过头面对着陈绍洋："该说对不起的应该是我。是我，对不起瑶瑶。"

"大哥，唐明轩是杀你妹妹的凶手，我肯定。"

"我知道，可是我们没有证据。"

"但是他有动机。"

姚伟插嘴："他的动机已经没了。"

陈绍洋惊诧："什么意思？"

"他已经把股份全部转出了。"

陈绍洋看了一眼正在喝酒的解天钧，又追问道："什么时候的事？"

"上周日。"

"我们接下来怎么办？"陈绍洋问解天钧，"就这么放过他？我们等这个机会可是等了很久了，不能……"

"洋子，"姚伟说道，"当年负责瑶瑶自杀案件的那个警察还有印象吗？"

"刘队，他怎么了？"

"他今天去找黄锡伦了。"

"不懂。"

"刘队为什么找黄锡伦？他俩的关系顶多是警察和证人的关系，案子已经过去这么多年，你觉得他俩会说些什么？"

陈绍洋恍然明白："重新调查。"

"是不是重新调查不好说。你跟刘队见过几面，你去找找他。"解天钧说，"我也让伟哥去约他了。"

"见他我说什么呀？"

"你不是找到了黄锡伦的私人实验室吗？"姚伟提点道，"下周检验结果就能出来，你把检验结果带给他。"

"虽然不知道刘队找黄锡伦是为了什么，但肯定跟瑶瑶的死有关系。"解天钧揣测着，"而且他也没有什么实质证据去重新调查，多半是受人所托。"

"受人所托？"陈绍洋说。

"柯媛。"解天钧道。

姚伟点了点头。

"你去把检验结果带给他，坐实这件事。他没有证据，我们就给他证据，让案件重启。"

陈绍洋坚定地点头："知道了。"

柯媛坐在电脑前确认着邮件，电脑旁的手机响起。柯媛拿起电话看到来电显示是刘队，没有马上接而是拿着手机站起身向书房门口走去。走近房门口，一只手接通电话，另一只手关上了房门。

"刘队，什么事？"

手机里传出刘队沉稳的声音："方便说话吗？"

"方便，"柯媛坐在沙发上，"怎么了？"

"我想重新调查解玮瑶的死，你那还有什么直接证据没有？"

"重新调查？"

"黄锡伦有问题，我怀疑解玮瑶的死没那么简单，也许真的像解天钧跟你说的那样。只是……"

"你怀疑明轩？"

"对不起，我不得不怀疑他。不管你怎么想他，也不论你是否相信他，我现在是不相信唐明轩了。"

"可是你说过，重新调查需要……"

"这就是我打电话给你的原因，我希望你能够提供更多有利的直接证据。我也知道这样会让你为难，毕竟你是相信唐明轩的。不过我清楚你是什么样的人，柯媛，我相信你不会糊涂到替唐明轩掩护，而我也要继续我的职责。"

柯媛呆愣地坐在沙发上，耳边手机里的声音不断，而她自己已经完全不知道对方在说些什么，心里总是反复地问着一个问题：

唐明轩真的是凶手吗？

第七章　真相

　　缓缓上升的电梯，栗子瑶站在最里面，视线注视着电梯显示屏上的数字。"叮"，电梯门打开，站在一旁的一个女孩儿从身边走过，走出电梯。电梯门刚关上，栗子瑶的背包里就传出手机铃声，安静的电梯间里，铃声显得有些刺耳。

　　栗子瑶从背包里拿出手机，看了一眼来电显示，接起电话："喂，怎么了？唉，不是，我……"话还没说完，栗子瑶把手机拿开耳边，盯着手机屏保上已经挂断的电话，呢喃着："我怎么编啊。"愤懑地把手机扔回了背包里。

　　栗子瑶走进公司，走到自己的座位前站了一会儿，眼睛扫了一眼陈绍洋的位置，座位上空无一人，叹了一口气。

　　刑警队门口，陈绍洋做完登记走了进去。

　　会客室里，一名内勤女警员把一杯水放在陈绍洋跟前："请稍等一下，刘队开完会就过来。"

　　陈绍洋微微点头："谢谢。"

女警员走出会客室关上门，陈绍洋拿出手机给姚伟发了一条信息。不一会儿，会客室的房门被打开，一个中年男人走进来。

"不好意思让你久等了。"刘队拿着手机坐在陈绍洋身边。

"没事儿，我这还是麻烦您呢。"

"说吧，找我什么事？"

陈绍洋从背包里拿出一个文件袋，一句话不说地推到刘队面前。

"这是什么？"刘队望了一眼，没有打开。

"黄锡伦私人实验室里的药品检验报告。"

刘队虽然惊诧，可是以他多年的工作经验也闻到了些味道："怎么办案我们自己知道，不需要你们来指手画脚。"

陈绍洋呵呵笑了："别误会，我可不是那个意思。"

"不是那个意思，"刘队拿起桌子上的档案袋，在陈绍洋面前摆了摆，"那，这是什么意思？"

陈绍洋不说话。

刘队把档案扔在桌子上："陈绍洋，谢谢你提供线索。"

"什么话，这是公民义务。"陈绍洋站起身，"那我先走了，您忙着。"伸出了左手。

刘队站起身，右手握住陈绍洋的左手。

送走陈绍洋，刘队坐在办公室里看着陈绍洋留下的检验报告。两声敲门声后，一名年轻男刑警走进来，三十岁左右的年纪。

"刘队，你找我？"

刘队放下手里的检验报告："看看这个。"

"检验报告？什么案子？"

"当年解玮瑶自杀的案子。"

"那案子不是早就结了吗？"

"是结了，而且是以自杀的性质结的案。"

男刑警坐在椅子上："队长，你怀疑不是自杀？可是已经过去这么多年，这份报告为什么才送过来？"

"这是陈绍洋送过来的。"

"唐明轩的助理？"

"对。"

"可是唐明轩为什么送这个？这案子……"

"不是唐明轩，是解天钧。"

解天钧走进公司，径直向唐明轩的办公室走去。栗子瑶坐在椅子上，视线从解天钧进来就没有离开过。

解天钧没有敲门，推门走了进去。

栗子瑶还在盯着唐明轩的办公室，柯媛敲了敲桌子，栗子瑶才反应过来。

"看什么呢？"

"啊，没什么。有事儿？"

"绍洋呢？"

栗子瑶头向后一仰，朝陈绍洋的位置望了一眼："哦，他请假了，说是上午有事晚点儿再来。"

"哦。"柯媛离开。

柯媛刚走开，解天钧就从唐明轩的办公室里走了出来，栗子瑶和解天钧的视线对上。从解天钧的眼神里，栗子瑶读出让她去办公室的意思。看着解天钧走回办公室，栗子瑶瘫坐在椅子上，把手里的笔往桌子上一扔，叹了口气。

黄锡伦走出校门，就被姚伟开车拦了下来。黄锡伦张开嘴还没说话，姚伟就把车窗摇了下来："黄锡伦，黄老师。"

"你是？"黄锡伦惊疑。

"上车吧，我们找个地方慢慢说。"

黄锡伦没有拒绝，打开副驾驶位上的车门，坐进了车里，白色的私家轿车驶离学校门口。

服务员端上来一壶绿茶和两个茶杯后离开，姚伟端起茶壶倒茶，黄锡伦看着姚伟的动作，脸色平静，想问又不知道该如何问起。

姚伟把倒满茶的茶杯递到黄锡伦面前："喝茶。"

"谢谢。"黄锡伦客气道谢，随即问道："您是？"

姚伟没有马上回答，而是先抿了一口茶，说道："黄老师还在做药剂研究吗？"

黄锡伦一惊，浑身开始冒冷汗。

姚伟看出了黄锡伦的紧张，嘴角微扬，笑了笑。

黄锡伦稳下心神："你到底是什么人？"

姚伟放下已空的茶杯，从衣服内兜里拿出一张叠得四四方方的纸，展开放在桌子上并推到黄锡伦面前。黄锡伦拿起满是折痕的纸，眼睛顿时睁得滚圆。

"这是你实验室里的药物检验报告，"说着，又从衣服内兜拿出一张叠得四四方方的纸，展开递给黄锡伦。黄锡伦接过纸，慢慢展开。

"这是解玮瑶当年服用的药物的检验报告。"姚伟不急不忙地说，"解释解释吧。"

黄锡伦对照着两张纸仔细地看着，姚伟自顾自地喝着茶，眼睛一直注视着黄锡伦的神情和举动。

黄锡伦放下两份报告，完全没有了刚才的紧张和心虚，端起茶杯仰头喝下。"两种一样的药物，检验结果当然相同。"黄锡伦回答道。

"你承认了？"

"我承认什么？"

"解玮瑶所吃的药出自你的手。"

黄锡伦呵呵笑道："我可没这么说。具有相同疗效的药物，在成分上都相同。再说了，解玮瑶吃的抗精神类的药物也有很多种，出现成分相同，就说是我，是不是太牵强了？"

"黄锡伦，这么狡辩就没意思了吧？"

"你说我狡辩，就拿出证据来。"

话音刚落，姚伟就把一个没有任何标签的药瓶摆到了桌子上。黄锡伦看到药瓶，顿时没了话。

"还用我说什么吗？"姚伟打量着黄锡伦。

"你……"黄锡伦落下去的冷汗又渗出皮肤，心脏跳得厉害，"你……你到底是什么人？"

"我是谁不重要，重要的是你想清楚自己都干了些什么。"姚伟站起身，拿起桌子上的墨镜，"警察已经重新调查当年解玮瑶自杀的案件了，这次可是证据确凿，想活命就放聪明点儿。"说着，把一张名片放在桌角，"想清楚了，给我打电话。"姚伟拍了拍黄锡伦的肩膀，走出茶馆。

被姚伟的这几句话一唬，黄锡伦彻底心虚了，颤抖着右手拿起桌角上的名片，姚伟的名字和联系方式，以及公司名称一目了然。"解天钧？"黄锡伦震惊不已。

唐明轩看着桌子上的检验报告，双手握紧成拳。

"看来解天钧找到了证据。"红衣女人站在唐明轩身后，弯腰伸头看着他手里的检验报告。"你被人抓住把柄了，想好怎么解决了吗？"

唐明轩把检验报告扔进抽屉里，用力地关上抽屉："用不着你管。"

红衣女人站直身子，绕到唐明轩对面，坐了下来，右腿压在左腿上，魅笑着："我不管，你就死了。"

"我宁愿死。"

红衣女人突然出现在唐明轩面前，两个人面贴面。对于红衣女人的举动，唐明轩没有半点防备，脸色惊恐。"唐明轩，你就算是死也应该是死在我手上。"红衣女人眼睛直勾勾地盯着唐明轩，唐明轩害怕了，不敢对视她的眼睛。"解天钧一定会拿着这个报告找到黄锡伦，想要活命只有一个办法，杀了他。"

"不可以。"

"他不死，就是你死。"红衣女人分析着，"黄锡伦本来就是个棋子，在这盘棋局里说穿了就是个轻子，轻子该弃就要弃。"

"我不会这么做的。"唐明轩决绝，"黄锡伦是我的朋友，最好的朋友。再说，我已经将所有股份还给了解天钧，并且已经向他提出了辞职，解天钧……"

"别傻了！"红衣女人截断唐明轩的话，"你以为你做了这些，就可以抹去你已经犯下的罪，解天钧就不再追究你杀他妹妹的事了？唐明轩，你是真天真还是假单纯。解天钧针对你不是一天两天，你真把解天钧当善人。"

"我……"唐明轩语塞。

红衣女人深吸一口气，轻吐："解天钧不会放过你的。"红衣女人的语气变得柔和，"解天钧为什么找黄锡伦，我们都很清楚。他把检验报告摆在你面前，同时也可以把它摆在黄锡伦面前。你不会在意，可有人在意。"

"黄锡伦真的会找解天钧吗？"唐明轩怯懦地问道。

红衣女人看着眼前这个懦弱的男人："黄锡伦比你聪明，也比你圆滑。他清楚解天钧是什么人，他也清楚哪一种结局对自己最有利。主动找解天钧，他还有条活路。要是他不找解天钧，他只有死路一条。也许你会说黄锡伦可以选择自首，可我要告诉你，黄锡伦他不敢自首。"

"为什么？"

"自首对他来说也是一条死路。"红衣女人镇定地说着，"黄锡伦是一个胆小、贪生怕死的人，他绝对不会笨到那种地步。"

"解天钧就会放他一条生路吗？"唐明轩苦笑着。

"会！"红衣女人斩钉截铁，"解天钧知道黄锡伦只不过是帮凶，他会给黄锡伦机会，让他选择。"

唐明轩低着头，看着桌子上的检验报告，沉默了。

柯媛端着水杯刚走到办公室门口就听到屋里传出手机铃声，

快步走进办公室，拿起桌子上的手机，看到来电显示是刘队，转身先关上了门。

"喂。"柯媛接通电话。

电话里，刘队的声音略微有些沉重："……现在有时间吗？我在你公司附近，找你聊聊。"

"好，我们在对面商场四层的咖啡馆见吧。"说完，柯媛挂断电话，愣了一会儿，拿起背包走出了办公室。

上午的咖啡馆几乎没有什么客人，整间咖啡馆的光线昏暗，柯媛选了最里面的角落坐下，刚坐下不久刘队就走了进来，看到柯媛的背影径直走了过去。

"找我什么事啊？"柯媛问。

刘队从包里拿出一个档案袋，正是陈绍洋交给他的那个档案袋："你看看。"

柯媛疑惑，接过刘队手里的档案袋打开，从里面抽出两份检验报告。柯媛认真地看着，刘队不说话，端着水杯喝水。

"这是什么？"

"这一份是解玮瑶当初服用的精神类药物的检验报告。"刘队从柯媛的左手抽出报告，"你手里的那份，是黄锡伦私人实验室里的药品检验报告。"

"你重新调查了？"柯媛惊讶。

刘队摇摇头："这是……"话到嘴边，刘队不知道该说是陈绍洋交给自己的还是解天钧让陈绍洋交给自己的。他不确定柯媛是否知道陈绍洋的真实身份，更不知道解天钧把陈绍洋安排在柯媛身边到底是为了什么，所以把嘴边的话又咽了回去。"这是有人寄到队里的。"刘队改口说道。

"解天钩。"柯媛脱口而出。

刘队没有否认，也没有承认。

"现在该怎么办？"柯媛不担心刘队是否会重新调查，而是担心唐明轩是否真的是凶手。

"我已经向上面申请重新调查解玮瑶的自杀案了，明后天就有决定。"刘队没有听出柯媛的担心，"我找你是想知道你的想法。"

刘队望着柯媛，柯媛眼睛停留在两份检验报告上，两个人都陷入了沉默。咖啡馆里的背景音乐缓缓地在耳边萦绕着，舒缓的音乐并没有让柯媛的心情放松下来。

"柯媛，"沉默一阵之后，刘队先开了口，"这个案子的性质已经变了，我希望你清楚明白自己的处境。一旦局里决定重新调查这个案子，我希望你能够全力配合我的工作。"

柯媛非常清楚刘队所说的"配合工作"是什么意思，当初正因为是她，唐明轩有了充分的不在场证明。案件重启，意味着她的不在场证明也有了疑点。"柯媛，我希望你能跟我说实话。"刘队用一种询问和审讯的口气说着。

柯媛抬眼看着刘队的眼睛："当时，我真的和唐明轩在上海。"

刘队拿出记事本和笔，准备做笔录。

"那次会议本来我可以不去的，但是唐明轩说这个会议很重要，那时候陈绍洋刚到公司才一年，在对外业务上唐明轩不放心，所以才决定让我去……"柯媛将解玮瑶当年自杀前的事情一五一十地述说着。

夜行人

栗子瑶敲响解天钧的房门，听到解天钧说了声"进来"，才推开了房门。

"柯嫒出去了。"栗子瑶不情愿地说着。

"去哪里了？"解天钧不抬头，看着手里的合约文件。

"不知道。"栗子瑶负气道。

解天钧缓慢地挪开文件，抬起头看着栗子瑶，目光带有威慑力，看得栗子瑶心里有些发毛："不知道。好，不知道。"

"柯嫒接了一个电话，我不知道是谁打来的。"栗子瑶说，"挂了电话之后她就出去了。"

解天钧思忖着。

"我知道的就这么多。"

"你出去吧。"

栗子瑶没再说下去，转身正准备离开，又被解天钧叫住："把陈绍洋叫进来。"栗子瑶愣了愣，解天钧见她没反应，问道："怎么了？"

"啊？没事儿，陈绍洋不在，请假了说上午有事，晚点过来。"

解天钧点了点头："你先出去吧。"

栗子瑶"哦"了一声，转身走出了办公室，反手关上了房门。

看到栗子瑶把房门关上，解天钧拿起手机，拨通了姚伟的电话。

刘队合上记事本，沉重地叹了一口气："柯嫒，你……"

"刘队，"想问的话还没问出口，就被柯嫒打断了，"明轩是凶手吗？"

"事情还没有正式开始调查，"刘队不知道该怎么回答她的问题，只能先说一些安慰的话，"当然，如果案件重启，凡是跟案件有关的人，我们都会调查。你也别担心，案件没有调查清楚那一天，唐明轩只是嫌疑人而已。"

刘队的安慰对柯媛来说只不过是官腔，从解天钧回来，到看到解玮瑶的日记，唐明轩是不是凶手这个问题一直在柯媛心头萦绕着，它已经成为她的一块心病。现在对于柯媛来说，无论警方最终决定要不要解档重新调查，这些已经不重要。重要的是唐明轩会不会被认定为凶手，才是她最关心的。

刘队的手机突然响起，打断了柯媛的思绪。

"喂。"刘队接通电话，"姚伟？"

柯媛惊讶，和刘队的眼神对视，不说话。

"我下午有会，"刘队抬手看了一眼手表，"晚上吧。六点，我知道那里，到时间再聊。"

刘队挂断电话，柯媛不等他开口先问道："解天钧找你？"

刘队点了点头："肯定是解玮瑶的事情。我先走了，下午还要开会。"说着站起身，"柯媛，别把自己逼得太紧。这件事你就别管了，我会查清楚的。还有，从现在开始，不管唐明轩是不是凶手，你已经处在了危险的边缘，我不希望你涉险。你的个性我很清楚，跟你哥一样，认定的事情就必须有个结果。你……"

"刘哥，"柯媛改了口，继续说道，"你放心吧，我知道怎么做，这件事就交给你了。"

刘队点着头："有事情打电话给我。"

"哎。"柯媛答应着。

目送刘队离开，柯媛看了一眼马路对面的写字楼，抬起头望着楼上公司那一层。曾经和唐明轩的点滴如泉涌般在眼前浮现，柯媛眼泪在眼眶内打转，强忍着不让掉下来。柯媛低下头，深呼吸一口气，又重新抬起头，阔步向写字楼的方向走去。

　　柯媛一走进公司便迎面撞上解天钩，解天钩也看到了柯媛，径直走了过去。

　　"出去了？"解天钩关心着。

　　柯媛紧盯着解天钩，她想看穿眼前这个男人，恨不得看清他的内心。

　　"吃饭了吗？"解天钩指了指空档的格子间，"大家都去吃饭了，要不要给你带回来？"

　　柯媛不说话，一脸严肃地看着他。

　　解天钩笑了笑："别这么看着我，我脸上又没东西。"

　　"你脸上是没东西，"柯媛终于开口，"但你的心里有什么就很难说了。"

　　解天钩知道柯媛什么意思，所以不打算跟她正面冲突。

　　"我先走了，记得吃饭。"解天钩摆出一脸温和相，说完从柯媛身边走过，突然又站住脚，转过头说道，"去看看唐明轩吧。"眼神向唐明轩的办公室瞥了一眼。

　　柯媛领会，快步向唐明轩的办公室走过去。

　　解天钩径直走出公司。

　　柯媛没有敲门，直接推门进来，看到唐明轩坐在办公桌前忙着手里的工作。听到开门声，唐明轩猛地抬起头，诧异地看着柯媛："怎么了？"

柯媛几乎是用冲刺的步子风一样地走到唐明轩跟前："你没事吧？"

唐明轩更加好奇："我怎么了？"

柯媛看到唐明轩的样子，知道没什么事，提着的心放了下来。

"倒是你怎么了？"唐明轩反问。

"没事。"柯媛瘫坐在椅子上。

"吃饭了吗？"唐明轩关心道。

柯媛有些累，摇了摇头。

唐明轩拿起座机，拨通了一个电话号码。柯媛疑惑地看着他的动作，直到电话接通，唐明轩开始点餐，柯媛的脸上才浮现笑容。

刘队没想到下午的会议上，真的会收到解玮瑶案件重新调查的通知。当解玮瑶自杀案件的档案摆在他的面前时，一向对工作有着高度热情的刘队竟有那么几秒钟迟疑了。他不知道该不该调查这个案子，这份犹豫正是来自柯媛的担心。想起柯媛说出"明轩是不是凶手"这句话时的样子，刘队有些不忍心了。在这件案子上，他担心的不是凶手是谁，而是担心如果唐明轩真是凶手，柯媛怎么办？想起柯媛的哥哥去世前交托的事情，刘队准备拆开档案的手，停在了半空。

霓虹灯初上的时候，刘队开车停在了会所门前。

刘队从车上走下来，向会所里走去时，转头看到了停在一旁的一辆黑色轿车，视线在轿车上停留了一会儿，转身向会所里走了进去。

服务员把刘队带到最里面的一间房间，服务员敲了两下门，房门打开姚伟站在门口，刘队走了进去。

陈绍洋匆匆忙忙地从写字楼里走出来，刚走出没两步就被栗子瑶拦了下来。陈绍洋惊疑地看着栗子瑶，栗子瑶严肃地望着陈绍洋，仿佛要把他吃了一样。

　　"我还有事，先走了。"陈绍洋着急地说着。

　　栗子瑶拦着他："你的事就是我的事，跟我来。"

　　陈绍洋见状，想到早上让她帮忙请假的事还没有正式跟她道谢，没有推辞，跟着栗子瑶的脚步，向停车场走去。

　　姚伟把一杯啤酒放在刘队面前，解天钧说道："刘队，第一杯我敬你。"

　　解天钧端着杯子，面对着刘队站了起来，手端着酒杯举在半空。姚伟见状，也站起身端起了满满的酒杯，对着刘队。

　　刘队不想一上来就落了解天钧的面子，搞得场面尴尬，索性端起酒杯也站了起来，杯底在桌子上磕了一下，一口气把整杯啤酒灌了下去。

　　三人落座，刘队也不绕弯子，直入正题："你让陈绍洋把那些东西送我办公室里，是什么意思？"

　　解天钧也不回避，回答道："我想让您重新调查我妹妹的死因。"

　　姚伟吃着盘子里的菜，也不插嘴。

　　"解天钧，你妹妹的案子今天下午已经决定重新调查了。不过你别误会，不是因为你送来的那几张纸。"

　　解天钧笑了笑："不管是什么原因，只要能够重新调查对瑶瑶来说就是安慰。"

"解天钧，我有件事不明白，你帮我解解惑。"

"您说。"

"你让陈绍洋在唐明轩身边这么多年，为什么不动手直接杀了唐明轩。以你的能力，以陈绍洋的身手，再加上……"刘队眼神一瞥，目光落在了只顾吃菜的姚伟身上，"还有这么好的律师。按理说，让唐明轩人间蒸发不是难事。干吗等这么多年，兜这么大的圈子？"

"刘队，您太高看我了，我哪有这么大能耐。"

"你有，你可以把陈绍洋的有罪变无罪，你可以让好端端的一个人神不知鬼不觉地消失，你的能耐……"刘队说着，伸出右手，竖起拇指，"我给你这个。"

"我知道，你们警察一直在查我。境内境外，你们对我的关注可是煞费苦心了。"解天钧坦诚道，"但是刘队，这次我希望您能把我妹妹的事情作为重点。我就这么一个妹妹，她死得不明不白，我必须让唐明轩付出代价。至于我，只要我妹妹的事情解决了，我任由你们查，只要证据确凿枪毙我都行。"

"你是在跟我做交易吗？"

"瞧您说的，我哪敢跟警察做交易。"

"你以为你还做得少啊。"

房间内陷入了一阵沉默。

"刘队，"解天钧说道，"唐明轩，就是杀害我妹妹的凶手。"

"你凭什么这么说？"刘队带有讯问的语气。

"凭我妹妹的日记，凭那些检验报告，凭我对唐明轩的了解，凭我是解天钧。"

"日记、检验报告、对唐明轩的了解，这些并不能构成认定唐明轩是凶手的证据，顶多是嫌疑人。而凭你是解天钧，这倒是有点儿意思。"刘队端正了身子，"解天钧，你的事我们慢慢说，有的是时间。你妹妹的案子，我会尽力地去查。但有一个条件你必须答应我。"

　　"您说。"

　　"别动柯嫒，不仅不能动，还要保护好她。"

　　"您是在跟我做交易吗？"

　　"不是，因为这是你欠她的。"

　　刘队话音一落，解天钧一脸讶异。

第八章　解决

"你上午干吗去了？"陈绍洋屁股还没坐稳，栗子瑶就开门见山。

陈绍洋愣了一会儿，愣神儿的时间稍微长了一些，栗子瑶又追问了一句："上午你干吗去了？"

"啊？"陈绍洋回过神来，"哦，我去办了点儿私事。你叫我来干吗呀，我约了人，人家等着呢！"

"你约了谁？"

"一个朋友。"

"什么朋友？"栗子瑶不给陈绍洋喘息的机会。

"就是……"陈绍洋话到嘴边，又咽了回去，看着栗子瑶："你怎么像审犯人似的？"

栗子瑶才意识到自己刚才的口气，忙转换语气："请假得有原因，下次要是再出现这种情况，我也好有准备。"

陈绍洋伸手握住栗子瑶放在桌子上的手："对不起，事发突然，下次绝对不会了。"

栗子瑶把手抽出，放在桌子底下："那到底是你什么朋友啊？"

陈绍洋的手还放在桌子上，看到栗子瑶把手抽出去，脸色变得忧郁："就……一个普通朋友，出了点儿事找我借钱，我给他送钱去了。"

"哦。"栗子瑶看出陈绍洋脸色有变，也不再追问。

马路上行车匆匆，刘队从会所里走出来，站在门口点燃了一支烟，拿出手机打了一通电话，便向自己的车走去。

刘队坐在车里，眼睛一直盯着对面的黑色轿车，双手搭在方向盘上，右手还夹着香烟。不一会儿，车窗传来敲打的声音，刘队这才转头看了一眼，摇下车窗。

"队长，你又吸这么多烟。"年轻刑警低头看了一眼车底下的烟蒂，有四五颗，"嫂子可说了，让我盯着你，不能让你吸烟吸那么凶。"

"少废话，"刘队打开车门，从驾驶位上下来，"我让你来是开车的，不是唠叨的。"

年轻刑警耸了耸肩，坐在了驾驶位上，关上了车门。刘队从车前绕到副驾驶位，打开车门上了车。

"回家吗？"年轻刑警问。

"回队里。"

"好嘞。"年轻刑警发动引擎。

"记住那辆车的车牌号。"刘队指着车对面的黑色轿车，"回去查一下这辆车，盯上。"

"这车有问题？"

"解天钧的车。"

"明白了。"年轻刑警开车驶离会所。

空档的包间里，只剩下解天钧一个人坐在椅子上沉思着。"这是你欠她的。"刘队的话在解天钧的耳边不断地回荡着。姚伟走进屋："走吧。"

"哥，刚才他那句话是什么意思？"解天钧问。

姚伟迟疑了一下："哪句？"

"这是你欠她的。"解天钧抬起头看着姚伟，眼神里充满疑问。

"有什么问题吗？"

"他说我欠柯媛的，我跟她有那么深的交情吗？"

姚伟在解天钧旁边的椅子上坐了下来，摇了摇头。解天钧靠着椅背，仰头枕在椅背上，望着天花板的吊灯，灯光昏黄却很刺眼，解天钧的眼眶顿时湿润了。

"别想了，也许只是他担心柯媛受到什么伤害，随口一说而已。"

"柯媛能受到什么伤害，他那句话分明就是在说我。"

姚伟站起身，拉起解天钧："刘队是话里有话，他盯你又不是一天两天，想让他相信你，除非你重新投胎。走吧。"

解天钧满腹疑惑，跟着姚伟走出包间。"哥，你抽时间去查查柯媛的底。"解天钧站在走廊中间，说道。

姚伟转过头："知道了。"

栗子瑶和陈绍洋走出餐厅，陈绍洋转身站在栗子瑶面前："我送你。"

"你不是约了人吗？"

陈绍洋苦笑着，说道："约定时间已经过了，人都走啦。"

栗子瑶露出抱歉的神情，两个人沉默了一会儿。

"要不要去喝一杯？"

"你约了谁呀？"

两个人异口同声。

场面瞬间尴尬起来，两个人互相对望一眼。

"朋友。"

"好啊。"

话音一落，两个人同时笑了起来。

唐明轩正在开会，放在桌子上的手机振动了两下，嗡嗡声在安静的会议室里显得很刺耳。唐明轩急忙拿起手机，看着上面的短信，脸色微变。会议室里没有人注意到唐明轩脸色的变化，只有解天钧，视线一直未离开过唐明轩的身上。

会议结束，唐明轩快步走出会议室，容不得柯媛叫他就行色匆匆地走出了公司。解天钧最后一个走出会议室，向姚伟的办公室望了一眼，两个人眼神一对，姚伟合上手里的文件夹，起身走出了办公室，径直走出了公司。

唐明轩走出电梯，站在写字楼大厅的中央环视着厅里转了一圈。姚伟从电梯里走出来，刚想要追出去就看到唐明轩还在大厅里，急忙退步又走进了电梯。

唐明轩在大厅里转了一圈，走出了大厅。姚伟站在电梯里一直看着唐明轩走出大厅之后才从电梯里出来追了出去。

陈绍洋正在接电话，桌子上的手机屏幕亮了一下。陈绍洋看到了，但是没有拿起来看，直到打完电话。

"上天台。"手机屏保上出现一行文字。

陈绍洋转头看了一眼身后的栗子瑶，站起身走出了公司。

天台的门一打开，一束阳光刺目，陈绍洋顿觉头疼。阳光渐渐从眼前消失，解天钧的身影浮现出来，背对着陈绍洋。

陈绍洋走向解天钧，站在身边。

"前天晚上干吗去了？"解天钧问。

陈绍洋从烟盒里抽出一根烟，叼在嘴上，点燃后吸了一口："被栗子瑶叫走了。"

解天钧侧头看着陈绍洋的侧脸，笑了笑："你小子……"

"别误会啊，我什么也没干。"

"信你才怪。"

陈绍洋没有反驳狡辩，吸着烟。

"明晚下班后哪儿也别去，我和姚伟去见黄锡伦，你去把黄锡伦接到会所去。"

陈绍洋把烟蒂扔在地上，踩灭，转过身靠着天台的围栏："我怎么说？"

"自己想。"

陈绍洋撇了撇嘴："就知道你会这么说。"

"把黄锡伦送到会所之后，你去一趟黄锡伦的家，找找黄锡伦和唐明轩合作的证据，什么都可以。"

"知道了。"

唐明轩把车停在一片旧楼区，由于楼与楼之间的距离很窄，车子开不进去，在小区门口唐明轩就下了车。姚伟把车停在拐角处，看着唐明轩下车走进小区后自己才走下来，跟了进去。

唐明轩在小区里绕了两圈，在一栋单元楼前停了下来，转头看了一眼身后，快步走进了单元楼。姚伟跟着唐明轩绕了几圈之后，没有找到唐明轩，站在单元楼前寻找了一会儿，确定自己跟丢之后才离开。

姚伟回到车上，先给解天钧打了个电话，告诉他跟丢唐明轩的事情。放下手机，姚伟开车离开旧楼区。

单元楼一共六层，每层有四户，因为没有电梯，楼层又不是很高，唐明轩一步两阶地爬到了顶楼，走到最里面一间拿出钥匙打开了房门。

唐明轩一走进屋子就愠怒道："我跟你说过多少次了，不要给我常用的手机打电话，发信息……"

男人坐在桌前背对着唐明轩，身前传出机械性的"嘭、嘭"闷响声。

唐明轩走到桌前，桌子上摆满了子弹壳和已制作完成的子弹，还有一些零碎的机械工具。在桌子的右上角摆放着一个木箱子，紧闭着。唐明轩拿起桌子上的一颗子弹，端详着："找我什么事？"

"约定。"

唐明轩放下子弹，坐在椅子上："时机还不成熟，先等等。"

"不行。"男人冰冷地说着。

唐明轩把手放在男人的手腕处，男人压机器的手停止。"再等等，我现在还不能做什么。解天钧已经抓住了我的把柄，如果我们现在动手，计划的一切就功亏一篑了。"

男人用冰冷的目光瞥了一眼唐明轩，拨开唐明轩的手，伸手打开木箱子，从里面拿出一把手枪，随即把攥在左手里的子弹直接放进了枪膛里，将枪口对准了唐明轩。

"破坏计划的人，只有死。"

唐明轩拿过男人手里的枪，卸除子弹，放在桌子上："别着急，等我安排好了，会找你的。"

男人拿起空弹壳，继续制作子弹。

唐明轩拍拍男人的肩膀，站起身："这几天哪儿也别去，你身上背着几个案子，警方还在通缉你。千万别再像上次那样，到那么多人的地方吃饭。我已经帮你预订了吃的，每天到点就会送过来。记住，千万别开门，让送饭的人把饭菜放在门口，等人走了你再开。"

男人不回应。

"走了。"唐明轩走出屋子，反手关上房门。

听到关门声，男人才停下手里的工作，转过身看着紧闭的房门。眼神和脸色都透着冰冷的寒气，男人呢喃着："唐明轩，你总是这么胆小。"

"谁会住在那里？"解天钧猜测着。

姚伟放下茶杯："不知道。唐明轩在这儿还有亲戚朋友吗？"

"没有。"唐明轩说，"听瑶瑶说过，唐明轩是个孤儿，在这儿没什么亲人。"

"会不会是柯媛的什么亲戚朋友住在那里？"

解天钧摇摇头："不会。对方直接给唐明轩发的信息，如果是柯媛的什么人，应该第一个找柯媛才对，为什么要给唐明轩发信息呢？还有，唐明轩看到信息时，脸色也变了，好像是很不想对方发信息给他。"

"会不会是黄锡伦？"

"更不可能。黄锡伦就算是找唐明轩，也不会选在那种地方，完全可以在自己家里或者学校、咖啡馆之类的地方。"

"那会是谁呢？"姚伟做出沉思状。

"先别管这个了。"解天钧端起咖啡杯喝了一口，说道："你一会儿给黄锡伦打个电话，约他吃饭。我已经跟陈绍洋说了，让他去接。"

"知道了。"姚伟应答。

公司里的人越来越少，栗子瑶收拾完桌面背起背包走出公司。随后陈绍洋也起身离开了公司。柯媛从办公室里出来，向唐明轩的办公室走去。

站在唐明轩办公室门口，柯媛犹豫了一下才敲响了房门，屋内传出"进来"的声音，柯媛开门走了进去。

看到是柯媛，唐明轩忙说："再等我一下，马上就可以走了。"

柯媛坐在椅子上："不着急。"

唐明轩对柯媛笑笑，低头继续工作。

"下午开完会，你就匆匆忙忙出去了，有什么事吗？谁找你啊？"柯媛问。

唐明轩停住写字的手，低着头。

"是不是福利院有什么事啊？"柯媛尝试着猜测，但她心里很明白，唐明轩并不是因为福利院才那么匆忙。

唐明轩始终低着头，一语不发。

"明轩！"柯媛叫着，"明轩！"

唐明轩缓缓抬起头，"怎么了？是不是福利院真有什么事啊？"

唐明轩莞尔一笑："没有。黄锡伦，是黄锡伦出了点儿事。"

听到黄锡伦的名字，柯媛心一震，心跳加速，脸色也变得苍白。由于办公室的白炽灯太亮，柯媛又正好是坐在灯下，苍白的脸色被苍白的灯光遮掩住，唐明轩没有注意到。"他怎么了？"柯媛忍着让自己安定下来。

唐明轩边收拾桌子上的东西边说着："没什么，就是被车剐蹭了一下，我陪他去医院检查。"

柯媛不说话，看着唐明轩，她知道唐明轩说谎了。

"走吧。"唐明轩站起身，把椅子推到桌子底下。

"好。"柯媛站起身。

柯媛先走出了办公室，唐明轩关掉灯，跟着走了出去。

陈绍洋把车停在会所门口，黄锡伦侧头向会所望了一眼："这是什么地方？"

"吃饭的地方。"陈绍洋叼着烟，打着打火机，点烟。

黄锡伦踌躇着。

"还等什么呢？下车吧。"陈绍洋不耐烦地说着，夹着烟的手伸到窗外。

黄锡伦打开车门，下了车。

在服务员的带领下，黄锡伦被带进包间。服务员敲了两声门，姚伟打开了门，看到姚伟，黄锡伦一直悬着的心终于定了下来。

姚伟站在门口，侧身向黄锡伦示意了一下，黄锡伦走进包间。

一进包间，黄锡伦彻底傻了眼，本以为只有姚伟一个人，却没想到在沙发上还坐着一个男人。

黄锡伦站在房间中央，转头看了一眼刚关上门的姚伟："这位是……"

姚伟走到黄锡伦身边："介绍一下，这位是解天钧，解董事长。"

黄锡伦嚅嗫着看着解天钧："解……天……钧？"

"解玮瑶的亲大哥。"姚伟一字一顿地说出解玮瑶的名字。

黄锡伦顿时震惊，解玮瑶这个名字太熟悉，他一辈子都忘不了。

解天钧从沙发上站起来，向黄锡伦伸出手："黄老师，你好。"

解天钧气宇轩昂的气质、不怒自威的气势让本来就心虚的黄锡伦更没了底气。黄锡伦盯着解天钧伸出来的手，右手迟缓地抬起来，握在解天钧的手上。

"坐吧。"黄锡伦还没有握住，解天钧就把手拿开，径自向餐桌走去。

黄锡伦顿觉尴尬和害怕，抬起的右手缓缓放下，不时地发着抖。姚伟瞥了一眼黄锡伦，说道："坐吧。"

黄锡伦转身走向餐桌，和解天钧隔了一张椅子坐了下来。姚伟挨着解天钧坐在了他的左手边。

解天钧拿起筷子，夹了一根菜心放在了身前的盘子里。

"吃吧。"姚伟见解天钧动了筷子，对黄锡伦说道，"菜都凉了。"

黄锡伦双手在桌子底下不敢伸出来，双手交握不停地来回摩拏着。解天钩也不看黄锡伦，自顾自地吃着饭。姚伟见黄锡伦不动筷子，夹了几样菜放在跟前的碟子里，把碟子放在转盘上，转到黄锡伦面前："说请您吃饭，我们就是吃饭。快吃吧。"

黄锡伦瑟瑟地瞅了解天钩一眼，慢慢地把手伸出来，拿起筷子一口一口地吃着。

安静的包间里，三个男人谁也不说话，偶尔传出筷碗相碰的声音。

解天钩放下筷子，抽出餐巾纸擦了擦嘴，起身离开了饭桌走出了包间。黄锡伦见解天钩出去，长舒了一口气。

姚伟边吃饭边说："黄老师，怎么了？连句话都不说。"

黄锡伦放下筷子，笑了一下，客气道："这不是吃饭嘛。"

"吃饭也可以聊聊天啊。"姚伟说，"你看，你一句话不说，这顿饭吃得多闷呀。"

"没，没什么可说的。"

"没什么可说的。"姚伟站起身，椅子腿摩擦着地面，"那你看见解天钩怕什么？"

"我，我没害怕。我又不认识他。"黄锡伦的最后一句话说得心虚。

姚伟走到黄锡伦身后，手拍在他的肩上，吓得黄锡伦一哆嗦。"黄老师，唐明轩都给了多少钱啊？"

黄锡伦一惊，要站起来，被姚伟又按在了椅子上："黄锡伦，你是怎么杀解玮瑶的？"

"我没有！"黄锡伦霍地从椅子上站起来，"我没有杀她。"

姚伟不说话，眼睛直勾勾地盯着黄锡伦。不一会儿，盯得黄锡伦后背发凉，不敢再看姚伟，瘫坐在椅子上。

"我没有杀解玮瑶，我只是开了一些精神类药物给她。"

"你不是个老师吗？又不是医生，怎么开药给她？"

黄锡伦不知道怎么回答，抱着头懊悔不已。

"嘭"的一声，包间的房门被推开。只见解天钧三两步就向黄锡伦冲了过来，揪起黄锡伦的衣领，拽起身，"咚"一声，椅子倒在地上。解天钧用力地把黄锡伦抵在墙壁上，只听闷响一声，黄锡伦"啊"了一声。

解天钧怒视着黄锡伦，太阳穴和脖子上的青筋显露无遗。黄锡伦看着解天钧愤怒的样子，感觉眼前这个男人此时就像一头暴怒的狮子，恨不得就要把自己吃下去。

姚伟扶起倒在地上的椅子，坐了下来。

"你跟唐明轩做了什么交易？"解天钧质问。

黄锡伦声音颤抖地说："没做什么交易，他也没给我钱，就是……"

"是什么？！"解天钧怒了。

"我在做精神类药物的研究，想要发表药学研究论文。唐明轩知道我研究的药需要临床试验，于是就……就让解……让你妹妹试试，好让我写论文。"

解天钧一拳打在黄锡伦的脸上，黄锡伦摔倒在地。解天钧甩了甩手，揉了揉。从裤兜里掏出一盒烟，倒出一根扔在嘴里喘着粗气，没有点烟又把烟从嘴里拿了出来，坐在了沙发上。

姚伟站起身，走上前，扶起还坐在地上的黄锡伦。"黄锡伦，想活命吗？"姚伟问。

黄锡伦拼命地点着头。

姚伟整理着黄锡伦的衣领，劝说道："人嘛，难免为了自己想要的做出点儿出格的事情。黄锡伦，我们知道是唐明轩教唆你这么干的对吧？解董呢，也不是不讲是非的人。我们只针对唐明轩，不会把你怎么样，只要你给我们写份东西，我们就不追究。"

"好好好，我写，让我写什么都行。"黄锡伦马上答应。

解天钧把手里的那根烟又重新放进嘴里，拿出打火机点燃了。

柯媛刚走进公司就看到姚伟从唐明轩的办公室里走了出来，他没有看到柯媛，径直走进了解天钧的办公室。

"看什么呢？"栗子瑶的声音从身后传出来，吓了柯媛一跳。

"没看什么。"柯媛转过头，"你今天怎么这么早啊？"

"你不也挺早的嘛。"

柯媛又转回头，望了一眼解天钧的办公室："有人比我们还早。"

栗子瑶随着柯媛的目光也朝解天钧的办公室望了过去。

姚伟拉开椅子坐下来。

"东西放下了？"解天钧翻着财经杂志。

"放下了，"姚伟说，"你不怕唐明轩杀了黄锡伦？"

"要的就是这个结果，如果唐明轩杀了黄锡伦，那就证据确凿了。"解天钧放下手里的杂志，"就怕他不杀黄锡伦。"

"我说，你这是在伪造证据啊。"姚伟提醒着。

解天钧笑了笑："我伪造得还少啊！"

姚伟也笑了。

"对了，柯媛的背景查得怎么样了？"解天钧问。

姚伟靠着椅背，右腿压在左腿上："还在查。"

解天钧点了点头："保护好她，别出什么乱子。要不然那个刘队又该跟我没完没了的。"说着，把杂志扔在桌子上。

"他什么时候跟你没完没了。"

解天钧看了一眼姚伟："也是。"

唐明轩一走进办公室就看到整洁干净的桌面上放着一个白色信封。唐明轩关上门，走到办公桌前拿起桌子上的信封，拆开，一个U盘从信封里掉了出来。

唐明轩打开电脑，把U盘插在电脑上。

点开文件夹，一段音频出现在电脑屏幕上。唐明轩连续敲了两下鼠标，音频打开。"我在做精神类药物的研究，想要发表药学研究论文。唐明轩知道我研究的药需要临床试验，于是就……就让解……让你妹妹试试，好让我写论文。"黄锡伦的声音传了出来。看着音频页面上跳动的音符，唐明轩握着鼠标的右手颤抖着。

"黄锡伦，想活命吗？"姚伟的声音，"人嘛，难免为了自己想要的做出点儿出格的事情。黄锡伦，我们知道是唐明轩教唆你这么干的对吧？解董呢，也不是不讲是非的人。我们只针对唐明轩，不会把你怎么样，只要你给我们写份东西，我们就不追究。"

"好好好，我写，让我写什么都行。"音频就断在此处。

唐明轩额头冒出细汗，脸色变得越来越难看。

"怎么办？黄锡伦出卖你了。"唐明轩的耳边传来一个女人的声音。

唐明轩转过头，红衣女人躬身趴在桌沿正在注视着自己。"杀了他吧，本来他就已经没用了。"红衣女人教唆着。

唐明轩从椅子上站起来，突然两腿发软又坐在了椅子上。

红衣女人媚笑着："瞧把你吓的，不过是个棋子而已，早就该弃了。要不是你，他早就死了。"

唐明轩手搭在椅子上，双手紧紧地捏着椅子两侧的椅柄，眼神散幻，缓慢迟钝地转头看向红衣女人，嘴唇抽动了几次说道："他死了，我是不是就没事了？"

"当然。"红衣女人兴致盎然，"他是唯一的证人，他死了就死无对证，就算警察调查，也白查。"

"可，可他是我的同学还是我的朋友。"

红衣女人微微皱眉，伸手搭在唐明轩的手背上："你问问自己，当过他是朋友吗？"红衣女人带着玩味的眼神盯着唐明轩。

唐明轩注视着红衣女人的眼睛，担心恐惧的目光渐渐变得冷漠起来。唐明轩拿起手机，走出窗边，椅子在办公桌前转着，电脑屏幕上音频页面还开着。偌大的办公室里，只有唐明轩一个人。

唐明轩走上天台，拨通了黄锡伦的电话，假意约黄锡伦吃饭。电话里，黄锡伦匆匆说了句"晚上有事"便挂断了电话。听着电话里的"嘟嘟"声，唐明轩冷着一张脸，看着窗外热闹的城市。

这时，传来敲门声。唐明轩快速走到电脑前，把音频关闭，将U盘拔出来扔进了抽屉里。"进来。"收拾好一切，唐明轩喊道。

柯媛推开门没有进去，而是站在门口，左手还扶着门把，看到唐明轩直愣愣地站在办公桌前，好奇地问道："你干吗呢？"

"没干什么。"唐明轩恢复自然神态，"找我有事儿？"

"开会。"柯媛晃了晃手里的记事本。

"哦，好。"

柯媛转身正准备关门离开，被唐明轩叫住："柯媛。"

柯媛看向唐明轩："嗯？"

"黄锡伦还记得吧。他刚刚给我打电话说晚上想一起吃个饭，你跟我一起去吧。"

柯媛愣了一下："他怎么想起请你吃饭了？再说了，我跟他又不熟，我就……"

"去吧。我想你跟我一起去。"

柯媛点了点头，算是答应。唐明轩的这句话很暖心，可此时的柯媛心里并不感到温暖，而是感到阵阵凉意。

"开会。"柯媛说了一句，转身离开，没有关门。

唐明轩看着柯媛的背影，红衣女人从唐明轩身后走出来，诡异笑着。

第九章　对峙

"保护？"刘队放下茶杯，诧异地看着柯媛。

柯媛叹了口气："我知道这个要求对你来说比较难，但是我总觉得明轩要出事儿。"

"你先别急。"刘队尽量安慰着柯媛，"你怎么知道唐明轩没有跟你说实话？"

柯媛心绪不宁，强装镇定："明轩有一个连他自己都不在意的习惯，就是当他心里有事不想告诉别人的时候，他左手的拇指就会在食指上来回磨着。"

刘队沉思了一会儿。"那你觉得唐明轩不想让你知道的事情是什么？"

"今天早上我看到姚伟从唐明轩的办公室出来，我觉得跟解天钧有关系。虽然我不知道是什么，但是你想想解天钧回来的目的是什么。"柯媛说着说着，不再说下去，苦笑了一下，"你会不会觉得我现在就像个神经病一样。"

"柯媛，我知道你着急，但现在不是着急的时候。唐明轩现在不说也许是真的没你想的那么严重，这件事我会留意的。至于你说的保护唐明轩……"刘队面露难色。

咖啡厅的角落，栗子瑶背对着柯媛和刘队坐着，对面的墙壁是一面镜子。栗子瑶边吃着午饭边看着镜子里的柯媛和刘队，直到看到柯媛离开，才匆匆买单准备追出去。这时，身后传来一个男人的声音。"子瑶。"男人语气平静，栗子瑶闻声回头，看到的是刚才和柯媛说话的男人。

栗子瑶坐在柯媛刚才坐的位置，刘队一句话不说地看着她，不一会儿栗子瑶便浑身不舒服起来："刘队长，您别老这么看着我呀，看得我浑身起鸡皮疙瘩。"

刘队依旧用一种审视的目光盯着她，淡淡道："这几年怎么样？"

"挺好的。"栗子瑶有些拘谨。

刘队点点头，接着问："你在监视柯媛吗？"

栗子瑶没想到他会问这么一句话，心头一阵："啊？"

"我看你刚才一直透过那面镜子，"刘队手指了一下镜子装饰的墙壁，"往这边看。你是在监视柯媛吗？"

栗子瑶心跳得厉害，不知道怎么回答他这个问题，咬了咬嘴唇。刘队见她不想说，便不再为难，说道："还经常去酒吧吗？"

"偶尔。"栗子瑶回道。

刘队点了点头，站起身："行了，我还有事，先走了。"

栗子瑶跟着站起身，像一只温顺的兔子，宛然没有了平时的那种活泼劲儿。"你快回去吧，不是还上班吗？"

"嗯，好，是……"在刘队面前，栗子瑶对他有一种畏惧，紧张得语无伦次。

刘队又看了一眼栗子瑶，快步走出咖啡厅消失在栗子瑶眼前。栗子瑶瘫坐在沙发上，终于松了一口气。

站在电梯里，柯媛满脑子都是唐明轩上午异常的样子，那副表情是柯媛从来没有见过的，这样的唐明轩让她越来越担心。想到姚伟从唐明轩的办公室出来，柯媛似乎明白了什么。"叮"，电梯停下来，柯媛走出电梯直奔解天钧的办公室而去。

柯媛没有敲门就闯了进去。

办公室里，姚伟正在跟解天钧汇报着什么，看到柯媛进来立刻收起捧在手里的文件夹，两个人都望向柯媛。

"有事吗？"解天钧坐在椅子上，问道。

柯媛在门口站了一会儿，走进来，扫了一眼姚伟问天钧："我能单独跟你聊两句吗？"

解天钧对着姚伟微微点头，示意他先出去。姚伟领会意思，走出了办公室。

"有什么事说吧。"解天钧合上桌子上的文件夹。

柯媛走上前，站在解天钧的对面，开门见山："姚伟在明轩办公室里放的什么？"

解天钧很镇定地看着柯媛，耳边又响起刘队的那句话："你要保护她，这是你欠她的。"突然笑了起来。

柯媛一愣："你笑什么？"

"我笑你是假傻还是真笨，当然是让唐明轩露出马脚的东西。"解天钧站起身，离开办公桌，"他不露出马脚，我怎么抓到他的把柄。"

柯嫒的目光随着解天钧的移动而移动："我在问你那是什么东西？"

"你为什么不直接问唐明轩？"解天钧坐在沙发上。

柯嫒走到沙发前："我在问你！"

解天钧抬着头，和柯嫒四目相对。柯嫒怒视着，一副一定要解天钧回答的架势。

"你要保护她，这是你欠她的。"刘队的话再次在耳边响起，解天钧转移目光，"黄锡伦的证词。"

柯嫒震惊，恍惚间像是没有听清，又追问了一句："你说谁？"

解天钧深吸了一口气，轻轻吐出，又重复道："黄锡伦。是黄锡伦的证词。"

柯嫒沉默不语，此时的她不知道该说些什么，大脑一片混乱。

"黄锡伦已经答应写出唐明轩杀瑶瑶的过程，有了这个，唐明轩就算完了。"说着，解天钧抬起手腕看了一眼时间，"差不多已经写完了。"

"他在哪儿？"柯嫒忍着怒气。

"这个你不用知道，你想知道的我已经都说了，还有别的事吗？"解天钧开始泡茶。

柯嫒又站了一会儿，转身离开。

"柯嫒，"解天钧叫住她，"有些事情跟你无关，不要上赶着往前冲，那不是你能管的。"

柯嫒背对着解天钧："那也要看是什么事情，只要是明轩的事情我就会第一个冲上去。"

"你这个女人……"解天钧霍地站起身，把刚到嘴边的话又咽了回去。

柯媛打开房门，径直走出办公室，紧跟着传来重重的关门声。

"死了算了，省得我还得保护你，操那份闲心。"解天钧愤懑地嘟哝着。

离下班时间还有五分钟，陈绍洋就开始坐立不安没有心思工作，时不时地看看手表等待着准点下班。解天钧从办公室里走出来，向陈绍洋这边望了一眼，站在姚伟办公室门口招了招手，两个人走出了公司。

看到解天钧和姚伟离开，陈绍洋也从椅子上站了起来，开始收拾东西。

"还没下班呢，你收拾东西干吗？"坐在旁边的女同事问。

陈绍洋拿起椅子上的背包："约了人。先走了。"

女同事没有怀疑，点了点头："拜拜。"

陈绍洋边走边回应道："拜拜。"急匆匆地小跑着出了公司。

唐明轩走进柯媛办公室："下班了。"

柯媛抬起头，看着唐明轩心里竟有一丝畏惧，冰冷的脸和眼神再次浮现在眼前。唐明轩朝着自己走过来，脸上挂着柔和的微笑，但是这微笑在柯媛眼中像是蒙上了一层薄纱，有点模糊。

"下班了。"在柯媛愣神间，唐明轩已经走到跟前。

柯媛回神："哦。"开始收拾东西。

唐明轩站在办公桌前，看着柯媛收拾桌面，提包。

夏末秋初，夜晚已经有了些凉爽，不再像伏天里那么燥热。

车窗摇下一半，风吹拂在脸上，柯媛看向窗外。

"对了，黄锡伦晚上不过来了。"唐明轩突然开口。

柯媛转过头："哦，那我们就回家吃吧。"

"位子都已经订了，就在外面吃吧。"唐明轩把车停在十字路口等红灯，"咱俩也很久没在外面吃饭了吧。"

"你不是喜欢吃住家饭吗？"柯媛看着唐明轩的侧脸，棱角分明的轮廓，高挺的鼻梁，这张脸顿时让她觉得陌生了。

"住家饭是喜欢，但是也得偶尔换换口味，而且这家餐厅网上评价也不错。"唐明轩自顾自地说着，完全没有注意柯媛的神情。

又转了两个弯，唐明轩把车停在一条单行道的路边。柯媛打开安全带，准备下车，被唐明轩叫住："柯媛，我知道你一直很担心，但是今晚我只想开开心心吃顿饭，好吗？"

柯媛手里提着包，右手放在门上，和唐明轩对视着，呆了一会儿嘴角微微上扬，抿嘴笑了笑。

唐明轩回以微笑。

停车的地方离餐馆还有三百米左右的距离，唐明轩和柯媛并排朝着餐馆的方向走着。唐明轩拉起柯媛的手，一开始只是握着，随即又变成了十指相扣。柯媛没有躲闪，反而将唐明轩的手握得更紧。

一走进餐馆里，食客已经络绎不绝。在服务员的带领下来到预订的位置，唐明轩开始点菜。

姚伟把车停在一个地下停车场，陈绍洋的车紧随其后也开了进来。姚伟开车在停车场里转了一圈，找了一个位置停下车。陈绍洋开车绕到另一区的空位停下车后走了下来，关上车门靠在车边点燃了一根烟。

黄锡伦从电梯里走出来，先是在电梯前扫视了一圈像是在寻找什么。解天钧和姚伟同时从车上走下来，朝着黄锡伦的方向走去。黄锡伦看到姚伟和解天钧也走了过去。看到黄锡伦出来，陈绍洋扔掉手里的烟蒂，从衣服里拿出手机，开始录制。

三个人一见面，黄锡伦就把一个信封递给了姚伟。"你真的会放过我吗？"黄锡伦微颤着问解天钧。

"我说过，我只针对唐明轩。"解天钧冷淡地回道。

"把你身份证给我。"姚伟说道。

黄锡伦不知道他要干什么，还是拿出了身份证，递给姚伟。姚伟接过身份证，转身离开了几步，开始打电话，眼睛一直看着手里的身份证："喂。您好，订一张机票……"

黄锡伦听到机票两个字，悬着的心终于放了下来，他确定解天钧是放过自己了。"唐明轩会怎么样？"黄锡伦目光移向解天钧。

解天钧瞥了他一眼："那不关你的事。"

"对不起。"黄锡伦呢喃道。虽然声音小，但是解天钧还是听到了。"你妹妹的事，我真的很抱歉。"

"别以为我放过你就代表原谅，害死我妹妹的人，我永远都不会原谅。"

"我知道。"

"对了，还有件事？"

"什么事？"

"唐明轩……"

"嘭"的一声，黄锡伦的声音随着一声枪响也戛然而止。

解天钧的脸上满是鲜血，黄锡伦的眉心也出现一个血窟窿。没有任何防备，黄锡伦就这样倒在自己面前，鲜血从黄锡伦的头部流出来。

死亡来得太突然，解天钧、姚伟、陈绍洋完全没有反应的机会。看着倒在血泊里的黄锡伦，三个人的大脑里一片空白。直到刚从电梯里走出来的居民喊了一声，三个人才反应过来。

解天钧赶忙上前察看黄锡伦，姚伟也走了过来。"死了。"解天钧叹了口气。

姚伟急忙报警。

陈绍洋开始在停车场里寻找凶手，偌大的停车场，黑暗的空间，陈绍洋特别注意着每一个死角。

唐明轩一个人坐在餐桌前，桌子上的饭菜都已见底。放在桌角的手机响起，唐明轩放下筷子拿起手机看着。

"解决了。"一个陌生号码发过来的。

"住处已经安排好，回家收拾一下，晚一点我去找你。"唐明轩左手拿着手机，拇指在手机屏幕上快速地敲着。

柯媛甩着手走过来坐在对面："谁呀？"

唐明轩删掉信息放下手机："没谁，垃圾短信。"

柯媛抽出纸巾擦着手："哦。我们走吧。"

"好。"唐明轩答应着，伸手向服务员摆了摆。服务员走过来，"买单。"唐明轩边掏着钱包边说。

地下停车场已经拉起警戒线，听说发生了命案，小区里顿时沸腾了。一时间，安静的停车场里也变得热闹起来。警察对小区里的保安、居民和目击证人做着笔录。

"你们都说了些什么？"刘队坐在解天钧旁边，手里拿着记事本和笔。

解天钧用纸巾擦着脸回道："黄锡伦答应把唐明轩杀我妹妹的事情写下来给我，我们是来拿证词的。"

"你什么时候找到黄锡伦的？他什么时候答应你的？"

"昨天。"

"那为什么是今天拿？"

"没有为什么，我昨天临时有事，着急就走了。"

"来之后有没有发现什么人？"

"没有。"

"黄锡伦的证词呢？"

"在姚伟那儿。"

"还有别的吗？"

"陈绍洋做了录像。"

刘队合上记事本："解天钧，我警告你，这是在中国，你那套在这里没用。你别以为我们找不到你们家的证据，你就没事。"

"刘队，我妹妹死了。"解天钧不紧不慢地说。

"那你也不能乱来，应该交给我们来处理。"

倏地，解天钧站起来："交给你们？！五年前，我妹妹交给了你们，可是你们是怎么查的？自杀，这就是你们查出来的结果。"

解天钧说着情绪开始激动起来。

"我们不是神仙，当时所有的证据都证明你妹妹是自杀，唐明轩有充分的不在场证明。"

"那并不代表他没有杀人！"

夜行人

"解天钧！"

两个人的争吵声让混乱的现场安静了下来，所有人都望向两人。

"现在，现在……"解天钧开始找姚伟，看到姚伟和陈绍洋站在一起，快步走了过去。不等姚伟开口问，自己把手伸进了姚伟的衣袋里掏出刚才黄锡伦交给自己的信封，又夺过陈绍洋手里的手机，快步走回到刘队跟前："这就是证据！"把信封和手机紧贴在刘队的胸前。

刘队接下信封和手机："是不是证据还需要我们通过其他的线索来证实，现在黄锡伦死了，唯一的证人也就没了。"刘队把信封和手机交给其他刑警，"死无对证。"

"我就知道你是不会相信我的。"解天钧苦笑着，"你现在肯定怀疑人是我杀的吧。"

"你有动机。"

解天钧嗤笑，掏出烟盒抽出一根烟点燃，用力地吸了起来。

"咚咚，咚咚。"两声敲门声响起。

柯嫒从二楼走下来："来了。"走到门前，"谁呀？"

"是我。"柯嫒听出是刘队的声音开了门，正准备询问，门一打开就看到在刘队的身后还站着两个年轻人。"发生什么事了吗？"柯嫒感觉到事态的严重，疑惑地问。

柯嫒端上来三杯茶，依次放在三人面前。

"你别忙了，先坐下吧。"刘队说道。

柯嫒转身坐在沙发上，等待着刘队告诉自己发生了什么事。

其实，她已经猜到肯定与解玮瑶的死有关，但是如果不是事态严重，刘队不会还带了两个人来。她有一种感觉，这件事情已经不在她所设想的范围内发展，而是发生了某种转变。只是，她不知道这个转变是好是坏。

"唐明轩呢？"刘队问。

其他两名刑警拿出记事本，开始准备记录。

看到这些举动，柯媛没有回答刘队的问题，又追问了一句："发生什么事了吗？"

"黄锡伦死了，我们来了解点儿情况。"刘队说得很平淡，就像平时调查别的案子一样，"请把唐明轩也叫出来，我们问些问题。"

柯媛震惊地看着刘队，缓了一会儿回道："明轩他出去了。"

"什么时候出去的？"刘队问。

另外两名刑警开始记录。

"吃完晚饭。"

"几点钟？"

"七点半左右，不到八点。"

"你们几点吃的饭？在哪儿吃的？"

"六点到的餐馆，在胜利街的川菜馆。"

"唐明轩是跟你一起回来的吗？"

柯媛点点头："是。他把我送到家连家门都没进，说有事还要出去。"

"知道他干什么去了吗？"

柯媛摇摇头。

"他没说？"

"没有，"柯媛顿了顿，"刘队，我能单独跟你说两句吗？"

刘队看了一眼身边的两名年轻刑警，又看了看柯媛："好吧。"

刘队跟着柯媛走进阳台，刘队侧身将落地门关上。

"黄锡伦怎么死的？"这是柯媛最想弄清楚的。

刘队叹了口气，说道："枪杀，一枪爆头。凶手有这么精准的枪法，说明他对枪械非常了解。再加上他手里有枪，市局对这个案子很重视。"

"你怀疑明轩？"

"每一个跟受害者有关系的人我们都要一一排查，而且……"

"而且什么？"

"而且黄锡伦的死正好是在解玮瑶的案子重新调查之后，这个案子的性质已经变了。"

"会不会是解天钧？"柯媛大胆地猜测着。

刘队沉默不语，只是看着柯媛。

"怎么了？"

"黄锡伦死的时候，解天钧就在他身边。"

这个消息出乎柯媛的意料。

"柯媛，事情已经不在我们控制的范围之内了，我希望你能配合我们。"

柯媛目光涣散地点着头。

"黄锡伦被杀的时间是六点四十左右，那个时间你跟唐明轩在一起吗？"

柯媛注视着刘队，笃定道："我跟他在一起。"

看着柯媛坚定的眼神，刘队知道她没有撒谎。"你们吃饭期间，你有没有离开过或者唐明轩有没有离开过？"刘队又问。

"中间我去了一趟卫生间，那个时候我们已经吃得差不多了，准备要走了。"

刘队沉思着："从你们吃饭的地方到黄锡伦家，只需要过一条街。"

"他来不及。"柯媛断定。

"没错，"刘队认同，"那你从卫生间出来有没有发现他有什么异常？"

柯媛仔细回想着，唐明轩看手机的情景浮现在脑海里："他好像收到一条信息，而且好像还回复了。"

"什么信息？"

柯媛微微皱眉，摇了摇头："不知道。他说是垃圾短信，可是……"

"可是什么？"

"我明明看到他是回复了。"柯媛开始怀疑是不是自己看错了。

"你们是？"唐明轩的声音从客厅里传进来。

柯媛和刘队互望一眼，柯媛打开了阳台上的落地门，两人一前一后走进客厅。"你回来啦。"柯媛说道。

唐明轩看到刘队，有些惊讶："刘队，您怎么来了？"

"我们来办案子。"

"怎么了？"唐明轩望了一眼柯媛，以为是她发生了什么事，一脸担心，"发生什么事了？"

"黄锡伦死了。"刘队说着，眼睛一直盯着唐明轩注意着他的一举一动。

"什么？！"唐明轩吃惊，"怎么死的？"

"枪杀，正中眉心。"

唐明轩表现出一副悲伤的样子："怎么会？"

"什么意思？"刘队问。

"我今天还给他打过电话……"

唐明轩话还没说完，就被刘队打断。听到他说给黄锡伦打过电话，刘队紧跟着追问："你给他打过电话？什么时候？"

"上午。十一点钟左右。"

"你给他打电话都说了什么？"

"没什么，就是好久不见了大家在一起坐一坐，吃个饭。这件事柯媛也知道。"唐明轩看向柯媛，"那个时候她过来叫我开会，我还跟她提了这件事。"

柯媛点了点头，没有说话。

"然后呢？"

"然后下午快下班的时候他又打电话跟我说临时约了人，来不了了。"

"知道他约了什么人吗？"

"不知道。"

唐明轩对于警察的每一个问题都对答如流，而且时间、地点准确无误，还有不止柯媛一个时间证人。而在唐明轩的神情上，刘队也看不出任何破绽。

"吃完晚饭你去哪儿了？"

"见了个朋友。"

"什么朋友？"

"客户。"

"都说了什么？"

"就是工作上的事情。他刚从上海过来，只有今晚有时间，所以见了一面。"

刘队没有问是否跟那条短信有关，他不能让唐明轩知道柯媛也牵涉其中。直接把记事本和笔放在他面前："姓名，电话，酒店。"

唐明轩拿起笔，在本子上写下了客户的名字、手机号码、酒店名称。

"我们先走了。"刘队拿过记事本扫了一眼，合上，"最近哪也别去，有什么事我们还会再找你了解情况的。"

唐明轩和刘队同时站起来："好。麻烦您了。"

深夜，城市都已入眠。

唐明轩的书房里只开着一盏昏暗的台灯，cd 机里播放着舒缓的音乐。唐明轩坐在靠窗的小躺椅上，闭着眼睛。

"柯媛跟刘队都说了什么？"红衣女人的声音传入耳中。

唐明轩缓缓睁开眼睛，注视着天花板："你又想到了什么？"

"他们在阳台上，关着门，你不好奇吗？"

唐明轩不说话，眼睛直直地盯着天花板。红衣女人的脸出现在眼前，一张白皙美丽的脸，红艳的嘴唇，一张一合："你觉得他们说了什么？"进而露出诡异的媚笑。

唐明轩从躺椅上坐起来，一张阴阳脸出现在菱形的镜子里。

"又死了一个人。"镜子里的唐明轩问。

"他不死，我们活不成。"镜子里的红衣女人说。

"我不想再有人死了。"

"你不想？"红衣女人的脸从菱形的镜子里消失，又出现在三角形的镜子里，"这句话现在才说是不是晚了点儿？"

唐明轩的脸也从菱形镜子里消失，在一面椭圆的镜子里出现，面带悔恨："不晚，还来得及。"

红衣女人消失在三角形的镜子里，椭圆的镜子里又出现一张阴阳脸："你太看得起自己了吧。"镜子里，另一半女人的脸露出不屑的诡笑，"你手上已经沾满了血，那些女人都是死在你的手里。你已经没有退路了。"

"是你！"镜子里另一半唐明轩的脸露出愤怒，"是你把我变成这个样子的，是你把我变成了一个怪物！"

"哈哈哈哈"，书柜上一整排的镜子里，红衣女人大笑着，"唐明轩，你这种自欺欺人的想法什么时候才能改变？你说是我把你变成了一个怪物，哼，一个人的本质谁也改变不了。你怎么不说你本来就是一个怪物。"

书柜上一整排的镜子里又全都出现了唐明轩愤怒的脸："我不是！是你，都是因为你，因为你，我才变成了这副样子。是你，是你！"说着，唐明轩拿起桌子上的笔筒向书柜扔了过去。三角形、正方形的镜子摔在地上，碎裂一地。

地面上残碎的镜子里，有的是唐明轩，有的是红衣女人。

柯媛听到摔碎东西的声音，从卧室里走出来，向书房走去。

唐明轩跪在地上，双手胡乱地扫着镜子的碎片："你走，你走！我不要见到你，我不要再见到你！别跟着我，别跟着我！"
双手已满是鲜血。

"明轩？"柯嫒敲着门，"明轩，你在里面吗？"

唐明轩满脸是泪，看着门口。

红衣女人站在门前，用蔑视和挑衅的目光看着跪在地上、满手是血的唐明轩，得意地笑着。

"滚！"

柯嫒停下敲门的手。

第十章　反咬

　　阳光照进书房，唐明轩躺在碎玻璃上，双手上的血已经干了。书房外传来"咚"的一声，唐明轩被吵醒。

　　唐明轩睡眼惺忪地从地上爬起来，感觉到手掌传来阵阵疼痛，抬起手一看，两只手的手心满是红色，再看了看地面，破碎一地的玻璃碴上也有斑斑血迹。走出书房，唐明轩径直走进洗浴间。水流浇在手心，有一丝刺痛感，唐明轩摊开掌心，看着手心上一个又一个的小伤口，密密麻麻。

　　"柯媛。"唐明轩走进卧室，"柯媛……"看到卧室里没有人，椅子上的背包也不见了，唐明轩想起刚才的声音，猜测到那个声音是柯媛出门的关门声。

　　公交车上拥挤不堪，柯媛站在后门的位置，面对着车门。看着与自己乘坐的公交车并行的私家车，有那么一刻，柯媛竟把私家车里的司机看成了唐明轩。

　　"滚！"唐明轩的声音从书房里传来。柯媛停止敲门的手，站在门口眼眶里噙着眼泪，停在半空的手微微蜷缩发着抖。

公交车到站，乘客的拥挤把柯嫒拉回现实，没有多想便也跟着刷卡下了车。待公交车开走，才反应过来自己是提前下车，离公司还有两站的距离。

沿着街边，柯嫒漫无目地走着，穿梭在行色匆匆的人群中，显得那么特殊。"滴滴"，汽车喇叭声传来，柯嫒转头。

"上车吧。"解天钧坐在后排的位置，车窗摇下，说道。

柯嫒迟疑了一会儿，打开了副驾驶位上的车门。

"黄锡伦死了。"解天钧冷淡道。

车内一片寂静。

"唐明轩很得意吧？"解天钧又冒出一句。

车内继续一片寂静。

"他终于扳回一城了。"解天钧苦笑着。

"明轩不是那种人，"柯嫒终于开口了，"你误会他了。"

"误不误会还是让警察去确定吧，总会真相大白的。"

柯嫒没有说话。

姚伟把车停在写字楼下，柯嫒和解天钧同时从车上走下来，姚伟把车开进了地下停车场。

柯嫒没有等解天钧，径自向写字楼走去。

"柯嫒。"解天钧叫住柯嫒。

柯嫒转过身看向解天钧，解天钧走到柯嫒面前，两人之间只有一步之遥。"我欠你什么呢？"解天钧端详了柯嫒一会儿，问道。

"你说什么？"柯嫒疑惑。

"有人让我保护你，还说我欠你的。"解天钧边说着边轻笑道。

"保护我？"

"对。刘队，他说让我保护你。他没跟你说吗？"

柯媛摇摇头。

解天钧双手插进裤兜："你跟他什么关系？"

"跟你没关系。"柯媛冷冷地回了一句，转身向写字楼里走去。

解天钧在原地站了一会儿，跟了进去。

电梯门口围了很多人，解天钧和柯媛站在最外层。"最近没事别乱跑，要是真出了什么事，我可不负责。"

柯媛抬头凝视着电梯门上的数字："你不用负责，因为我根本不需要你的保护。"

"你这句话我可以理解为……"解天钧把直视前方的视线转头放在柯媛身上，"唐明轩才是能够保护你的那个人吗？"

柯媛愣着没有回答，脑海里又闪现出昨晚的情景，唐明轩的那一个"滚"字就像一把利刃又戳在了心头上，有些疼。

电梯门打开，随着人们的脚步走进电梯。"嘀……"拖长的声音从头顶传出，电梯超重，柯媛和解天钧站在最外层，两人不约而同地走出电梯。

电梯外只剩下两人。"唐明轩不会保护你的，"解天钧突然冒出这么一句，"黄锡伦死了，你觉得唐明轩还能平安无事吗？"

柯媛侧目看着解天钧，眼神里充满厌恶："解天钧，黄锡伦死的时候你就在现场，论动机和机会，似乎你的嫌疑更大吧。"

解天钧不以为然地耸耸肩："说得没错，所以你现在可以见到我。"

"什么意思？"

"我被禁止出境了。"

柯媛无语地转过头，不想再看到解天钧那副无所谓的样子。

柯媛和解天钧一同走进公司的时候，唐明轩已经坐在了办公室里。柯媛诧异地看着办公室里的唐明轩，解天钧站在柯媛身后，目光也望向唐明轩："他应该比你晚出门吧？"

柯媛转头瞥了一眼解天钧，走进了办公室。

解天钧站在原地，看着柯媛的办公室，又看了看唐明轩的办公室，站了一会儿，向唐明轩的办公室走去。

"忙着呢。"解天钧没敲门直接走了进去。

唐明轩抬起头，看着解天钧走进来。"有事儿？"唐明轩又低下头问。

解天钧没有坐下，而是走到落地窗边，把面对着格子间的百叶窗拉了下来，里面看不到外面，外面也不清楚办公室里发生了什么事情。

唐明轩不明所以，看着解天钧把窗帘一个个都拉上。格子间的人有的没有注意到唐明轩办公室里这不同寻常的举动，栗子瑶的眼睛却一直盯着解天钧和唐明轩依次消失在自己的视线内。

唐明轩放下手里的笔："你想干什么？"

解天钧走到唐明轩对面的椅子旁，右手食指在桌子上的笔筒里来回地拨弄着："你怎么杀的黄锡伦啊？"

解天钧问得直接，唐明轩听得真切。

"我不知道你在说什么。"

解天钧从笔筒里拿出开信刀，端详着："这次不在场证明又是柯媛吧？"

"你不是警察，我没必要跟你说。"

话音刚落，唐明轩没有任何防备，解天钧就把刀放在了他的脖子上。一阵刺痛，唐明轩眉头微蹙，脖子和刀刃间出现一抹血红色。

"你已经把我惹毛了。"解天钧凶狠地瞪视，"唐明轩，别以为自己聪明就可以摆脱你的所有嫌疑，有句话说得对，聪明反被聪明误。"

唐明轩一开始还表现出害怕和恐惧，惊恐的眼神注视着解天钧狠戾的目光。解天钧的刀稍稍用力，刀刃几乎嵌进了肉里，血顺着脖子流下来。唐明轩的眉头皱得更紧，牙关紧咬着，不发出一点声音。

解天钧侧头看到唐明轩脖子上的血，伸手抹了一下："你的血还真是冷的。"

"因为……"唐明轩惊恐的眼神变得冷静，刚才恐慌的神情也完全不见，在他的脸上留下的只有冷漠。"刀是冷的，所以血才会变冷。"说着，伸手把抵在脖子上的刀拿开，刀口赫然。

唐明轩从椅子上站起来，解天钧也直起了身子，两个人对视着。

"你说得没错，这次我又是找柯媛做了时间证人。"他承认了，还表现出一副挑衅的模样，"那又怎样？你有证据证明我杀了人吗？当时在现场的是你，是你解天钧。黄锡伦是死在你面前的。"

唐明轩每说一句话，脖子里的伤口就会被抻得厉害，而他似乎并没有感觉到疼痛。

"你的动机似乎比我更成立。"

解天钧怒不可遏，脖颈的青筋暴现，一直延伸到太阳穴处，手里的刀也被他握得更紧。转而，放松下来，把染着唐明轩血迹的刀扔在桌子上，转身拉开椅子坐了下来："没错，我的确想杀了黄锡伦。凡是关涉害死我妹妹的人，都得死。"

"你是一个睚眦必报的人。"

"所以我让他写陈述词，陈述瑶瑶被害的整个过程。我明明可以当下就拿到陈述词，但是我没有那么做，而是假意有事离开，告诉他第二天晚上会来取。"

唐明轩走过解天钧身边，站在了他的后面。

"我跟他说在他们家的地下停车场见面，还答应他，只要有证据抓到你，我就安排他离开，既往不咎。但其实，我早已安排了杀手躲在隐蔽处，只要见到黄锡伦把陈述词交给我，就开枪。"

"你知道我是干什么的，找个杀手，弄把枪很容易。"

我还特意让人录下整个过程，作为我不是凶手的证据。一旦警察查下来，我也可以自证清白。

"黄锡伦死了之后，警察很快赶到现场，刘队对我进行了讯问，就像我事先安排好的一样，一切都在按照我设想的方向走。有了栽赃你的证据，死无对证的证据……"

"那些证据根本不能证明我就是凶手。"站在解天钧身后的红衣女人说着。

"但足以证明你有重大嫌疑，会成为警方重点调查的对象。"

"可惜我再次利用了柯媛做我的不在场证明，你所做的一切都是徒劳的。"

"这就是我算错的一步。"解天钧叹口气，"我以为，五年前，瑶瑶被害的时候你已经利用过她一次，现在她又是你的妻子，你不会再利用她第二次。我还是低估你了，你真的很聪明。"

红衣女人得意地笑了笑。

"你的手段很高明。"

解天钧的夸奖让红衣女人越来越得意。

解天钧从椅子上站起来，转过身："你现在很享受这份得意吧？借我的手除掉绊脚石。"解天钧盯着唐明轩说。

"你是让我感谢你吗？"唐明轩媚笑着。

"那倒不用。我这个人不喜欢虚的。"解天钧说，"我们来点儿实的吧？"

解天钧的提议，让唐明轩显得兴奋。脖子上的鲜红色那么刺眼。

解天钧拿出一个 U 盘："这个东西，我可以给你。但我们俩要做个交易。"

"什么交易？"

"这里面是黄锡伦完整的供述陈词，我把他交给你……"解天钧话还没说完，被唐明轩打断了。

"黄锡伦的陈述词你已经交给警方了。"

解天钧呵呵笑了："根本就没有什么陈述词，黄锡伦只是给我写了一份悔过书，写的都是自己的忏悔。"

"你想交易什么？"

"离开柯媛。"解天钧毫不避讳。

唐明轩愣了几秒钟："你跟柯媛什么关系？为什么是她？"

"没有为什么，就是她。"解天钧搪塞着。

唐明轩如女人走路般，走到沙发处坐下，举手投足间都隐晦地透着女人的脂粉气。解天钧只想快点让他答应自己的交易，没有注意到唐明轩怪异的言行举止。

"她是我的人。"唐明轩嘴上说着。心里想着，她是唐明轩的人，她是我钳制唐明轩的人，她是个必死的人。

"怎么样？这笔只赚不赔的买卖如何？"解天钧追问道。

"我怎么知道你有没有备份。"唐明轩问。

解天钧收起 U 盘："不交易算了，反正吃亏的又不是我。"

眼看就要把 U 盘收起来，一只手突然伸过来夺走了解天钧手里的 U 盘。唐明轩拿着 U 盘走到办公桌前插进了电脑。

"我在做精神类药物的研究，想要发表药学研究论文。唐明轩知道我研究的药需要临床试验，于是就……就让解……让你妹妹试试，好让我写论文。"

电脑里，黄锡伦惊慌的声音传出来。

唐明轩仔细地听着。

"你们在我实验室找到的那些药就是你妹妹吃的那种药。合格的精神科药品正常人长期服用还会引起精神不正常，更别说这些没有经过药监局检验的药品了。

"我一开始是不答应的，是唐明轩。他说，如果我研究的药品真的能够治好解玮瑶的病，对论文发表也有很大的帮助，是一个两全其美的方法。

"我不知道唐明轩为什么要这么做。

夜行人 ●

"我问过，他没说。

"给了。他给了我一笔用于试验研究的费用。

…………"

唐明轩把音频关掉，没有再听下去。

唐明轩站在落地窗前看着空荡的格子间，午休时间，职员们都已出去吃饭。唐明轩微一侧目看到柯媛还坐在办公室里，手敲着键盘，眼睛注视着显示器，专注的样子不禁让唐明轩想起以前。

"进来。"柯媛喊着。

唐明轩推门而进，柯媛看到是唐明轩，心里咯噔一下。

"该吃饭了。"唐明轩微笑着，和往常一样，就好像什么都没发生一样。也确实，唐明轩并不知道昨晚到底发生了什么事。

"你去吃吧。我让栗子瑶给我带了三明治和咖啡。"柯媛语气冷淡，继续敲击键盘。

唐明轩站在桌前："写什么呢？"

柯媛看着显示器，也不看唐明轩："营销方案。"

"很着急吗？"

"不着急。"

"那就先吃饭。"

柯媛开始有些心烦，停下手，轻轻叹了一口气："反正也没什么事，就提前做了，省得心里总惦记着。"

唐明轩看出了柯媛的反常："你怎么了？"

"没事。"柯媛继续打字，冷淡地回了一句。

从唐明轩一进门，柯媛就没有给过好脸色。

唐明轩不知道自己哪里得罪了她，又不敢问怕惹起不必要的争吵。在这一刻，他才发现原来自己对柯媛并不了解，连她的喜怒哀乐都看不出来。

见唐明轩站着不动，又不说话，柯媛抬起头："你去吃饭吧。"

放在平时，这样简单的一句话都会是暖心的。可是，现在唐明轩只感受到了寒心。柯媛站起身，拿起桌子上的水杯，连看都不看唐明轩一眼，径自往门外走。

唐明轩追出办公室，一手拉着柯媛手里端着杯子的胳膊。被唐明轩这么一拽，柯媛趔趄一下，没有站稳顺势扑倒在唐明轩怀里。柯媛急忙推开唐明轩。

"你早上为什么不等我？"唐明轩严肃地问，语气中略有责备。

柯媛没有直接回答，转身又朝茶水间走去。

"我问你话呢！"唐明轩追进茶水间，"早上你为什么不等我？"

柯媛转过身，仰头看着唐明轩。她看到唐明轩脖子里的创可贴，又低下头看了一眼双手手掌里贴着的创可贴，叹了一口气。"身子不舒服就别来上班了。"柯媛关心着，可语气里还是能够让人感受到凉意。

"你早上为什么不等我？"唐明轩第三次问道。

"不是你让我走的吗？"柯媛回答。

唐明轩诧异。

"我？"唐明轩还没有想起昨晚发生的事情。

柯媛心烦，不想再多说一句，空着手走出茶水间。恰巧栗子瑶回来，柯嫒像是抓住了救命稻草，拉起栗子瑶就走出了公司。

天台上，柯嫒吃着栗子瑶给她买的三明治。

栗子瑶抱着咖啡，边喝着边看向一语不发只顾吃面包的柯嫒。"三明治好吃吗？"栗子瑶把咖啡放在地上。

"不好吃。"柯嫒边嚼着三明治里的火腿，边回道。

"不好吃还吃。"

"不能浪费。"说着，拿起地上的咖啡，喝了一口。

"吵架啦？"栗子瑶憋了很久的问题终于问了出来。

柯嫒低着头，看着手里只剩下最后一口的三明治，顿时没了胃口。

"能吵架就证明没事。说实话，从你俩在一起到现在，我还真没见过你俩吵架。"

"他说，两个人在一起肯定会有摩擦，没什么好吵的。当我们之间出现摩擦时不能大吵大嚷，要学会有商有量。"

"你就这么憋着，"栗子瑶问，"气发不出去，会憋坏身子的。"

一滴眼泪掉在三明治上。

"今早我看你是跟解天钧一起来的，发生什么事了吗？"

柯嫒低着头，两鬓的刘海正好挡住脸颊，栗子瑶看不到她在流泪。

"我看到新闻了，黄锡伦死了，解天钧就在案发现场。"栗子瑶自顾自地说着，"那个黄锡伦是什么人？"

柯嫒已经泪流不止。

"柯嫒？"栗子瑶发现了柯嫒的异常，左手拍着她的肩膀，"柯媛！你，你怎么了？"说着，撩起垂下来的头发，只见满脸是泪。

栗子瑶起身蹲在柯媛面前："怎么了？哭什么呀？发生什么事了？"

"子瑶，我，我觉得好累。"柯媛带着哭腔。

"到底怎么了？跟我说说。"

这时，柯媛才缓缓抬起头，对视上栗子瑶的眼睛："警方重新调查解玮瑶的自杀案了，明轩可能是凶手。"

栗子瑶万万没想到自己会听到这么令人难以置信的事情。

"你怀疑唐明轩吗？"栗子瑶小心翼翼地问着。

柯媛放下手里没吃完的三明治，双手擦干眼泪，稍微稳定了情绪，说道："我不知道。刘队已经开始重新调查了。"

"黄锡伦的死是怎么回事？"栗子瑶用一种好像警察审问的语气问道。

沉陷在悲伤里的柯媛没有注意到栗子瑶神情和语气上的变化，回道："黄锡伦可能是同谋，可能是明轩让他那么做的……可能……"

柯媛不确定，但栗子瑶早已确定。

"你是什么时候怀疑解玮瑶的死不是自杀的？"

"有人把解玮瑶 2010 年的日记寄过来的那次。"柯媛深吸了一口气，"我看了她的日记。"

"日记呢？"

"我还回去了。"

"还回去了？"

"嗯，还给解天钧了。"

栗子瑶明白了，那本日记是解天钧寄的。

"你找过黄锡伦吗？"

柯嫒摇摇头：没有。我直接找了刘队，让他帮忙查查。"

"后来呢？"

"刘队找过一次黄锡伦。至于他们之间都说了什么，我不清楚，刘队没跟我说。"

"柯嫒，你相信我吗？"栗子瑶突然问。

柯嫒用模糊的泪眼看着栗子瑶，点了点头："我只能相信你了。"

"那好。你把跟刘队说的那些再跟我说一遍，"栗子瑶用怜爱同情的目光看着她，"可以吗？"

解天钧把一支录音笔放在茶几上，姚伟拿起录音笔："这下唐明轩该不会狡辩了吧。"说完，把录音笔放进了西装内侧兜里。

解天钧表现得并不乐观："唐明轩没那么好对付，保不准他会翻供，我们还得做好充足的准备。"

"有警方的调查，再加上这些。这一次，唐明轩不死都难。"

"别太乐观。"解天钧叹了口气。

"对了，"姚伟想起一件事，"我知道为什么刘队会去找黄锡伦了。你还记得他说过是受人所托吧？"

解天钧点点头。

"柯嫒。"

"柯嫒拜托他？"解天钧没想到，"为什么？"

"也许是我们当初寄给她的那本日记起作用了。"

解天钧恍然明白过来："也就是说，柯媛现在也是怀疑唐明轩的，是这个意思吧？"

"八九不离十。"

解天钧不说话了，慢慢靠在沙发背上，嘴角微微上扬起来，继而发出笑声："看来我们真的要听他的话，保护柯媛了。"

"你想怎么做？"

"不用紧张，有栗子瑶呢。"解天钧笑容变得深不可测，"她也该浮出水面了，这是个机会。"

"恐怕你这样安排，有人会不满意。"

"谁？"

"还能有谁，你兄弟呗。"

解天钧叹了口气："我是真不想伤他的心啊，可是我也人在江湖，身不由己。他会明白的。"

"但愿。"

"行啦，先不说这些了。眼下是要赶快找到唐明轩更多的证据，把他牢牢地钉在审讯台上，防止他到时候翻供，那时什么都晚了。"

"我把录音整理一下，交给警察。"

解天钧点点头。

两个人话音刚落，门外便传来嘈杂声。解天钧对姚伟使了个眼色，姚伟起身走出了办公室，站在门口张望了一会儿，又返回来。

"是警察。"

"干吗来了？"

姚伟还没有开口回答，刘队就带着两名年轻刑警走了进来。

看到刘队，解天钧从沙发上站起来："刘队这是来调查取证？"

刘队走到解天钧跟前，一脸严肃："解天钧，关于黄锡伦被杀的案子，请你协助调查。"

姚伟震惊。解天钧更震惊。

"有人将一段录音交给我们，那里面是你供认自己买凶杀害黄锡伦的录音……"刘队继续说着。但对解天钧而言，他只看到刘队的嘴一张一合，顿时的耳鸣让他什么也听不清。

姚伟没想到自己的录音还没送到刑警队，就已经被唐明轩将了一军。当初是为了让唐明轩承认自己杀了黄锡伦，才想出来的这个主意。然而，这个计划还没起作用，先被敌人用在了自己的身上。解天钧在江湖摸爬滚打这么多年，第一次被人摆了一道。而这个人不是别人，正是唐明轩。

"……走吧。"刘队把话说完了。

"我也去。"姚伟急道。

刘队点了点头。

陈绍洋看着解天钧被警察带走心急如焚，转头看了一眼站在办公室门口的唐明轩，更是恨不得立刻上前就去杀了他。

唐明轩和解天钧对视了一眼，解天钧从唐明轩的眼神中看出了挑衅的意味。

解天钧望了一眼陈绍洋，动作极轻地摇了摇头，是在告诉他不要轻举妄动，继续盯好唐明轩。

解天钧刚走出公司，就迎面撞上柯媛和栗子瑶。

解天钧从柯媛身边走过，没说话，只是伸出右手的拇指，在柯媛面前竖了起来。

"走吧。"刘队又说了一句。

解天钧、姚伟走进电梯，柯媛叫住了刘队。

刘队示意另两名刑警先带解天钧下去，两人应允，走进电梯。

"发生什么事了？"柯媛的鼻音很重。

"你哭过？"刘队看着柯媛红肿的眼睛，顿了顿，"解天钧涉嫌杀害黄锡伦。"

"有证据吗？"栗子瑶问。

刘队把目光移向栗子瑶，眼神里充满疑问："有人举报。"

"是什么？"栗子瑶又问。

"你不用知道，"刘队表现出不满意。转而对柯媛说："我走了。"

柯媛点了点头，目送刘队走进电梯。

"柯媛。"身后传来唐明轩的声音，柯媛不知道什么时候唐明轩站在那里的。"咱们俩谈谈吧。"唐明轩说。

柯媛看了一眼栗子瑶，栗子瑶没有反应，目光坚定地看着她，似乎在说"去吧"。痛哭过之后的柯媛就像一个孩子，一举一动、一言一行都需要有一个人来引导着。

唐明轩走过来，拉起柯媛的手，手心温暖，透过皮肤，穿过血管到达心里。

唐明轩始终微笑着。

第十一章　遇见

"没错，我的确想杀了黄锡伦。凡是害死我妹妹有份的人，都得死。"

"你是一个睚眦必报的人。"

"所以我让他写陈述词，陈述瑶瑶被害的整个过程。我明明可以当下就拿到陈述词，但是我没有那么做，而是假意有事离开，告诉他第二天晚上会来取。

"我跟他说在他们家的地下停车场见，还答应他，只要有证据抓到你，我就安排他离开，既往不咎。但其实，我早已安排了杀手躲在隐蔽处，只要见到黄锡伦把陈述词交给我，就开枪。

"你知道我是干什么的，找个杀手，弄把枪很容易。

"我还特意让人录下整个过程，作为我不是凶手的证据。一旦警察查下来，我也可以自证清白。"

刘队把手机关闭，看着对面戴着手铐的解天钧："你怎么解释？"

解天钧一脸无所谓地说："是我说的没错。"

"可是黄锡伦死那天，你可不是这么说的。"

解天钧沉默了。

突然一声嗤笑打破了审讯室的寂静，解天钧呵呵笑着说："原来我也有今天。"

速记员敲击着键盘，记录着从解天钧嘴里说出来的每句话。

"解天钧是怎么回事？"柯媛站在唐明轩桌前，开门见山，没有一句闲言碎语。

"他杀了人。"唐明轩说得不咸不淡。

"你是说他杀了黄锡伦？你怎么知道？"

唐明轩没有回答，而是直接打开手机的录音。手机里传出解天钧承认自己杀人的声音。柯媛呆愣地听着，双手垂在身体两侧，不由自主地发着抖。

"是你报的警？"

唐明轩关掉手机录音从椅子上站起来走到柯媛面前："我只是做每个公民该做的事。"

此时，柯媛注视着唐明轩，她不知道该不该相信唐明轩说的每一句话。

"柯媛，对不起。"唐明轩的声音很温柔。

柯媛讶异。

"我昨晚不应该对你说那个字，我当时也不知道怎么了，所以就……"

柯媛想起了昨晚书房的事情。原来他知道自己是为什么生气，可是为什么现在才向自己道歉？柯嫒凝视着眼前的这张脸，许久才说出两个字："算了。"

算了？真的就这么算了吗？眼前的唐明轩让柯嫒越来越看不懂，他似乎隐瞒着自己很多事情，而自己却又不敢直接询问。

陈绍洋把水杯往地上一摔，杯子摔得粉碎，水花四溅。

栗子瑶急忙说道："你干吗呀？！"

这时，茶水间的门口探出两三个人头，栗子瑶看到同事纷纷向里面张望，忙说着："没事，没事。刚刚不小心把杯子摔碎了。"尴尬地打着圆场。

栗子瑶关上茶水间的房门，走到陈绍洋跟前，拉扯着让他先坐下。陈绍洋坐在椅子上，看着他懊恼的样子，栗子瑶叹了一口气，说道："你先别着急，还没搞清楚什么情况，只会越帮越忙。再说，姚伟不是也跟着去了吗？先等等，看他回来怎么说。"

栗子瑶尽量安抚着陈绍洋的情绪，这时的陈绍洋满腹心思都在解天钧身上，完全没有注意到栗子瑶的口气。

栗子瑶起身又给他倒了一杯水，放在他面前："解天钧肯定是被冤枉的。"

这一句话倒是让陈绍洋冷静了下来，再回想刚才栗子瑶说的那些话，陈绍洋愤怒的眼神立刻转换为好奇的目光，看着栗子瑶："你……"

栗子瑶知道他想说什么："解天钧让我在柯嫒身边，就是为了监视。一开始，是监视柯嫒有什么异常举动。那时候他怀疑是柯嫒和唐明轩联手害死了解玮瑶。后来，我们发现柯嫒是无辜的，她什么都不知道。"

陈绍洋满脸惊讶，他没想到栗子瑶，自己最爱的女人和自己干着同样的工作。这样的意外，让陈绍洋此时此刻有些难以接受。她竟然骗了自己这么多年。

太阳西斜，不知不觉姚伟已经在刑警队等了一个下午。

姚伟双手握着纸杯，脸上是从来没有过的焦急。

姚伟一直都是一个很冷静的人，喜怒不形于色。跟随在解天钧身边多年，也发生过很多重大的事情，都没见姚伟脸上出现过焦急之色。唯有这一次，姚伟是真的着急了。

会议室的房门被推开，姚伟放下手里的纸杯，从椅子上站起来："刘队，我的当……"

姚伟话刚说出口，刘队便出了声："你先回去吧。"

姚伟脸上的焦急之色犹在，又增添了几分严肃："你们仅凭一段录音就……"

对于姚伟想说的话，刘队早已猜到："解天钧是不是凶手，我们会依法进行调查。按照程序要对他扣押 48 小时。

"你可以走了。"

说完，转身走出会议室。

姚伟无奈，拿起椅子上的公文包，跟着走出了会议室。

解天钧别墅前，陈绍洋靠着墙边站着，嘴里不停地吞云吐雾，脚底也布满了烟蒂。

姚伟把车停在门前，陈绍洋捻灭手里的烟头扔在地上，向姚伟走去。姚伟刚从车上走下来就听到陈绍洋的声音："怎么样？"

姚伟关上车门、锁车、开门，一系列的动作，不发一声地走进了别墅。陈绍洋一直追问着，跟在姚伟身后走了进去。

见自己怎么追问姚伟都不说一句话，心里更着急。"我说，你倒是说句话呀，到底怎么样了？"陈绍洋急切地走到姚伟面前，拦住他的去路。

姚伟看着陈绍洋祈求且焦急的目光，叹了口气拍拍他的肩膀："你先回去吧。"

陈绍洋没想到等了一天，等到的竟然是这么一句话，心里的火气腾地一下蹿起，甩开姚伟的手："什么意思？！你不是律师吗？为什么不救他？！"

"这个时候大家心里都烦躁，我不想跟你吵。"姚伟尽量保持着内心的平静。

陈绍洋对姚伟的退让根本不放在心上，继续大吼大叫着："姚伟，你是不是不想救他呀？啊？如果你不想救，可以直接说，没人强迫你。"

姚伟觉得陈绍洋有些无理取闹了，再也忍不住心里的火气："陈绍洋，我不想跟你吵，你没听清楚吗？！"

"你不救，我救。"陈绍洋一字一顿地说着。

陈绍洋向别墅门口走去，刚走出大门，一双手从身后拉住他。姚伟死死地拽着陈绍洋的胳膊："你别没事找事。"

陈绍洋转过身："我没事找事？是唐明轩没事找事吧？"

"这是唐明轩计划好的。"姚伟努力劝着，"我们要是认真，就真的输了。"

"可唐明轩已经开始动手了，我们等的不就是这个机会吗？"

"你错了，"姚伟断喝，"唐明轩知道我们是有备而来，肯定早已经做好了准备。从他杀黄锡伦开始就已经计划好了每一步。可恰恰他的每一步都是在跟着我们走，他正好钻了我们的空子。"

"那我们接下来怎么办？"

"补空子。"

陈绍洋没明白姚伟的意思。

"这个时候我们只能尽快找到杀黄锡伦的凶手，一切就都解决了。"

"那大哥呢？"

"我相信刘队，"姚伟目光镇定，"48个小时以后，因为证据不足，天钧会被释放的。"

听完姚伟的话，陈绍洋的怒火也消除了很多，淡淡地说了句："希望如此。"

柯媛走进卧室，看到唐明轩靠在床头看书，站在门口愣了一下。

唐明轩听到脚步声，抬起头："怎么了？"

"没什么？"柯媛走到床边，背对着唐明轩坐在了床上，擦着护肤品。

唐明轩从身后环腰抱住柯媛，脸贴在柯媛的背上，声音温柔："好香啊。"

柯媛没有回应唐明轩的话，继续擦着护手霜。

唐明轩从背后把脸贴上柯媛的脖颈，柯媛依旧没有任何反应。

唐明轩从脖颈一直亲吻到脸颊，再到嘴唇。柯媛只是顺应着唐明轩的举动，不拒绝也不接受。

　　唐明轩见柯媛不做任何反应，便肆无忌惮起来，直接将柯媛压倒在床上，四唇相吮，双手在柯媛的身体上游动着。

　　阳光照进卧室，白色的日光，白色的床单，唐明轩还在熟睡。柯媛坐在梳妆台前，看着镜子里的自己，看着镜子里还在熟睡的唐明轩，面容疲惫。

　　床头柜上的闹钟响起，唐明轩睡眼惺忪地关掉闹钟，坐起身望着背对着自己的柯媛："起这么早。"

　　听到唐明轩的声音，柯媛才回过神来，转过身微笑着："醒了？"

　　唐明轩靠着床头点了点头："你怎么起这么早？"

　　"睡不着了。"

　　唐明轩闭着眼睛，没有回答。

　　"早上想吃什么？"柯媛从凳子上站起来，向门口走，"我去给你做早饭。"

　　"柯媛。"唐明轩叫住她，缓缓睁开眼睛。

　　"怎么了？"柯媛回头看着还没从睡梦中完全醒过来的唐明轩。

　　唐明轩坐直身子，伸出右手示意要把柯媛拉住。柯媛稍稍向床边走了一步，伸出右手。唐明轩握住，微微用力把柯媛拽倒在床上，不等柯媛反应就压在了柯媛身上。

　　"你干吗呀？"柯媛被唐明轩的举动吓了一跳，心扑通通地跳着。

"你不是问我早饭想吃什么吗？"唐明轩看着柯媛，"我只想吃你。"说完，就吻了下去。

柯媛猛地推开唐明轩："还没刷牙呢。"

"正好，我也没刷。"唐明轩又把柯媛压在身下。

"能别闹了吗？"柯媛用手抵住唐明轩的嘴。

见柯媛脸上的愠怒，唐明轩不敢再强迫，只好坐起身子，从床上走下来："那我吃小笼包。"

柯媛也从床上坐起来："那就出去吃吧。"

说着，像逃跑似的快步走出了卧室。望着柯媛逃也似的背影，唐明轩知道柯媛生气了，昨晚自己的强迫让柯媛感到了不舒服，而那时只为了自己的一时欢愉没有顾及柯媛的感受。刚才更是犯了同样的错误，柯媛一定是生气了。

吃早饭的时候，唐明轩刻意对柯媛表现出殷切的态度，看着唐明轩为端早餐跑前跑后，柯媛心里感到温暖。

"怎么突然变得这么殷勤？"柯媛喝着粥，问道。

唐明轩把一个小笼包塞进嘴里，边吃边说着："我再不殷勤点儿，你一天都不会理我。"

"瞎说，我怎么会不理你？"

"你从昨晚就在生气，今早气还没消，我要是再不表现表现，你的气能消？"

柯媛停住手，怔了怔，不发一语地继续喝粥。

"对不起啊老婆，昨晚是我不对，"唐明轩的语气顿时软了下来，"以后如果你不愿意，我再也不会强迫你。你别生我的气了，行吗？"

柯媛微微抬起头，看着像个做错事的孩子似的的唐明轩，扑哧一声笑了。看到柯媛笑了，唐明轩知道家里的天又晴了。

柯媛、唐明轩一走进公司，前台的工作人员就对柯媛说了警察找她的事情。柯媛回头看了一眼唐明轩，没有回办公室，径直向会客室走去。

柯媛推开门，刘队和一名年轻刑警正坐在长桌前商讨着什么，年轻刑警手里拿着笔，记事本摊开放在桌上。

年轻刑警看到柯媛进来，小声说道："刘队。"下巴微微抬了抬，示意刘队看身后。

刘队转头站起身，没有说话，抬了抬手示意柯媛坐下。

柯媛拉开椅子，把背包放在桌子上："刘队这么早来找我，是为了解天钧的事吧。"

刘队点了点头："你知道是怎么回事，我也就不绕弯子了。"说着，把自己面前合着的记事本摊开，"工作流程。"

柯媛点头，表示接受。

"解天钧有没有跟你提过要报复黄锡伦的话？"

"没有。"

"那有没有听过他要报复唐明轩的话？"

"没有。"柯媛肯定地回答，愣了几秒后又补充了一句，"他有没有跟明轩说过，我就不知道了。"

刘队明白柯媛的意思，这就是在告诉他，解天钧和唐明轩之间的恩怨自己一无所知，是解天钧杀了黄锡伦还是唐明轩杀了黄锡伦，都与自己无关，他们也都不可能告诉我。"刘队，我能单独跟你聊聊吗？"柯媛提出不情之请。

年轻刑警望了一眼刘队，识趣地说："刘队，我先回队里了。"

"在车里等我吧。"

年轻刑警点了点头，对柯媛微微一笑，走出了会客室。

待年轻刑警离开，宽敞的会议室里只剩下刘队和柯媛两个人。刘队合上记事本："说吧。"

"对不起，又麻烦你了。"

刘队扑哧笑了："调查是我们的工作，即使你不拜托我，有案件发生或者案情存在疑点，我们都会一直追查下去。"

柯媛顿了顿："如果我哥当初能够听你的就好了，也不会是那个下场。"

"柯媛，有些事情是我们不能左右的，但有些事情我们可以做出选择。"刘队沉重地说着，"不要怀疑你哥的选择。"

"解天钧不会杀黄锡伦的。"柯媛突然说。

"我知道，"刘队说，"以解天钧的为人，想杀个人绝对不会做得这么烦琐，而且还让人抓住把柄。"

"那……"柯媛不想把剩下的话说出来，可又不得不说，"会是明轩吗？"

"我先走了。"

刘队没有回答柯媛的问题，把桌子上的记事本收拾到包里，从椅子上站了起来："柯媛，这个案子已经没那么简单了，保护好自己。"

"知道了。"

"我走了。"

"我送你。"

刘队点了点头。两人前后脚走出了会客室。

送走刘队，柯媛就被栗子瑶直接拉进了茶水间。

栗子瑶把门关上。

柯媛对栗子瑶的举动摸不着头脑："你干嘛呀？"

栗子瑶走到柯媛跟前，故意压低声音："到底怎么回事啊？"

"什么怎么回事？"

"解天钧怎么回事？"

"不关自己的事别瞎操心。"说完，从栗子瑶身边走过，打开房门走了出去。

栗子瑶看着柯媛的身影消失在视线内，若有所思。

唐明轩删掉手机里的录音，站在窗前看着窗外晴空万里的天气，嘴角不由自主地扬了起来。

"怎么样？除掉自己的敌人，感觉很不错吧？"身后传来一个女人的声音。

唐明轩轻松的脸色顿时阴沉下来，转过身看着坐在转椅上的红衣女人："把你的心情强加在我身上，你觉得我会舒服吗？"

红衣女人呵呵笑了起来，笑着从椅子上站起来，优雅地走到唐明轩面前，和唐明轩四目相对。

"看我不顺眼呀，你也可以杀了我呀。"

红衣女人话一出，唐明轩立刻用手掐住了女人的脖子："你终于不懦弱了。"红衣女人嘴角翘起，摆出一副期待已久的神情。

唐明轩没有用力，而是放开了手："你错了。我还是原来的那个我，一直都没变。"

"没变？"红衣女人轻蔑地瞥了唐明轩一眼，从他眼前经过，走到沙发前坐下，"那你为什么要录下解天钧的话，还传给警察？这么有心机，还说自己没变。如果你从心里不是想除掉解天钧，你会这么做吗？"

唐明轩不说话。

"可惜呀，你的方法还是不够狠。"

唐明轩望向红衣女人："你想说什么？"

红衣女人正襟危坐，目光和唐明轩的眼神对上："一不做，二不休。"

"你要杀解天钧？"唐明轩猜测道。

红衣女人摇了摇头："不是我，是你。"

唐明轩愣住，说道："不行。"

"黄锡伦你都杀了，还差一个解天钧？解天钧死了就没有人再挡你的路，这样不好吗？"

"你错了，警察已经开始立案调查了，事情没你想的那么简单。"唐明轩拒绝，"况且，我不想再杀人了。黄锡伦可以不用死的，可是你怎么都不放过他。现在又要对解天钧下手，我不允许。这样做，太对不起瑶瑶了。"

"你念情，解天钧跟你念吗？明天下午三点就到48小时了，警方就会因为证据不足把解天钧释放。你想借警方的手除掉解天钧，可是你想过没有，你的方法根本就是漏洞百出，你觉得警方会因为你的一段录音，就认定解天钩是杀害黄锡伦的凶手吗？你未免把人想得太简单了吧。"

"不行，"唐明轩想了想，"警方已经介入了，现在杀解天钩等于自投罗网。你想害死我吗？"

红衣女人哈哈笑了："唐明轩，说你蠢，你还真不聪明。黄锡伦是你杀的吗？"

红衣女人的这一句话让唐明轩突然恍惚了一下，转而又拒绝道："不行，我不能让他再去冒险。杀黄锡伦已经是让他陷入危险了，我不能再让他去杀解天钩。他现在身份特殊，不方便出来。"

"可他身上背的已经不是黄锡伦一条人命，你在乎他，他未必在乎你。"红衣女人不经意地说着。

唐明轩陷入沉思。

"唐明轩，你欠我的，你这辈子都还不完。"黑衣男人指着唐明轩，目光中充满恨意。

"我知道你恨不得现在就想杀了我，"唐明轩语气温和，"可就算你想杀我，也得先养好伤吧。"

黑衣男人左手捂着的腰部，指缝间一直在渗着血。

黑衣男人唇色惨白，脸上也没有一丝血色，额头上冒着细汗，呼吸微弱："给我找个地方。"说完，身体一软，就要往下倒。

唐明轩急忙伸手抱住黑衣男人，黑衣人顺势晕倒在唐明轩的怀里。

夜深人静，简陋的房间里只有一盏昏黄的台灯亮着，整间屋子除了一张床，就剩下一张桌子和一把椅子。桌子上摆着一盏充电式的台灯，几盒消炎药，和几瓶矿泉水及吃的。

唐明轩坐在椅子上，眼睛一直注视着躺在床上的男人。床底下放着一个洗脸盆，盆里盛着红色的血水，盆沿还搭着带血的纱布，水里满是带血的棉花。

黑衣男人从昏迷中醒来，唐明轩身子忙向床沿倾了倾："你醒了？"

黑衣男人看了一眼自己的腰部，由于动作过大，押动伤口，一阵撕心裂肺的疼痛感袭来。

"躺着别动，刀口很深。"唐明轩说着，"接下来的日子，你就在这里养伤吧。"

男人不发一语。

"我就在附近的大学上课，你哪里都别去，我每天会给你把饭送过来。"唐明轩嘱咐着，"还有，这是我的手机号码，需要什么可以发短信给我，送饭的时候我会顺便给你带过来。"说着，把已经写好手机号码的纸放在桌子上。

黑衣男人平躺在床上，凝视着天花板，也不回应一句话。

唐明轩伸手握了握男人的手："真好，你还活着。"

黑衣男人似乎对唐明轩的关心并不放在心上，脸上始终没有任何笑容。黑衣男人微微侧头，冰冷的眼神对上唐明轩温暖的眼神："现在是干什么？你不是早就想我死吗？"

唐明轩握紧男人的手："你在说什么？我一直在找你，找了你十六年。"

男人甩开唐明轩的手，把头又偏向另一侧，不再理会唐明轩。

唐明轩抬起手腕看了一眼手表："宿舍快关门了，我先回去

夜行人

了，明天再来看你。"

男人还是侧着头，不看他，也不回应。

唐明轩从椅子上站起来，拎起床尾的双肩包："你好好休息。我给你买了消炎药，一会儿记得吃点东西，再把药吃了。"

男人始终没有回应。

唐明轩背上双肩包，走出了屋子。

听到关门声，男人缓缓地转过头，唐明轩已经走了。黑衣男人看了一眼桌子上的食物和药品，长舒了一口气。腰部的伤患处再次传来疼痛，男人的眉心微微紧蹙。

接下来的日子里，唐明轩除了上课就是照顾黑衣男人。虽然黑衣男人依旧对自己态度冷淡，但唐明轩并没有任何要放弃的想法，细心地照顾着男人。

像往常一样，唐明轩从超市里买了吃的回来，便看到单元楼下围了很多人，还有一辆警车。唐明轩好奇，上前询问。居民看到唐明轩，忙喊道："就是他。"

民警闻声，向唐明轩走过来，对唐明轩敬了一个礼："这个单元的301是你租的？"

唐明轩点点头："是啊，怎么了？"

"租来干什么用的？"

"住。"

民警上下打量了一下唐明轩："你是附近大学的学生？"

唐明轩又点了点头："对。"

"带我们上去看看行吗？"

"行。但是……我能问一下发生什么事了吗？"

民警边拉着唐明轩往单元楼里走边说："有一个杀人案，有人举报在这个小区看到了犯罪嫌疑人……"

杀人案？犯罪嫌疑人？唐明轩的心一下紧张起来，提到嗓子眼。是他吗？这是唐明轩第一个关心的问题。

唐明轩站在 301 门前，从背包里拿出钥匙打开房门。警察把唐明轩控制在了门外，快速地冲进了屋子里。整间屋子是一室一厅的结构，没有客厅，从走廊直通卧室。警察在房间里转了一圈，没有发现嫌疑人的踪影，示意门口的警察把唐明轩带进来。

唐明轩走进来，站在走廊上。警察问："就你一个人住吗？"

"嗯。"唐明轩回答道。

"这段时间有没有见到可疑的人出现在这个小区里。比如穿着黑色的上衣，里面套着一件黑色的 T 恤，穿一条棕色牛仔裤、一双灰色运动鞋，身高……跟你差不多的男人。"

通过警察的描述，口中的这个人正是自己救治的男人。可是，唐明轩摇摇头，表示没有看到。

警察见唐明轩是个学生，没有再追问下去。

"好了，"警察走出屋子，"我刚才说的那个人身上背着几起案子，如果你见到，请随时联系我们。"警察把一张名片递给唐明轩后，离开了出租屋。

唐明轩关上门，看着手里的名片，还在想到底是怎么回事。忽然想起什么，急忙又在一室一厅———一眼就可以将房间的摆设尽收眼底的屋子翻找了一遍，确定男人早已离开。

夜行人 ●

第十二章　谋杀

"你的不在场证明不一直都是他帮你做的吗？"

红衣女人的一句话把唐明轩拉回现实。

"我不能再让他冒险，下个月我就把他送出国了，以后这里的事跟他一点关系都没有。"

"你也会说以后？"红衣女人提醒道，"他一天待在你身边，就一天有可能帮到你。而且，他本来就是个杀人犯，身上已经背了很多条人命，就算你不让他杀人，他自己不会杀吗？你别忘了，你在遇到他之前，他已经杀了很多人。他就是个杀人魔。"

红衣女人的最后一句话说得很重。

唐明轩紧锁眉头，陷入沉思。

红衣女人继续说着："他比你懂得该怎么做。"

红衣女人笑了，笑得很大声，充斥着整间办公室。唐明轩看着眼前大笑不止的红衣女人，嘴里呢喃了一句："你就是个疯子。"

话音刚落，红衣女人突然冲到唐明轩面前，面对面之间的距离仅有 1 公分。唐明轩没有防备，惊恐的眼神与红衣女人对视着。红衣女人带着媚笑，在唐明轩面前渐渐消失。窗外的阳光从唐明轩的身后照进来，逆光里的唐明轩脸色逐渐变得明朗，嘴角上扬，刚才红衣女人的媚笑挂在了唐明轩的脸上。

下班的时间已过，窗外的余晖把办公室照得红亮，职员们纷纷走出公司。栗子瑶坐在办公桌前看着陈绍洋，只见他快速地收拾东西。一天了，陈绍洋一天都没有跟自己说过一句话，栗子瑶有点儿坐不住了，起身向陈绍洋走了过去。

"晚上有时间吗？"栗子瑶第一次跟陈绍洋客套起来。

陈绍洋继续忙着手里的事情，也不抬头看她，直接回道："没有。"语气很是冷淡。栗子瑶也是第一次感受到陈绍洋的这份冷淡。

"晚上有什么安排？"栗子瑶不死心，追问着。

陈绍洋收拾好手里的东西，从椅子上站起来，这才抬起头看着栗子瑶："我最近没时间找你，先欠着。"

说完，陈绍洋头也不回地快步走出了公司。

"先欠着？"栗子瑶莫名其妙，"先欠着什么？"

栗子瑶正自言自语着，就看到唐明轩也从办公室里走出来，像一阵风似的走出了公司。栗子瑶还纳闷柯媛还没走怎么唐明轩先走了，就看到柯媛也从办公室里走出来，也急匆匆地走出了公司。

偌大的办公室里，最终只剩下栗子瑶一个人。

看着空旷的整个公司，一抹意味深长的微笑从栗子瑶的脸上划过，就短短几秒钟，如昙花一现。

"现在整个公司都乱了套了。"栗子瑶抿了一口茶。一杯清

夜行人 ●

茶再次倒满，栗子瑶继续说道："解天钧真的没杀黄锡伦吗？"

"解天钧什么人你还不了解吗？"刘队端起茶杯，一饮而尽。

栗子瑶笑了："您就别拿我开涮了。"

"我可不是这个意思。"刘队叹了口气，"子瑶，在解天钧身边这么多年，很辛苦吧？"

"是辛苦，但只要抓住解天钧的证据，什么都值得了。"

"解玮瑶的死，你怎么看？"刘队问道。

听到这句话，栗子瑶深吸了一口气，终于有人向自己问了这个问题。为了调查解家，栗子瑶在解天钧身边两年，在解玮瑶身边六年有余，没有任何人跟她接触，调查出的线索只能自己悄悄记下来。时间久了，连栗子瑶自己都忘了自己还是一名警察，从警校毕业那年就被安排在了解天钧的身边。

"解玮瑶是不是自杀我也不清楚，我只知道以她当时的精神状况，即使要自杀也绝对不会非要等到唐明轩出差的时候。所以，我怀疑是他杀。至于是不是唐明轩买凶杀人，很难判断。"

听着栗子瑶的分析，刘队认同地点点头。

"凶手很谨慎，案发现场没有留下任何痕迹，把他杀伪装成自杀，太专业了。"

"应该是老手。"栗子瑶接道。

"黄锡伦的死，你怎么看？"刘队又问道。

"我能有什么看法啊？"栗子瑶笑了笑，端起茶杯边喝着茶边说，"刘队您不是早就有答案了吗？"

刘队也跟着笑了。

栗子瑶放下空茶杯："走了。"

刘队没有跟她客套，在栗子瑶出门前说了一句："帮我看好柯媛。"

"知道了。"栗子瑶向接受命令一样，严肃地回了一句，开门走出了刘队家。

刘队又倒了一杯热茶，没有喝，陷入了沉思。

刺耳的摩擦声。

唐明轩趴倒在桌子上，随着唐明轩冲撞过来的力度，桌子后移而与洋灰地面摩擦，发出刺耳的摩擦声。

唐明轩的嘴角有血迹渗出，嘴里顿时出现一股铁锈气。唐明轩用拇指抹了嘴角一把，手指上出现一抹血迹。

黑衣男人冲到唐明轩面前，揪起他的衣领，把他拎开桌边。唐明轩不反抗，任由男人一拳一拳地打在自己的脸上。

两个人始终不说一句话。

余晖穿过破旧的窗户，照进凌乱不堪的屋内。

黑衣男人终于停了手，唐明轩瘫坐在墙角，头向上微扬，喘着粗气，眼神低垂看着坐在对面的男人。

"发泄完了？"唐明轩开口。一说话牵动嘴角的伤口，从牙缝里挤出"嘶"的一声。

男人不说话。

唐明轩强忍着浑身的疼痛从墙角站起来，走到男人身边，并肩和男人坐在了一起。

"明硕，哥对不起你。"

唐明硕这才把头抬起来。一张和唐明轩一模一样的脸，只是

夜行人

眼神却空洞且充满狠戾。

"在你杀我之前，再帮哥做件事好不好？"唐明轩几乎是带着请求的口气。

唐明硕用冰冷的眼神看着唐明轩。

唐明轩继续说着："杀了解天钧。"

"那柯媛呢？"唐明硕问。

唐明轩刚刚还冷漠的神情突然变得犹豫。

"你还是舍不得。"唐明硕利落地从地上站起来，走到门口，又站住脚背对着唐明轩说，"我可以帮你再杀人，但是你别忘了你答应过我什么。"

"这次能放过她吗？算我求你。"唐明轩乞求着。

唐明硕猛地转过身："唐明轩，你有什么资格求我？你想做好人，你配吗？当年你害死爸妈的时候怎么不对你自己说这句话？"

"明硕，那只是个意外！"唐明轩尽力解释。

"别他妈跟我说什么意外。"唐明硕根本听不进去任何一句话，"当年就是因为你放的那把火，爸妈才死的。你就是杀人凶手。你就是个冷血的人，大火里，无论我怎么叫你，你都不理我。"唐明硕越说越激动，双手撕扯着上衣，露出背脊，袒露在唐明轩面前。脊背上，右边整侧都是烧伤留下的疤痕，"唐明轩，你好好看看，这就是你的杰作。我看着你头也不回地走出火场，无论我怎么呼唤着哥，救我。可你呢，你都干了些什么？！

"从那时起，我就开始恨你。我恨你为什么这么冷血。你知道，你风风光光过日子的时候我在干什么吗？我被人贩子拐卖，没几年收养我的一家人后来有了孩子之后就把我踢出了家门，我开始流浪。我那时12岁，12岁！

"你在哪儿？你有想过找我吗？你没有。13岁，我被山区的一个猎户家收养，我学会了打枪。我那时就告诉自己，我一定要学会保护自己。我开始变得脾气暴躁，有仇必报。15岁，我跟人打架，捅伤人，那人差点儿死了。我进了少管所不说，还被养父赶出家门。两年后，我从少管所里出来，我又开始流浪。可这次不同，我有了一技之长。"

唐明轩再也听不下去，红了眼眶："你别说了。"

唐明硕不理会，继续说："我以为这辈子我都不会再遇见你，可偏偏就是这么巧。有时候我还真挺信命的，让我遇见了你。你风光啦，考上了大学，对当年咱们家发生的那些事全都不记得。你甚至忘了你自己就是个杀人犯！

"我成了无业游民，在你们这些善人的眼中，我应该是那种无恶不作的人，对吧？没错，我就是无恶不作。我抢劫，我杀人。可是，是谁让我变成这个样子的，是你！唐明轩，是你！

"让我没想到的是，你这个冷血无情，当初杀父弑母、见死不救的人竟然也会给别人温暖。解玮瑶她凭什么？！柯嫒又凭什么？！"

唐明轩泪流不止，他没想到弟弟会经历这些痛苦。他愧疚，愧疚这些年没有坚持找寻弟弟，愧疚这些年没能给弟弟最好的生活。

"当我还正想着怎么杀掉解玮瑶的时候，没想到你会找上我。你知道，你跟我说要杀掉解玮瑶时的眼神让我有多么熟悉吗？我那时就想，那才是你，那才是我当年看到你头也不回丢下我的唐明轩。"

"你看到的那个不是我，当年那场火不是我放的，那是……"

"唐明轩！"唐明硕断喝住，"你还要逃避到什么时候？！"

唐明轩热泪盈眶地望着唐明硕，与唐明硕充满仇恨的目光对视着。

因为唐明硕的这一声断喝，整间屋子也陷入了寂静，时间像是静止一般，气氛也变得压抑难耐。

这时，唐明轩的手机响起，打破了死一般的寂静。唐明轩拿起掉落在地上的手机，是柯媛打过来的电话。

"喂。"唐明轩接起电话，语气充满疲惫，"马上回去。"

应该是柯媛催促唐明轩回家的电话，唐明硕心想。

唐明轩挂断电话："我先走了。"说着，擦身走过唐明硕身边。左脚刚迈出房门，身后就传来唐明硕的声音。

"解天钩我会帮你解决，"语气冰冷，"但是你别阻止我杀柯媛。"

唐明轩头也不回地走出了屋子，反手关上了房门。

只有十几平米的屋子里，唐明硕站在窗前，看着唐明轩离开。

终于等到唐明轩回来，柯媛听到开门声立刻从厨房里跑出来，腰间还系着围裙。"你回来啦。"柯媛的声音很轻快。

唐明轩低着头走进客厅，也不抬头看她，回应道："嗯。"

柯媛还想着厨房里煤气上的锅，也没有在意唐明轩的异常举动，转身又走进了厨房，声音从厨房里传出来："你先去洗澡，我炖完这锅汤就可以吃饭了。"

唐明轩没有回应，不一会儿从楼上传来关门声。

花洒的水珠快速低落下来，打在唐明轩的脸上。脸颊、嘴角上都有不同程度的伤痕，水珠打在伤口上，刺痛。

"唐明轩，你就是个冷血无情的人！

"你还要逃避到什么时候？！"

唐明硕的声音不停地在耳边回响着。

"我呼唤着，哥，救我。可你呢？你都干了些什么？"

"12岁！那年我12岁！你在哪儿？"

"两年后，我从少管所出来，又开始流浪……"

"你就是个杀人凶手。杀父弑母，见死不救的人竟然也会给别人温暖？"

"你想做好人？你配吗？"

字字句句，就像利刃剜着唐明轩的心。

"咯咯"，门外传来敲门声，磨砂玻璃上出现一个身影，随即传来柯媛的声音："明轩，洗好了吗？明轩？"柯媛连敲了几下门，只听到洗浴室里流水的声音，唐明轩始终没有任何回应。

抹去镜子上的蒸汽，唐明轩的脸出现在镜子里。无神的目光，黯淡的脸色，疲惫的神情，镜子里以往精神奕奕的唐明轩荡然无存。

"明轩？"柯媛没有放弃，继续敲着房门，"明轩？"

接连不断的敲门声充斥在耳边，唐明轩转头望向门口，无神的目光瞬间变得凶恶。镜子里，红衣女人的脸出现，目光同样望着门口的方向。

"这女人还真是烦啊？"镜子里，红衣女人遗憾地说着。

唐明轩将目光移向镜子里的红衣女人："你少打她的主意！"

"心疼？"

"我告诉你，别打她的主意！"

红衣女人从镜子里消失，唐明轩一张无奈的脸再次出现在镜子里。

"明轩？"柯媛叫着，"你在里面干吗呢？怎么洗这么长时间啊？"

柯媛还想再敲，房门突然打开。

唐明轩湿着头发，穿着睡意走了出来："没事。吃饭吧。"

看到唐明轩脸上的伤痕，柯媛立刻紧张了起来，伸手就要摸，举到半空的手被唐明轩拦了下来。唐明轩握着柯媛的手："吃饭吧。"

"你真没事啊？"柯媛一副担心的样子，"这伤是怎么回事啊？"

唐明轩没有回答，朝一楼走去。

柯媛看着唐明轩疲倦的背影，想问又不敢问，叹了一口气。

陈绍洋坐在沙发上，眼睛时不时地看向墙上的挂钟。姚伟坐在一旁，仰头靠着沙发闭目养神。宽大的客厅，一片寂静，只能听到挂钟上指针转动的声音。自从昨天下午解天钧被警方带走之后，姚伟和陈绍洋两个人就这样一直等着，等着解天钧被放出来，真度日如年。

陈绍洋扭头看了一眼姚伟，叹了一口气说："我们就这么等着，真他妈憋屈。"

姚伟眼睛一直闭着，沉默了一会儿开口道："不等着能干什么？"

"至少得找出证据吧。"

"证据？"姚伟缓缓睁开眼睛，望着天花板，"可能的证据你都找了，找到什么了？"

陈绍洋不说话了。

姚伟坐直身子："唐明轩这次是真的不给我们活路啊。"

"我管不了那么多了，等明天大哥出来，我就让他回去。"

"回哪儿去？"姚伟质问，"就怕唐明轩已经把路给我们堵死了。"

"唐明轩没那个胆量吧？"陈绍洋说，"他要死无对证，所以杀人灭口。现在黄锡伦死了，我不知道他还有什么动机要再动手。"

"我也不知道，只是我这心里总说不清楚，预感不好。"

陈绍洋笑了："你还信预感这东西，我以为你们这些律师只相信法律呢。"

"法律只是保障。"

"我的保障只有这双手。"陈绍洋摊开双手，慢慢握成拳头。

又是一个无眠夜，陈绍洋打着哈欠，想睡却又睡不着的痛苦已经十几年没有出现了。小时候混社会，被追逃的日子里这种痛苦时常伴随着自己，遇到解天钧之后才渐渐有所好转。

"困就睡会儿吧。"姚伟说道。

"睡不着。我一闭上眼睛就是黄锡伦死的样子，就是大哥被唐明轩诬告、百口莫辩的样子。"

"当、当"，墙壁的时钟传出两声钟响，不知不觉已经凌晨三点。陈绍洋、姚伟同时抬头看向时钟。

"还有十二个小时。"

"是熬人的十二个小时。"姚伟说道。

斜阳穿过树叶的缝隙，解天钧从刑警队的大楼里走出来，身后紧跟着姚伟。光芒刺眼，解天钧抬手挡住光线。

姚伟递上一副墨镜："给。"

解天钧低头，看了一眼，笑了笑，接了过来。

"先回家吧。"姚伟说。

解天钧点点头，两个人离开刑警队。

"解天钧。"还没走出院子，身后就传来一个男人的声音。

解天钧闻声回头，姚伟也停住脚步转身望向身后。

刘队走上前："你妹妹的案子已经跟黄锡伦被杀案并案调查了，剩下的事情就交给我们吧。作为受害者家属，我希望……"

"我知道，警民合作。"解天钧打断他的话，"刘队，我很累，你有什么想问的可以等我回去洗个澡，睡醒一觉再问，可以吗？"

两天一夜，解天钧的身上没有了戾气，尽是疲惫，一张俊朗的脸上满是憔悴。

刘队点点头，没有再说什么，目送着解天钧的车离开。

解天钧一上车就睡着了，姚伟一路开着车，往家的方向缓慢地开着。

姚伟把车停在家门口，转头叫醒解天钧。

"上去洗个澡，好好睡一觉。"姚伟说，"晚上我来接你。

绍洋说晚上要跟你喝一杯。"

"今晚就算了，我想一个人静静。"

姚伟没有强迫，只是点了点头，看着解天钧走进别墅。

解天钧刚走进屋子，姚伟的手机铃声就从车里传出来。看到是陈绍洋打来的电话，姚伟有些不耐烦地接了起来："喂。回来了。你别去了，他说不去。你别总往这边跑，让唐明轩发现了，天钧的努力就白费了。"说完，挂断了电话。

夜幕降临，或许是因为太累，解天钧这一觉睡到天黑，如果不是手机响起，解天钧还在睡着。睡眼惺忪地拿起电话，看到来电显示上出现唐明轩的名字，刹时来了精神。

接起电话，唐明轩的声音从电话另一端传出来，语气中竟带着挑衅："还好吗？"

解天钧不疾不徐地说道："还不错，睡了一觉，精神好多了。"

"见个面吧？"

"理由？"

"我们之间是时候有个了断了。"

"柯媛让你这么做的？"

电话的另一头安静了一会儿，唐明轩的声音再次传出来："对。"

解天钧听着。

"我在瑶瑶最喜欢的那家餐厅等你，不见不散。"

解天钧挂断电话，看了一眼手机上的时间，七点半。原来这一觉竟睡了一下午，解天钧心里想着，很多年没有睡这么一个安稳觉了，也许是真的累了，所以才会睡得这么安心。可是，真的安心吗？

　　解天钧前脚刚走，姚伟和陈绍洋就来到了别墅。看到屋子里黑着灯，姚伟以为解天钧还没有睡醒，便拿出钥匙打开了门，两人先后走了进去。

　　"天钧。"姚伟打开一楼客厅的房灯，就朝着卧室走去。

　　陈绍洋把吃的放在茶几上，也朝着卧室走去。

　　姚伟站在卧室门口打开灯，凌乱的床上只有换下来的睡衣。

　　"人呢？"陈绍洋问道。

　　姚伟摇摇头。

　　"他没跟你打电话？"陈绍洋又问。

　　倏地，姚伟的心跳得厉害，一种不安感油然而生。慌忙掏出手机，拨打解天钧的电话。不一会儿，电话接通了。

　　"你在哪儿？"姚伟脱口而出。

　　"世纪大道。"解天钧平静地回道。

　　"你去那儿干吗？"

　　解天钧坐在出租车的后方，眼睛望着窗外："唐明轩找我……"

　　不等解天钧说完，姚伟就匆忙走出别墅。陈绍洋还不知道发生了什么，又来不及问，只好跟着跑出别墅。

　　出租车停在友谊商场门口，初秋的晚上，商场前的广场人群湍流，没有了酷暑的闷热，附近的居民都出来享受这份清凉。

　　解天钧从出租车上走下来，径直走进商场。

　　站在一楼大厅，解天钧接到唐明轩电话。挂断电话，解天钧没有坐直梯，而是向着写有安全出口的楼梯间走去。

　　一走进楼梯间，不知道为什么，解天钧的身后感觉到了一种凉意，是一种刺头皮、钻心的凉意。解天钧爬着楼梯，他想不明白为什么唐明轩要把约定地点改为这里。爬着爬着，他意识到了什么，便逐渐把脚步放缓了。

解天钧站在五楼，反复回想着唐明轩的每一句话。"他到底想干什么？"解天钧呢喃着。

安静的楼梯间里，突如其来的手机铃声吓了解天钧一跳。是姚伟的电话，解天钧毫不犹豫地接了起来："喂。"

"你在哪儿？"

"友谊商场。"

"见到唐明轩了？"

"没有。"解天钧说，"刚刚唐明轩又打电话给我，让爬楼梯上天台。他想干什么？"

"他想杀你。"虽然只是猜测，姚伟的语气还是充满了肯定，"离开那里。我马上到商场了，我在门口等你。"

解天钧没有时间思考整件事情的来龙去脉，更没有时间去想唐明轩做这一切的目的，他只知道唐明轩要杀他，他必须要马上离开。

然而，已经来不及了。就在解天钧准备开门离开时，从楼上冲下来一个人，不等解天钧看清来人是谁，一根棒球棍就向自己迎面打了下来。

解天钧当即倒在地上，棒球棍丝毫没有停手的意思，不断地落在解天钧的身上，棍棍打在头部。解天钧双臂弯曲，尽量保护头部。

"啊"，直到一个女人从商场里走进楼梯间看到这一幕，尖叫一声，戴着鸭舌帽和口罩的男人才停手，迅速转身向楼上跑去。

解天钩稍微缓过神来，忙从地上爬起来，额头上的鲜血汩汩地流着，顾不得其他朝着楼上追去。惊慌中的女人也赶紧从背包里拿出手机，双手发抖地拨通报警电话。

男人向楼上跑着，解天钩紧追不舍。

男人故意把解天钩引上天台，解天钩追上天台，却不见了男人的身影。解天钩纳闷自己明明看到对方是上了天台，但是人又去了哪里？

空旷的天台，根本藏不下人，男人去了哪里？

天空传来滚滚闷雷，解天钩喘着粗气，四处环视着寻找着男人的身影。

不一会儿，雨滴簌簌而下，不到一分钟的时间，雨便下大了。这场雨来得太快，让人毫无防备。可是，让解天钩更没防备的是，男人再次出现在他的身后，手里的铁棍摩擦着地面，刺耳的摩擦声和雷声、雨声混合在一起。

又是一个猝不及防，铁棍重重地砸在解天钩的头上。这一击，解天钩倒在地上再也没有起来。男人站在解天钩的身边，一下、两下、三下……打在解天钩的身上。

天台的地上，雨水变成流水，从解天钩的血和雨水混合，流进管道。

男人终于停了手，转身离开。

男人摘下口罩，一张和唐明轩一模一样的脸出现，眼神凶狠冷漠。

第十三章　假死

　　唐明轩敲响柯媛办公室的房门，不等柯媛开口，就推门走了进来，手里还端着一杯水。"给你冲了一杯咖啡。"唐明轩边说着边把杯子放在了桌子上。

　　柯媛看了一眼杯子里的咖啡，笑了："谢谢。"

　　"下班一起走？"唐明轩问。

　　"好呀。"柯媛爽快地回答。

　　五点半，格子间里职员越来越少。柯媛忙完手里的工作，走出办公室敲了敲唐明轩办公室的房门，推开门站在门口说道："走吧。"

　　唐明轩没有迟疑，马上收拾东西，和柯媛随着下班时间的人潮走出了写字楼。

　　拥堵的马路，行车缓慢。柯媛坐在副驾驶位上刷着手机屏保，两个人有一搭没一搭地聊着天。

　　"你这是去哪儿？"柯媛看到唐明轩把车开过了回家的路口。

唐明轩微笑："去趟超市。"

"我昨天刚去过超市，你还有要买的东西？"柯媛好奇地看着唐明轩。

唐明轩注视着前方，两手转着方向盘，车内传来"哒哒"声，仪表盘上右侧转的方向灯亮着。"去超市买点儿菜。"

"买菜？家门口不是有一个小超市吗？去那买点儿就行了，还……"

柯媛话没说完就被打断："我想买的菜那里没有。"唐明轩就是不说，一直在话里绕着弯子。

忙了一天的柯媛完全没有心思跟他猜哑谜，语气中开始透出不耐烦的味道："明轩，我今天很累。我现在只想快点儿回家。"

唐明轩长叹了一口气："唉，看来你是真的不知道今天是什么日子啊？"

柯媛怔住。结婚日？自己的生日？唐明轩的生日？柯媛把能想到的日子全都想了一遍，算了一下日期没有一天是和今天的日子对上的。"今天什么日子？"柯媛追问。

"你还记得你刚到公司的时候说过什么吗？"

"我说过什么？"

柯媛俨然早已不记得自己曾经说过什么，刚入行时自己说的每一句话都是一种冲动的表现。年轻莽撞的青春，那时的自己总是一副打抱不平的气势。可是，随着时间的消磨，曾经身上所带有的棱角也已经被打磨得有些圆滑。

"你说，如果未来的某一天，有了家庭就不再奔波，每天只为家忙碌。做饭、洗衣，相夫教子。"唐明轩温柔地说着，"柯媛，我想吃你做的意面了，你做给我吃好不好？"

柯媛嘴角上扬。她想起来了，那时只不过是一群人闲聊时自己说的一句玩笑话，没想到却被唐明轩记了下来。

回想这些年，一直将工作放在首位的自己的确没有像一个家庭主妇一样，早早地回家，认真地准备一桌像样的饭菜，等着丈夫回家。听到唐明轩这样的要求，柯媛不禁湿了眼眶。

柯媛深吸一口气，潮热的眼眶也随着这一吸而没有落下泪来。这一刻，柯媛将对唐明轩一直抱有的怀疑抛之脑后，不管别人口中的唐明轩是什么样子，她都确信唐明轩是一个懂真情知恩图报的人。

就在柯媛还在为唐明轩一句话而感动不已的时候，车窗外淅淅沥沥下起了雨，雨滴打在车窗上噼啪乱响，把柯媛的思绪拉回现实。

"下雨了。"柯媛望着窗外。

唐明轩伸头向前望了一眼："嗯，看样子还挺大。"

说着，唐明轩的车已经停在友谊商场的门口。唐明轩先从车上走下来，从后备箱里拿出雨伞后，才撑着伞走到柯媛所坐的副驾驶的位置。柯媛见唐明轩走过来，正要开车门下车，手刚放在车门上，就听到"叩叩"敲车窗的声音。

柯媛摇下车窗，唐明轩身子往下稍微一弯，说道："雨太大了，你在车上等我。反正也不买别的东西，我买完意面就出来。"

柯媛抬头看了一下窗外，见雨势越来越大，便接受了唐明轩的提议。凝视着唐明轩走进商场，柯媛才将视线重回到手机上。

走进商场的唐明轩没有直接去 b1 层的超市，而是直接穿过一层向最边角的一处安全出口走去。

大雨倾盆，雨水和血水混合在一起。

解天钩躺在地上，雨水垂直砸在脸上，一动不动。"当啷"一声，戴着手套的黑衣男人把铁棍扔在地上，转身向天台的入口走去，边走边摘下手套和口罩。

黑衣男人走进入口，快速下楼，刚下到两层就与上楼的唐明轩迎面遇上。唐明轩看着浑身湿透的黑衣男人，四目相对。两人虽然相对无话，但从各自的眼神中不难看出，一个是在询问，一个是在回答。

"解决了？"

"解决了。"

唐明轩从裤兜里掏出一把钥匙，递上前："商场储物柜的钥匙，我在 h12 号柜子里放了一身衣服。"

黑衣男人接过钥匙，没有留一句话，和唐明轩擦身而过，迅速消失在视线里。

唐明轩走上天台，硕大的雨滴打在雨伞上，"噼啪噼啪"声充斥在耳边。唐明轩走到解天钩身边，嘴角微扬，笑容邪魅。

红衣女人站在唐明轩的身边，目光也看向躺在地上的解天钩，嘴角微扬，笑容邪魅。

就在唐明轩转身要走的那一刻，解天钩突然睁开眼睛。由于雨水打在脸上，再加上伤口的疼痛难耐，解天钩视线模糊，只看到了唐明轩的侧脸，但并不清晰。坚持了几秒钟之后，还是闭上了眼睛，再也没有睁开。

柯媛看了一眼手表，转头向商场的方向望去，不见唐明轩的身影。无聊的柯媛坐在车里左顾右看，车窗上的雨水模糊了视线，即便唐明轩出来也很难看清楚。

柯媛决定给唐明轩打电话，刚拿出手机就听到开门的声音。

"这么久？"柯媛转头看到是唐明轩，问道。

唐明轩把从超市买的食材放到后驾驶位上，把湿漉漉的雨伞也扔在了车坐下："可能因为下雨，超市里的人很多。"

"哦。"柯媛相信了唐明轩的话。

不过，事实也正如唐明轩所说，突如其来的大雨把人们困在了商场里。既然已经走不了，索性也就逛逛商场和超市，待雨势小了再离开。

"那不是姚伟吗？"柯媛带有疑惑的声音传来。

唐明轩随着柯媛的视线望去，只见姚伟正在往商场里跑。"好像挺着急的样子。"唐明轩平淡地说道。

"等一下。"唐明轩刚发动车子，就听到柯媛又惊讶的声音，"刘队怎么也来了？"

唐明轩望去，看到刘队从警车上走下来，紧跟着救护车的声音也越来越近，不到一分钟的时间也停在了商场门口。

柯媛带着满腹疑虑看着商场门口慢慢聚集起来的车辆，连从商场前经过的车辆有的不是放缓车速就是干脆停下来，商场门口也同时聚起了不少人。不一会儿，商场前本来就因下雨而拥堵的道路变得水泄不通。

按照女顾客的讲述，姚伟和刘队等人迅速向天台而去。

走进天台，一览无余的场地，只有解天钓躺在地上。姚伟冲到解天钩身边，抱起早已失去知觉的解天钩，头部的鲜血还在流着，无论姚伟怎么叫唤解天钩的名字，仍旧没有任何反应。

见状，刘队立刻下令封锁现场，并将救护人员叫上了天台。就在众人搜索现场时，刘队的手机响起了。

"我一会儿给你打过去。"说完，便挂断了电话。

"挂了。"柯媛把手机拿开耳边，看着唐明轩说道。

唐明轩看了一眼窗外："好像真出事了。你看。"

柯媛也望向商场门口，只见两个医护人员抬着担架从商场里走出来，姚伟紧跟着也走了出来，一脸焦急。

"解天钩？"柯媛看到了担架上躺着的男人，惊呼道。

柯媛惊慌的眼神看着唐明轩，似乎是在问他发生了什么事。唐明轩没有看她，而是目光一直注视着商场门口的人群，此时此刻他并不关心解天钩怎么样，他只关心唐明硕有没有顺利地从商场里出来。

然而，唐明轩担心的目光，柯媛并没有在意。

刘队站在监控室里，看着解天钩从进商场到走近安全出口的所有监控画面。终于，他看到了一个画面，这个画面无疑让刘队凝重的表情稍微放松下来。

走出监控室，刘队给刚才打来电话的手机拨了回去，柯媛接起电话："刘队。"

"你刚才找我有事？"刘队明知故问。

"啊，是。我在友谊商场门口呢。"柯媛还想再说话，嘴刚张了张，像是被电话里的刘队打断了，想说的话没说出来，只是

第十三章 假死

回了句："好。我跟明轩在门口等你。"便挂断了电话。

"怎么说？"唐明轩问。

"刘队说，一会儿出来找我们，他有话想问你。"柯媛回复道。

现场取证的工作还在紧锣密鼓地进行着，屋外的雨也终于停了。刘队从商场里走出来，看到柯媛向自己招了招手，便快步走了过去。

打开后座位的车门，刘队坐在了柯媛的后面。

"我就不绕弯子了。"刘队打算开门见山，"唐明轩，你进商场的时候有没有见到什么可疑的人？"

"哟，刘队。"唐明轩笑着说，"商场那么大，人又那么多，我哪儿能见到什么可疑的人。就算我见到了，也未必人家就可疑不是。"

听完唐明轩的话，刘队也意识到自己问了一个愚蠢的问题，脸色不禁有些尴尬。

"发生什么事了？"柯媛问，"刚才我看到解天钧从商场里被抬了出来，怎么了？"

"有人要杀解天钧。"刘队说这句话的时候目光不由自主地落在了唐明轩的身上。

柯媛看到了刘队这一举动，但是她没有说话，只是默默地记在了心里。

"你们在这儿多长时间了？几点到的？"刘队问道。

"八点半？"唐明轩回答，"差不多这个时间。"

"哦。"刘队点着头。

"解天钧现在怎么样？"唐明轩问道。

刘队看着唐明轩，眼神坚定，炯炯有神。"已经送院抢救了。你们先回去吧，有什么问题我再找你们。"刘队凝视了唐明轩一会儿后，说道。

"那我们先走了。"柯媛回应着。

她看出了刘队在怀疑唐明轩，只是她不知道怀疑的证据是什么。然而，在唐明轩面前，她又不能直接问，只好顺着刘队的话往下说。眼下，不论怀疑是否成立，也只能走一步看一步了。

离开友谊商场，柯媛见唐明轩直接往家的方向开，说道："我们这个时候不应该是去医院吗？"

唐明轩转了一下头，看了一眼柯媛："去医院？"

"难道不应该去医院看看解天钧的情况吗？伤得怎么样？严不严重？伤到了哪……"

"柯媛，"唐明轩打断，"解天钧跟我们没有任何关系了，他怎么样好像都不关我们的事吧。"

"你说的这是什么话？"听到唐明轩的话，柯媛顿生一股无名火。"他是解玮瑶的亲大哥。就算没有这层关系了，他也是我们的同事，而且是我们的上司，我们的朋友。难道我们不该去吗？不该关心吗？"

唐明轩扑哧一下笑了："朋友。朋友吗？"

柯媛凝视着唐明轩，今晚的唐明轩让他感到陌生，这么多年来从未有过的陌生感。并且，这种陌生感让柯媛背脊发凉，心里发寒。

唐明轩把车缓缓地停在了路边。

双闪灯忽明忽暗，车内寂静。不到一分钟，唐明轩打破了寂静，说道："解天钧从来没有把我当作家人甚至朋友。我在他的眼里就是一个只知道觊觎金钱和女人的卑鄙小人。瑶瑶还在的时候，他拗不过默认了我和瑶瑶的婚事，也从那时候开始瑶瑶再也没有见过他这个大哥。他一个不高兴就可以常年不回来看看瑶瑶，还让瑶瑶求着他，央求他多回来看看。但他呢？"唐明轩说着，转过头看向柯媛。

柯媛和唐明轩泛红的眼眶对视着。"他是怎么说的？他说，唐明轩一天不离开你，我一天都不会回去。瑶瑶为什么会经常失眠，为什么会自杀？解天钧不退让，她又不希望看到我受委屈，所以那么多年她就这样夹在我们两个人中间。我承认，对于瑶瑶的自杀我有不可推卸的责任，可他解天钧有没有想过，他对瑶瑶都做了些什么？"唐明轩的眼泪不由自主地掉了下来，"我现在跟解天钧已经没有任何关系，如果非要把我和他扯在一起，那就只有一层关系，那就是恩怨。他恨我，同样我也恨他。他说我是害死瑶瑶的凶手，同样他也是。"

说完，唐明轩重新发动车子，快速驶向远方。

柯媛看着专注开车的唐明轩，她不知道该如何劝说。关于解玮瑶、解天钧和他三人之间的那些事情，她并不想过问太多。然而，她越不想过问事情越找上门。

手机铃声打断了柯媛的思绪，看到来电显示是刘队，柯媛犹豫地看了一眼唐明轩，接通了电话："喂。"

"解天钧，抢救无效，死亡。"电话里，刘队缓缓地说着。

柯媛看着唐明轩，一脸震惊，拿着手机的手不自主地发着抖，说不出一句话。

"柯嫒？"电话里，刘队叫着。

"我知道了。"说完，颤抖的手赶忙挂断了电话。

柯嫒内心慌乱，欲言又止地说道："停，停车。"

"什么？"由于声音很小，唐明轩没有听清楚。

"停车。"柯嫒惊慌的眼神看向唐明轩，"去医院。"

"你一定要去看他吗？"唐明轩愠怒道。

"解天钧死了。"柯嫒几乎是用喊的，她从未对唐明轩这样说过话，连她自己都不知道这一刻到底在紧张什么，又怎么会对唐明轩喊叫着。

刺耳的刹车声充斥在耳边。

解天钧的突然死亡让公司一时间成为各大媒体争相报道的对象，外界的揣测也让公司的形象受到严重的影响。与此同时，唐明轩是否会坐上解天钧的位置，是否有可能成为公司最大的股东也成为各大媒体关注的焦点。

新闻里对于唐明轩和公司的报道铺天盖地，唐明硕关掉电视机，给唐明轩发了一条要求见面的信息后便出了门。

初秋的夜市人满为患，穿梭在人群中间，唐明轩在一个摊位前看到了正在吃东西的唐明硕。

"不是说了，没什么事不要出来吗？"唐明轩站在唐明硕身边，说完就拽起唐明硕快速地离开了夜市。

巷尾，唐明硕被唐明轩推搡到墙角，黑暗把唐明硕包围。唐明轩站在路灯下，从远处看以为只有唐明轩一个人。

"什么事？"唐明轩的语气里带着不耐烦的意味。

"你让我帮你杀解天钧，是早就计划好的吧？"唐明硕开门见山。

唐明轩看着黑暗里的唐明硕："这不关你的事。"

"你杀解天钧不是因为他在查你，而是因为你要拿回公司，对吧？"

唐明轩没有回答。

"唐明轩，我还真是错看你了。"唐明硕点燃一根烟，火光照亮唐明硕的脸。此刻，这张跟唐明轩一模一样的脸上竟出现了一丝佩服之色。"我以为你变了，没想到你还是和以前一样，还是那么冷血。"唐明硕深吸了一口烟，对着唐明轩吐出烟雾后说道。

唐明轩咳嗽了两声，说道："我是什么样子你不用理，没什么事赶快回去吧。"

"柯媛怎么办？"唐明轩欲走，唐明硕的声音随即从黑暗中传出。

唐明轩停下脚步，背对着唐明硕，没有回答。

"我问你呢？"唐明硕又吸了一口烟，红色的点点火光忽明忽暗，"柯媛怎么办？"

"我会看着办的。"唐明轩扔下一句话，正准备走，唐明硕的声音又传进耳朵里。

"哥。"唐明硕叫道。

唐明轩转过身，他没有想到唐明硕会这样叫自己。十多年来，唐明轩最想听到的一个字，终于听到了。

只是，这一声哥叫得丝毫没有感情。

唐明硕从黑暗中走出来，站在路灯下。灯光垂直照在唐明硕的身上，鸭舌帽下的那张冷峻的脸依旧看不清楚。

"老规矩，你下不了手的，我帮你。"唐明硕吸完最后一口烟，把烟蒂扔在了地上，右脚踩在了上面。

解天钧的葬礼很简单，除了公司同事到场之外，再没有其他宾客，亲人更是没有一个到场送别。

"解董连个亲人都没有吗？"

"有解总。五年前已去世。"

"那也该有别的亲戚吧，表兄弟姐妹或堂兄弟姐妹什么的。"

"听说解董十几岁就出国了，好像是被赶出家门的，而且净身出户。早就跟家里的亲戚断绝往来了。"

"为什么呀？"

"不知道。解董唯一的亲人就是妹妹，也不知道为什么他唯独对这个妹妹特别关心。"

解天钧被安葬在解玮瑶的旁边，看着兄妹两人的墓碑，在场的人都在心里默默感叹着。柯媛站在解玮瑶的墓碑前："瑶瑶，你不孤单了。"

唐明轩走到柯媛身边："瑶瑶，对不起。"

姚伟看着唐明轩，不发一语。

"陈绍洋呢？"葬礼结束后，柯媛走到栗子瑶跟前问道。

栗子瑶叹了口气："在家呢。"

"怎么了？"看到栗子瑶无奈的神情，柯媛猜到了些什么，"发生什么事了？"

"自从知道解天钧死了之后，也不知道他怎么了，天天就跟泡在酒缸里似的。"

柯媛不解地看着栗子瑶，作为同事为解天钧的死感到难过是应该的，可是像陈绍洋这样子还是第一次见到，让人有些难以理解。

"那他现在怎么样？"柯媛关心道。

一想到陈绍洋这几天每天都是烂醉如泥的样子，栗子瑶就满腹气愤，连提都不想提。"他怎么样你就不用管了，还是担心一下你自己吧。我听说警方又开始调查唐明轩了，解天钧、黄锡伦，这些真的跟他有关系吗？"栗子瑶看了一眼远处正在和其他同事聊天的唐明轩。

柯媛随着栗子瑶的视线回头望了一眼，转过头说道："我也不知道，或许吧。"

或许吧。柯媛都没想到自己会说出这三个字，这三个字无疑就意味着自己已经不再相信唐明轩，自己心里的那杆秤已经开始变得不平衡。

栗子瑶定定地看着柯媛，没有说话。

"我们走吧。"唐明轩走过来，伸手挽过柯媛的腰，对栗子瑶微微一笑。

柯媛点了一下头，对栗子瑶说道："我们先走了。"

"好。"

看着柯媛和唐明轩渐行渐远的背影，栗子瑶呢喃了一句："但愿唐明轩对柯媛是真心的。"

"他不会的。"姚伟的声音突然从耳边传来。

"你怎么知道？看得出来柯媛很爱唐明轩，就算唐明轩是铁石心肠，也有融化的一天吧。"

"那是你不了解他，等你了解之后，就不会说这种话了。"姚伟说，"我们走吧，他们还等着呢。"

栗子瑶点着头，跟着姚伟的脚步走出了墓地。

夜幕降临，姚伟载着栗子瑶穿过繁华的街道，缓缓将车停在一处极闲适安静的小巷子里。看着窄小的街道和两侧的围墙，栗子瑶用一种好奇的目光看着周围的一切。"我从来不知道在这里还有这么安静的地方。"栗子瑶边解开安全带边说。

姚伟没接话，只是笑了笑开门走下了车。

栗子瑶也跟着下了车，走到车头："你怎么知道这里的？"

"是天钧告诉我的。走吧，就在前面。"

栗子瑶跟着姚伟又向巷子里走了一会儿，穿出巷子，街道两侧就是一些小店铺，有主题书店、主题咖啡馆、礼品店等，都是一些不算大的小铺子。

"在这里开这样的店铺，真的能赚到钱吗？地方这么偏僻，这里除了住户，没有其他人来。"栗子瑶不解地问。

"在这里开店的老板都有属于自己的工作，选择在这里开店不是为了赚钱，而是满足自己的一种情怀需要。既方便了这里的住户又满足了自己，两全其美，有什么不好。"姚伟边往前走边介绍着。

说话间，两人来到了一家门面也不是很大的唱片店门口，栗子瑶站在门口向里面张望了一眼，除了一个男人坐在收银台前翻着杂志，店里再没有其他人。

"我们来这里干什么？"栗子瑶刚问出问题，顿时恍然大悟，眼睛瞪得滚圆看了看姚伟，又看了看唱片店。

"来了。"男人看到姚伟，从椅子上站起来。

"没什么事吧？"

"都挺好的。"

说完，男人就打开了身后的一扇门。随着房门慢慢打开，一个楼梯出现在栗子瑶眼前。楼梯是向上而行的，姚伟拍了拍男人的手臂，转头对栗子瑶说道："上去吧。"

栗子瑶跟在姚伟身后，一步步跨上台阶。

狭窄的空间，栗子瑶伸手就可以触到两侧的墙壁，昏黄的灯光照在楼梯上，木质的阶梯发出吱呀声。

"叩叩"，姚伟转了一个弯，又向上走了几步在头顶上敲了两下。随即，头顶上出现一个方方正正的出口，陈绍洋的脸透过明亮的光芒显现出来。

栗子瑶走出出口，映入眼前的是一个像是阁楼的房间，十几平米，一眼望尽。整个房间里只有一张床、一把椅子、一张书桌，书桌上放着一盏台灯。

解天钧就坐在床上，背靠着床头，头上缠着纱布，嘴唇干涩，脸色苍白，眼神却炯炯有神，正在看着栗子瑶。

看到解天钧精神还不错，栗子瑶松了一口气。"总算醒过来了。"栗子瑶感叹了一句。

第十四章　报复

　　手术室门前出奇地安静，姚伟坐在长椅上眼睛一刻没有离开过手术室紧闭的大门，刚才嘈杂吵闹的急诊室与此时的寂静走廊相比，简直就是两个世界。

　　姚伟一脸担心，连刘队走过来都没有察觉到。

　　"怎么样？"刘队看了一眼手术室，低头问姚伟。

　　姚伟注视着手术室也不看刘队，回道："不知道。"

　　刘队叹了一口气，转身坐在了姚伟的身边："你是什么时候知道解天钩去了友谊商场的？"

　　姚伟不说话。这时的他哪有心思放在录口供上，只希望解天钩平安渡过这一劫。

　　见姚伟没有反应，刘队也不打算再问下去，拍了拍姚伟的肩膀，示意他不要太担心。刘队站起身正要走，姚伟突然开口说道："从刑警队离开之后，我直接把他送回了家。晚上我去给他送饭的时候发现他不在家，那时候差不多七点左右。后来我就给他打电话，他告诉我唐明轩约了他到友谊商场。"

"知道唐明轩约他干什么吗？"刘队顺着姚伟的话往下问。

当姚伟转过头时，刘队才发现他的眼眶泛红。"不知道，他没说。"姚伟虚声地回答着，"应该跟解玮瑶和黄锡伦有关。"

刘队点了点头，继续问道："你认为是唐明轩吗？"

听到唐明轩的名字，姚伟的眼神从刚才的担心立刻变得坚定："对。我百分百肯定是他。"

"为什么？"

"报复。"

刘队看着姚伟，这样干脆的回答让他觉得此时此刻的姚伟不是一个律师，而是一个内心充满仇恨与愤慨的受害者家属。

"陈绍洋是什么时候被安排在唐明轩身边的？唐明轩知道他是你们的人吗？"

姚伟顿住了，许久没有说话。

"或者说，你们交给我的那些关于指证唐明轩是凶手的证据，就是陈绍洋搜集的吧？"

姚伟还是没有回应，眼睛又看向了手术室。

医院大厅里不知从什么时候开始已经被到场的记者围得水泄不通，解氏集团现如今唯一的继承人惨遭杀害，任谁也不敢放掉这样的独家新闻。

"解氏集团这是怎么了？二十年前的枪杀案还悬而未破，五年前解玮瑶又自杀，现在唯一剩下的解天钧也被害。虽然不是一夜灭门，但解家人接二连三地出事，跟灭门也没什么区别了。"

等待采访的记者互相扯着闲话。

"可不是，解家这是招谁惹谁了。"

"我听说五年前解玮瑶好像不是自杀，又重新调查了。"

"不是自杀？啊哈，那这解家绝对是大新闻了，全都是被害致死，谁跟他们家这么深仇大恨，二十年前没杀完，二十年后又卷土重来。"

你一言，我一语，守在医院里的记者群里瞬间像炸了锅似的，开始对解家的被害案毫无根据地猜测。

"出来了！"突然，人群中有人喊了一声。

刘队走进医院大厅，看到警察出来，记者们蜂拥而至将刘队团团围住，七嘴八舌地开始询问起案件的进展。面对吵闹的记者，刘队表现得很平静，无论记者问什么问题，他只淡淡地回答一句："无可奉告。"

穿过人群，刚走出医院门口就看到栗子瑶和陈绍洋正向大厅这边走来。刘队没有迎上去，而是转身从相反的方向离开，走出了医院。

一走进大厅，栗子瑶就被医院大厅里的场面震慑到了。"我的妈呀，这是要干吗呀？"栗子瑶不由自主地从嘴里叫出了声，只是嘈杂的大厅里人声鼎沸，没有人听到她的声音。

医院里的保安及医生护士为了不扰乱到其他病人，不断地跟记者们交涉着。场面一时间变得混乱，陈绍洋根本顾不得其他，直接从记者群旁边的空隙中穿过，径直走进走廊。

栗子瑶跟在陈绍洋后面，突然拉住陈绍洋的手："等一下。"

陈绍洋站住脚，转身看着栗子瑶。

"你先上去，我去跟记者们说。"

"现在哪还有时间理那些记者呀。"陈绍洋的语气里透着烦躁。

"那也不能让他们在医院里这样没完没了的呀。"栗子瑶知道陈绍洋着急，静心地安抚道，"我先跟他们说几句，让他们先离开医院，也让医院恢复正常，别吵到其他人。"

听完栗子瑶的话，陈绍洋点了点头，按下电梯按钮，走进了电梯。待电梯门缓缓关上之后，栗子瑶才重新回到医院大厅，站在大厅中央只说了一句话，场面顿时安静下来。"我是解氏集团的员工，各位有什么问题可以直接问我。但是我有一个要求，请大家跟我到外面去，不要吵到医院其他的病人。"

听到栗子瑶有消息要爆料，记者们纷纷随着栗子瑶的脚步走出了医院大厅。整晚都处于混乱的大厅终于又恢复了原先的宁静。

陈绍洋走到手术室前时，正好赶上解天钧做完手术被推出来。医生向姚伟简单说明了手术的情况后，护士便把解天钧向病房推去。

担心了整晚，听到医生说解天钧已经脱离生命危险后陈绍洋终于松了一口气。他看着解天钧从自己面前缓缓推过，焦急的心也终于放了下来。

"就你自己啊？"姚伟看到陈绍洋，问道。

"栗子瑶在下面应付记者呢。"陈绍洋回答。

姚伟看着解天钧被推进电梯，说道："天钧不能在这。"

陈绍洋一愣："你说什么？"

"我们不能让唐明轩知道天钧没死，否则……"姚伟眉头紧蹙，"你下楼去找栗子瑶，把解天钩抢救无效身亡的消息告诉那些记者们。"

"然后呢？"陈绍洋明白姚伟这样做的目的是什么，这时候他也不想问太多，只知道按照姚伟说的执行就可以了。

"然后就是等，等到深夜，我们把天钩带出医院。"

"大哥刚做完手术，会不会有危险？还有，栗子瑶怎么办？"

陈绍洋担心的并不是没有用，眼下需要解决的临时状况太多，姚伟坐在了长椅上，陷入了沉思。

"给。"姚伟一手拿着药，一手端着白开水，递到解天钩面前。

解天钩接过药片和水，吃了下去。

"接下来，你们打算怎么办？"栗子瑶坐在床沿，看了一眼刚吃下药正在喝水的解天钩，又看了一眼靠着桌边站着的姚伟，最后一眼落在了靠墙站着、手里把玩着一根香烟的陈绍洋。

只有十几平米的房间里，因为栗子瑶的一句话变得寂静，气氛也压抑到让人无法喘息。

"柯嫒，现在怎么样？"解天钩突然开口，打破了屋子里许久的寂静。

栗子瑶看向解天钩："你现在还有心思管她？"

"受人所托，不管不行。"

就在栗子瑶还在为解天钩的这句话疑惑不解时，耳边再次传来一个声音。"唐明轩已经露出了马脚，可惜我们没有任何证据。"姚伟叹道。

屋内，再次陷入了寂静，每个人都沉默着。

"啪"，陈绍洋点燃了手里的香烟，打开了房内唯一的一间小窗户。窗外徐徐的秋风吹进来，闷闷的房间瞬间变得清爽起来。

栗子瑶起身走到陈绍洋跟前，抢过他手里的香烟，捻灭后顺着窗户扔了出去。陈绍洋看了一眼栗子瑶，愠怒的神情让他变得尴尬，轻咳了两声走到解天钧的床边："哥，我们不能这么干坐着，等着唐明轩自找上门了。"

"你有什么方法？"姚伟问。

"他给我们来了一招报复，我们就还他一招报复。"

解天钧、姚伟都看着陈绍洋，神情是在示意陈绍洋继续说下去。栗子瑶站在窗前不参与任何意见，静静地听着。

"唐明轩跟我说过，公司如果没有他不会走到现在，公司赚来的每一笔钱都有他唐明轩的份。你妹妹的死可能就是他要夺公司的动机，虽然我不知道这个推测是否成立，可是就他这些年让我帮他做的股票收购的事，我觉得八九不离十。

"本来股票收购已经差不多，他没想到你回来了，还大张旗鼓地说是为了调查你妹妹的死因。只是他没想到的是这么多年的努力都变成了给别人做嫁衣。他认为是您抢了他的果实。

"既然这样，我们就还从股权入手。我们已经把您死亡的消息放了出去，现在公司肯定已经乱套了。这个时候，我们就让他乱上加乱。唐明轩肯定会以您妹妹未亡人以及公司创始人的身份站出来，想把失去的再拿回来。"

"你去，"解天钧明白了，深邃的眸子注视着陈绍洋，"他不是想得到公司吗，那我就给他机会。"

"知道了。"陈绍洋眼神坚定。

"我去准备材料。"姚伟没有多问,当即决定配合。

栗子瑶看着面前的三个男人,嘴角竟然向上弯起。

不知不觉在解天钩身边已经七年有余,还未从警校毕业就被安排在了解天钩身边。这三个男人也就这样出现在了她的生命里,看着三个男人出生入死,曾被他们的情义感动。只可惜,她不可能和这三个男人成为真正的朋友,终有一天她会把他们送进高墙内。而这,也正是栗子瑶不愿意接受陈绍洋的原因,感情越深越影响判断。栗子瑶不是感情用事的人,也不想成为感情用事的人。这正是领导们选中她成为卧底的原因。

"栗子瑶。"陈绍洋的声音打断了栗子瑶的思绪。

"啊?"栗子瑶回过神,看着眼前的陈绍洋,"怎么了?"又看了看也在望着自己的解天钩和姚伟。

"发什么愣呢?"陈绍洋问。

栗子瑶摇摇头,干笑着说:"没,没什么。你们刚才说什么?"

"我是问,我们对付唐明轩,柯嫒你来负责,行不行?"

"哦。好。"栗子瑶连连点头应着。

"那就这样吧,"姚伟长舒一口气,"我们先走了,你好好休息。"

解天钩没有开口,以点头表示应允。

霓虹把城市点亮,唐明轩站在窗边,玻璃上映出唐明轩棱角分明的脸庞。"叩叩",身后传来敲门声,唐明轩转头看到柯嫒端着一杯牛奶走进来。

唐明轩微笑着向柯嫒走去,接过她手里的热牛奶:"还没睡啊?"

"想什么呢？"

唐明轩喝了一口牛奶，说道："没什么。"

"你打算怎么办？"

"还能怎么办，等警察的传讯呗。"

"我说的不是这个。"

唐明轩凝视着柯媛，眼神透出的诧异好像在说："那是什么？"

"我是问公司怎么办？"柯媛脸上露出担心的神色，"你打算怎么应对那些董事们？"

唐明轩放下喝了半杯的牛奶，扶着柯媛走到小沙发前坐下，"这件事你就不用担心了，我已经有安抚他们的方法了。"唐明轩轻描淡写地说道。

柯媛紧握住唐明轩的手："明轩，你千万不能有事。"

唐明轩翻手握住柯媛，大大的微笑浮现在脸上："我不会有事的。放心。"

两人四目对望着，柯媛脸上的担忧和唐明轩脸上的笑容形成鲜明的对比。两人对面，靠门的墙边，红衣女人背靠墙壁注视着两人，嘴角诡异的微笑让人不寒而栗。

唐明轩一走进会议室就被紧张的压迫感震慑到，到场的每一位董事的脸上都神色凝重。唐明轩快步走到会议桌前，镇定了一会儿，开口说道："各位董事，不好意思。"

唐明轩话还未入正题，坐在第一位的董事就先开了口："唐明轩，你什么都不用说。我们几位董事已经商议过了，现在最紧要的事情是推选出新的领导者。"

"我知道，"唐明轩微笑着，语气平和，"为了公司的稳定，推选新的领导者当然没有问题，但是各位可否想过如果让外人成为公司的董事，无论从公司发展上还是各位董事的利益上是不是真的有好处。当然，我不是董事会的人，无权干涉各位的决定，但是我有信心会让公司越来越好，同时也向各位董事保证，你们得到的利益会比现在还高。"

"唐明轩，你先别急着表决心，"另一位董事说道，"你怎么解决眼下的事情，媒体对于公司的报道越来越离谱，到现在股票还在下跌，再这样下去你知道我们面临的是什么吗？"

"我知道，"唐明轩语气坚定，"所以才要立刻做出决定。"

立刻而不是尽快，唐明轩所说的方法就是赶鸭子上架。他太清楚这帮所谓的董事的心理，或许是已过了奋斗的年纪，在公司里这帮挂名的董事已经没有精力处理公司的事务，他们需要的就是一个有能力者来解决问题。

"你的意思是，如果不选你，就任由公司这样下去？"

众人循声望去，看到会议室门口站着一个男人，正是陈绍洋。

会议室里顿时传来议论声，窸窸窣窣的声音在耳边萦绕着。陈绍洋没有理会议论纷纷、交头接耳的董事们，径直朝着唐明轩的方向走去。

陈绍洋走了三四步便来到唐明轩的跟前，注视着唐明轩："我在问你呢，你刚才的意思是在说，如果不选你，就任由公司这样下去，对吗？"

唐明轩丝毫没有躲避质问的意思，目光如炬，和陈绍洋对视着："对。"

这一回答让在场每一个人都出乎意料，除了陈绍洋。

"你有什么资格？"

"你又有什么资格？"

陈绍洋转对众位董事："各位，关于媒体对公司造成的不良影响，请各位放心。我已经联系了多家媒体，明日一早就有大篇幅的关于公司正面形象的新闻被报道出来。随后，在场的每一位董事都会收到专访的消息，为了公司的正面形象还请各位董事们能够在百忙之中抽出一些时间来接受访问。"

唐明轩站在一旁，锐利的目光看着陈绍洋，一句话也说不出。

"还有，"陈绍洋从一直背着的手里拿出一份授权书，"这是解董事在世时签的一份授权书，授权我来全权代理公司相关事务。"

唐明轩眉头微皱。再一次被解天钧占了上风，垂在身侧的双手握成拳头，手背上的青筋乍现。

目送董事们离开后，唐明轩不悦的脸色变得更加愤怒："你凭什么？"

陈绍洋轻蔑地看着唐明轩："你又凭什么？"

"授权？"唐明轩拿起会议桌上的授权书，翻看着，轻笑道，"我就知道这不是什么授权书。解天钧怎么可能把公司授权给你一个外人。"

"你不也是一个外人吗？"陈绍洋不温不火地说着。

唐明轩瞬间明白了什么，明亮的眸子突然变得更加晶亮："你不会……"

夜行人

陈绍洋嘴角上弯，露出意味深长的微笑。

唐明轩笑出声，感叹道："我说自己总输给解天钧呢，原来是你。"

陈绍洋凑到唐明轩身前，在他的耳边小声地说着什么，只见唐明轩的脸色骤变。陈绍洋礼貌地向唐明轩点了一下头，转身走出了会议室。

叉子在盛着意面的盘子里搅着，柯媛眼神发呆地盯着桌面。栗子瑶边吃着面边看着发呆的柯媛。

"面都被你搅烂了。"

"啊？"柯媛回神，低头看了一眼盘子里的意面，放下了叉子。

栗子瑶放下橙汁，问道："又操心什么呢？"

柯媛叹口气："事事操心。"

"警察又找过你吗？"栗子瑶试探性地问。

柯媛摇摇头。

"唐明轩呢？"

"也没有。"柯媛重新拿起叉子，开始吃面。

栗子瑶微微点了点头，继续吃起来。

午后的写字楼门口人头攒动，刚刚吃过午饭的职员们纷纷走进写字楼。栗子瑶挽着柯媛的胳膊，另一只手里拿着一杯咖啡，向写字楼门口走过来。紧跟着两人走进写字楼的还有三个穿着西装制服的男人。

栗子瑶、柯媛和三个男人乘坐一台电梯缓缓上行。

电梯门缓缓打开，三个男人快步走出电梯。柯媛和栗子瑶看了一眼电梯上显示到达的楼层，脸上都显出疑惑的神情。相互对望一眼后，先后快步走出电梯。

柯媛、栗子瑶追上三个男人的脚步，走进公司时前台工作人员正在和带头的男人说着什么。柯媛没有听到两人前半段的对话，只听到带头的男人说要找唐明轩了解情况。柯媛忍不住了，走上前："您好，请问有什么事吗？"

"您好，我们是经侦大队的。有人举报唐明轩涉及一起经济犯罪案件，需要他协助调查。"

"经济犯罪？"柯媛惊讶，转头看了一眼栗子瑶。

"我是唐明轩。请问有什么事？"就在柯媛询问对方时，前台的工作人员叫来了唐明轩。

"您好，我们是经侦大队的，有一起经济犯罪案件需要您协助调查，请跟我们走一趟吧。"说着，带头的男人从包里拿出一张搜查令，"我们需要对您的办公室进行搜查。"

唐明轩点了点头："这边请。"

柯媛担心地看着唐明轩，欲言又止的样子。唐明轩拍拍她的肩膀，微微一笑表示不用担心，转身跟着走回了办公室。

忙碌的格子间瞬间安静下来，所有人都望向唐明轩的办公室，看着办公室里的一举一动，议论声四起。

栗子瑶侧目扫了一眼陈绍洋，只见他神情平静，似乎对经侦大队来调查唐明轩没有任何意外。栗子瑶拿出手机，手指在屏幕上连续点了几下，又重新抬起头看向陈绍洋。

陈绍洋手机响起，看到是栗子瑶发来的微信，抬头向栗子瑶望了一眼，转身走出了公司。

随后，栗子瑶也跟了出去。

安全出口的走廊内，空荡的空间传来栗子瑶的声音："怎么回事？"

"就你看到的那么回事。"

"我要看得出来还问你？"栗子瑶有些急了，"你们计划什么呢？"

"你不用管了。"

"我能不管吗？你们做什么总得告诉我一声吧，就算不让我参加，也让我有个心理准备。"

"总之，就是把唐明轩送进监狱的方法。"

看陈绍洋守口如瓶的样子，栗子瑶知道即使再问也问不出个所以然。

走出走廊，唐明轩和经侦大队的人走出公司。

看到陈绍洋，唐明轩明白了一切，想到上午的会议，再想到经侦大队的突然造访，唐明轩笑了。那笑容不但没有任何失落的意味，反而带有嘲讽的意思。

"走吧。"经侦人员说道。

唐明轩从陈绍洋的身边走过，两个人的眼神再次对视上。

待唐明轩和经侦大队的人走进电梯，柯媛的声音传入了耳中："陈绍洋，你跟我来一下。"柯媛看出了唐明轩和陈绍洋之间的微妙变化，强忍着内心的怒火，把陈绍洋叫进了办公室。

陈绍洋关上门，走进来："说吧。"

柯媛转身怒视着："你和明轩之间到底怎么回事？"

陈绍洋一脸无所谓："就是你看到的那么回事。"

"你少给我打哑谜。"

陈绍洋笑了："柯媛，你是真不知道唐明轩都背着你干了些什么？"说着，拿出手机翻了翻，将屏幕对向柯媛。

屏幕上是一张照片。

"看看吧，这些都是唐明轩背着你干的。"陈绍洋举着手机，说道。

柯媛犹豫着接过手机，翻着里面的照片。耳边陈绍洋的声音又传了过来："从解玮瑶生病开始，唐明轩就交代我开始进行伪造文件的事。解玮瑶死了之后，他就让我把这些伪造好的文件交给公司的董事们，诱骗他们在上面签字。就这样，这些人的股权就全部到了唐明轩的名下。

"或许你会说解天钧回来之后，唐明轩就放弃了所有股权，已经跟这些事没有任何关系。但事实摆在面前，无论他现在做什么，都抹不掉他曾经做过什么。"

"那，你为什么？"

"唐明轩跟我说过，公司走到现在他的功劳最大。这句话也是我想说的。"

"你想坐解天钧的位置？"柯媛反问，"你凭什么？"

"唐明轩又凭什么？"

"明轩不会这么做。"柯媛坚定。

"你知道上午的董事会，唐明轩都说了些什么吗？"

柯媛看着陈绍洋。

陈绍洋从柯媛的手里抽出手机，拇指又在屏幕上点了几下，手机里传出唐明轩的声音："为了公司的稳定，推选新的领导者当然没有问题，但是各位可否想过如果让外人成为公司的董事，无论从公司发展上还是各位董事的利益上是不是真的有好处。当然，我不是董事会的人，无权干涉各位的决定，但是我有信心会让公司越来越好，同时也向各位董事保证，你们得到的利益会比现在还高。"

柯媛发愣地站在原地，突然喘不上气来，浑身开始发抖。

"所以才要立刻做出决定。"唐明轩的声音继续从手机里流出。

"你的意思是，如果不选你，就任由公司这样下去？"

柯媛脸色苍白，办公室里只有陈绍洋和唐明轩的声音不断从手机里传出来。

"我在问你呢？你刚才的意思是在说，如果不选你，就任由公司这样下去，对吗？"

"对！"

录音里，唐明轩这声笃定的"对"字说出的同时，柯媛突然感到一阵眩晕，同时摔倒在地上。

第十五章　拯救

一阵哭闹声传来，柯媛睡眼惺忪地醒来，走出屋子就看到院门外站着一个两岁左右的孩子。柯媛走出院子，来到孩子跟前。但令柯媛没想到的是，当孩子看到她时立刻停止了哭闹，突然冲她笑了起来。可爱的小脸蛋上纯真的笑容，要把人心都融化了。

柯媛刚抱起孩子，从身后冲上来两个男人，伸手就要抢夺怀里的孩子。柯媛边喊着边紧紧地抱着孩子，三个人抢夺间孩子依旧保持笑容。而柯媛想呼喊总感觉喉咙被什么东西堵塞住，始终喊不出来。焦急的柯媛和两个男人扭扯在一起，眼看孩子就要被抢走，听到有人喊叫自己的名字。

"柯媛，柯媛……"

猛地，柯媛睁开眼睛，栗子瑶的脸庞映入眼帘。

栗子瑶终于松了一口气："醒了，太好了。怎么样？"

柯媛疑惑地扫视了一圈周围，陌生的环境，一股浓浓的消毒水的味道刺鼻而来，直到恢复知觉，感觉到手背上粘着什么东西，转头一看一条细长的透明管子从手背一直延伸到屋顶，在屋顶的滑轮轨道上挂着装满透明液体的胶质瓶子。

"我怎么在医院啊？"柯媛缓过神来，语气虚弱地问道。

"你在办公室晕倒了。"栗子瑶边说着边扶起准备坐起身的柯媛。

在栗子瑶的搀扶下，柯媛坐起身靠在床头上，看了一眼插着输液针头的手："我怎么了？"

"你呀……"栗子瑶转身坐在了床边，"怀孕了。"

柯媛一惊。

"都三个月了，你一点反应都没有吗？"

柯媛摇摇头。

"也是，这段时间公司和家里都快乱成一锅粥了，你哪还有心思关心到自己呀。"栗子瑶叹了口气，"还好，医生说只是疲劳过度。你可不知道医生都说了些什么，那话听得我面子都快挂不住了。"

"说什么了？"

"医生说我们太不负责任了，孕妇头三个月是最重要的，怪我们不保护就算了还让你这么劳累……反正就是把我们狠狠地骂了一顿，一点情面都不讲。"栗子瑶学着医生的语气对柯媛讲着。"对了，医生还问家属为什么不在。我一想到唐明轩被经侦大队的人带走的情景，我什么都不敢说，只能说家属出差了，结果又被骂了一通。"栗子瑶无奈地说着。

柯媛握住栗子瑶的手："麻烦你了。"

"客气什么，你没事就好。对了，医生说输完这一瓶就可以走了，今晚你就去我家吧。你这样子一个人在家我可不放心。"

柯媛没有接受也没有拒绝，反而问道："是你自己把我送进医院的？"

"不是。还有陈绍洋。"栗子瑶看着柯媛的眼睛，犹豫地说着。直到看到柯媛没有因为听到陈绍洋的名字时而脸色改变，才放下心。

"他人呢？"

"我让他回去了。他那种忘恩负义的人，看见他我就心烦。"

"你们俩吵架了？"

"他就是个叛徒。气死我了。"

柯媛沉默了一会儿，说道："子瑶，你帮我给姚伟打个电话吧。"

栗子瑶一愣："你该不会是想让姚伟帮忙吧？"

"眼下我已经不知道该怎么办了，姚伟是律师，不管他帮不帮这个忙，我都想试试。"

栗子瑶刚张开口，话还没说出口，就传来姚伟的声音："你别费心了，我不会帮忙的。"

两人闻声同时转头，看到姚伟两手插在衣服口袋里站在门口。

"我不会做唐明轩的代理律师，不过我可以推荐别的律师。"姚伟边说着边走进病房来到柯媛跟前，"我没有国内律师资格证，帮不上什么忙。再加上我的专长是刑事案，经济案从未接触过，所以也帮不上忙。还有就是……"

"你不用说了，单纯为了解天钧你也不会帮忙的，"柯媛接口，"你们对明轩都有恨。"

"你明白就好。"姚伟淡淡地说道。

"你来干什么？"栗子瑶问。

"没什么，我听说柯媛住院了，所以来看看到底怎么回事，"姚伟说着看向柯媛，"医生怎么说？"

"怀孕了。"栗子瑶脱口而出。

"什么？"

"都三个月了。"

柯媛不发一语。

"怀孕了？"解天钧也是一惊，看着姚伟和陈绍洋。

"还继续吗？"陈绍洋问，"我怕她撑不下去。"

"柯媛向我求助了，"姚伟坐在椅子上说着，"她要给唐明轩找律师，我推荐了别的律师去，专门打经济案件的，有一定的经验。"

"他不会帮唐明轩把官司打赢吧。"陈绍洋问。

"或许能，或许不能。他是国内打经济官司的有名律师，只要有机会赢，绝对不会输。"姚伟淡淡地说。

"那他要是真把唐明轩弄出来了怎么办？我们的努力不都白费了吗？"说完，看向坐在床上的解天钧。

解天钧不说话，眼神直盯着前方，像是在想什么，完全没有听到陈绍洋和姚伟的对话。"哥，你说句话呀。"陈绍洋有些心浮气躁。

"说什么？"解天钧终于开了口，"该做的我们都已经做了。"

"那现在就等着唐明轩大摇大摆地出来？"

"柯嫒怎么样了？"

"已经被栗子瑶接回家了，"姚伟回道，"栗子瑶不放心她一个人在家。"

解天钧点了点头。

栗子瑶把一碗鸡蛋面放在床头柜上，拍了拍背对着自己的柯嫒："柯嫒，起来把这碗面吃了再睡。"

柯嫒没有反应，栗子瑶又拍了拍："柯嫒。"

仍旧没有反应，栗子瑶直接把柯嫒扳过来，只见柯嫒满脸是泪。"柯嫒，怎么了？"栗子瑶担心地问，"跟我说说，到底怎么了？"

柯嫒坐起身，擦了擦脸上的眼泪，转头看了一眼床头柜上的鸡蛋面："谢谢你，子瑶。"

"又跟我客气，咱俩还用得着这样吗？"栗子瑶嗔怪着，说完把碗端到柯嫒的面前，"来，先把面吃了。"

柯嫒摇了摇头，推开了栗子瑶端着碗的手。

栗子瑶没有强迫，又把碗放在了床头柜上："担心唐明轩？"

栗子瑶一语道破，柯嫒的眼泪再次流下来，哽咽着说："子瑶，明轩不是那样的人。"

"知人知面不知心。"栗子瑶劝着，"我不知道唐明轩都做了什么，更不知道他在想什么。但是你想想，如果他没做为什么会被人抓住把柄。若要人不知，除非己莫为呀。"

"陈绍洋为什么会突然这么做？"柯嫒问道，"明轩没有做过对不起他的事，他为什么要害明轩？"

栗子瑶犹豫了，顿了顿说："见钱眼开，利欲熏心。这不就是人吗？"

柯媛看出了栗子瑶的迟疑，问道："子瑶，你是不是知道些什么？"

"我跟你知道的一样多。"

柯媛擦干眼泪，眼神变得坚定："不管怎么样，这次我一定要救明轩。"

"你怎么救？"

"你还记得刘队吧？"

栗子瑶点点头。

"我明天去找刘队，让他……"

"你别去。"栗子瑶打断她的话。

柯媛惊讶，看着栗子瑶。

栗子瑶欲言又止了一会儿，说道："刘队是刑警，你让他怎么帮你？你这不是让他违反纪律嘛。"

"我现在能想到的只有他了。"柯媛声音越来越小。

看着柯媛的样子，栗子瑶也无奈，房间里静默了一阵。"先把面吃了吧，吃饱了才有力气帮明轩摆脱罪名不是。"栗子瑶看到床头柜上的面条，端起来笑着说道。

唐明轩的事情是柯媛心里的一块石头，一天不解决这块石头一天不会从心里被搬走。柯媛又要拒绝，栗子瑶不再妥协："你不吃，肚子里那个得吃。你现在是两个人，都当准妈妈了，还这么任性。"

听到栗子瑶把孩子搬了出来，柯媛不再拒绝，接过栗子瑶手里的碗，一口一口地吃起来。

栗子瑶从卧室里走出来，反手关上房门，径直走到沙发前坐下，拿起手机发出了一条信息。不一会儿，手机短信提示音响起，看了一眼手机后栗子瑶从沙发上站起来，边拿背包边对着卧室喊着："柯嫒，吃完面就早点睡。我还约了人，出去一下，回来得很晚，不用等我了。"说完，就急匆匆地出了门。

卧室的门缓缓打开，柯嫒虚弱地走出房间，看了一眼空荡荡的客厅，又转身进了卧室并关上了房门。

刘队把一杯茶递到栗子瑶跟前，栗子瑶双手接过茶杯，没有喝，顺手放在了桌子上："刘队，我该怎么办？"

刘队沉默，没有马上回答她的问题，右手转着茶杯。

"解天钩不让我知道他接下来的计划是什么，该不会是对我产生怀疑了吧？"栗子瑶开始不自信了。

"这么多年他都没怀疑你，就因为这么一件事怀疑你，不太可能。"刘队分析着，"也许他就是单纯地想让你待在柯嫒身边，一旦他对唐明轩采取什么行动，柯嫒肯定会受到牵连。为了保护柯嫒，他也得避开你。"

"保护柯嫒？"栗子瑶不解，"他为什么保护柯嫒？对了，我想起来了，他好像说过这样的话。"

"柯嫒没事了吧？"刘队没有回答栗子瑶的问题，问起柯嫒的情况。

"她已经没事了。医生说要她好好调理，不能再操劳。我这还在想呢，解天钩假死，唐明轩被抓了，公司现在乱得一塌糊涂，柯嫒接下来该怎么办？"说着说着栗子瑶不由地叹起起气来。

刘队也跟着叹了口气。

房间里安静下来，两个人各自喝着茶。突然，刘队的手机铃声响起，打破了房间的寂静。"柯媛，"刘队看了一眼手机，抬头又看了一眼栗子瑶，接起了电话，"喂，柯媛啊。"

栗子瑶不说话，边喝茶边看着刘队打电话。

"你身体可以吗？那好吧，明天我去找你。"

刘队放下手机，栗子瑶立刻问道："看来她还是最相信你。你打算怎么帮她？"

刘队没有马上回答，而是先喝掉了茶杯里的茶，想了想才回道："还能怎么帮，走一步看一步呗。"说完，端起茶壶开始倒茶。

"你可千万别犯糊涂啊。"

"我比你清楚。"

两人相视一笑。

栗子瑶从刘队家回去时已近深夜，到家后先去推开卧室的门看了一眼，发现双人床上铺得整整齐齐，完全没有睡过的痕迹，意识到什么的栗子瑶急忙拨通了柯媛的手机。电话里传出的"嘟嘟"声充斥在耳蜗，许久才传出柯媛无力的声音，仿佛刚睡醒。听到柯媛的声音，栗子瑶总算放了心，问道："你在哪儿呢？"

电话里，柯媛的声音有气无力，还带些嘶哑："我在家呢。"

"不是说不让你回去吗？"

"我已经没事了，再说我睡你的房间，你怎么办？我真的没事，你早点睡吧。"

挂断电话，栗子瑶躺在沙发上，瞬间不想动弹。在沙发上躺了一会儿，不知不觉间便睡着了。

晨光照进屋内，柯嫒站在窗前望着窗外，眼神一直盯着大门的位置，放在书桌上的手机不停地响着。响了一阵之后，手机铃声中断，紧跟着屏幕上显示出六个未接来电。房间安静了几分钟之后，再次响起手机铃声，柯嫒依旧没有任何反应，始终站在窗前望着大门的位置，等待着。连她自己都不知道自己是在等待着唐明轩出现在那里，还是在等待着刘队出现在那里。

栗子瑶挂断电话，人事经理立刻走上来询问："怎么样？"

栗子瑶苦恼着摇摇头："还是不接。"

"那怎么办啊，股东们都来了，都等着呢。"人事经理一脸焦急。

栗子瑶看了一眼人事经理，转身走进了会议室，径直向坐在主位上的陈绍洋走了过去。看到栗子瑶向自己走过来，陈绍洋意识到她肯定是有话要对自己说，还未等到栗子瑶走到自己跟前就从椅子上站了起来。

"跟我出来一下。"栗子瑶来到陈绍洋跟前，在耳边轻声说了这么一句，转身又走出了会议室。

陈绍洋没有问干什么，跟着栗子瑶走了出去。

会议室里，股东们纷纷向两人投去异样的目光，注视着两人先后走了出去。

栗子瑶推门走进了柯嫒的办公室，一句话没说先把窗帘拉了个严严实实。

"找我什么事？"陈绍洋语气冰冷，先开了口。

栗子瑶放下最后一扇窗帘，转过身，目光也是冷漠。这种冷漠的目光是陈绍洋从未见过的，确切地说是从未在栗子瑶眼神中见过。"你一定要做得这么绝吗？"栗子瑶的语气比陈绍洋的更加冰冷。

陈绍洋笑了，笑中充满了轻蔑："不是我要这么做，是大家都支持我这么做。"

"你到底……你们到底在计划着什么？把这个公司搞垮对你们有什么好处？"栗子瑶追问着，"你们不是只针对唐明轩吗？现在唐明轩进去了，为什么还要再搞这么一出？"

陈绍洋悠闲地坐在了沙发上，抬头看着站在面前的栗子瑶："你就不用管了，我们都已经安排好了。"

"我不管，我不管，你怎么让我不管？你觉得事情已经到了这个地步，我还会袖手旁观吗？"

"事情到了什么地步？我觉得很好啊，一切都很正常。"

"正常？！"栗子瑶快步走到沙发前坐下，手指着会议室的方向，"他们为什么要来？你为什么要卖掉公司？这是解天钧的意思吗？"

"对。"陈绍洋回答得很干脆。

"这是解玮瑶的公司。"

"这也是大哥的公司。"

"你……"

"当初如果不是大哥入股，解玮瑶不可能有这个公司，也不可能上市。所以，大哥有权对这家公司做任何处理。"

"那你们让外面这帮员工怎么办？"

"这个你放心，大哥已经准备好遣散费了，甚至还准备了推荐信。他们的去处不会比这里差。"

看着陈绍洋对答如流的样子，栗子瑶算是明白了："看来你们一早就计划好了，所以解天钧才会回国，对吧？"

陈绍洋没有回答。

"我要见解天钧。"说着，从沙发上站起来就要往外走。

"你不用去了，"陈绍洋喊道，"大哥不会见你的。"

栗子瑶转头，诧异地望着陈绍洋。

蜷坐在沙发上，柯媛眼神空洞，偌大的房间安静得只能听到柯媛沉沉的呼吸声。"叩叩"，随着敲门声，门外也传来男人的声音："柯媛，你在家吗？"

柯媛回神，才听清来人的声音，缓慢地从沙发上起来，连鞋也没穿就走去开门。

看到柯媛失魂落魄的样子，刘队有些吃惊。唐明轩出事，他能想象到柯媛担心的样子，却怎么也没想到柯媛会是这种状态。"你没事吧？"刘队边关上房门边问。

柯媛向后捋了捋头发，无力地回道："没事。坐吧。"

"身体还好吗？"刘队说着把一盒营养品放在桌子上，"我给你带了点儿营养品，你现在需要补补身子，注意营养。看你那脸色，惨白惨白的。"

"谢谢。"

两人说话间都坐在了沙发上，沉默一阵后，刘队开了口。"唐明轩的事你打算怎么办？"刘队看着倒水的柯媛，眼神里充满关心。他关心的不是唐明轩能否出来，而是担心唐明轩的事会把柯媛拖垮。

柯媛端着水杯走过来，放在桌子上，坐在了桌子旁边的软椅上："姚伟推荐了一个专门打经济案件的律师，我还没有联系，只能走一步看一步了。"

刘队喝着水点着头，想到栗子瑶昨晚说柯媛打算让自己帮忙的事，沉默了一会儿："需要我帮忙吗？"

柯媛脸上露出牵强的笑容，摇了摇头："不用了，有律师就够了。"

刘队没有说话，只是又点了点头。

这时，柯媛的手机再次响起，两人的目光同时看向桌子上的手机。看到柯媛没有要接电话的意思，刘队拿起手机看了一眼："栗子瑶，不接吗？"

柯媛摇着头："我现在没心思管公司的事情。"

没有经柯媛的同意，刘队接听了电话。对于这一举动，柯媛看着并没有阻拦。

"喂。对，我跟她在一起。我知道了。"简单两句寒暄之后，刘队挂断了电话，说道："栗子瑶说陈绍洋要把公司卖了，现在股东们都已经到公司了，她让你拿个主意。"

听到要卖公司的消息，柯媛的心里就像重重地砸下一块石头，顿时感觉气短："为什么要卖？"

"她没说。"

柯媛脸上浮现焦急之色。看着她的样子，刘队犹豫了一会儿，说道："柯媛，有些事不要被表象欺骗了。"

"你说的表象是指明轩吗？"

"是所有。"

柯媛疑惑。

"唐明轩也好，解天钧也好，陈绍洋也好……有些人总是带着目的而留在你身边，至于他们的目的谁好谁坏需要你去理性地判断。我不否认唐明轩就是清白的，我也不否认他就是无罪的。但是你想想，没有一个人会平白无故地招致仇人，除非他真的做过什么。"

柯媛静静地听着，类似的话陈绍洋也对她说过："无论他现在做了什么，都抹不掉他曾经做过什么。"

"柯媛，我希望你能够理性对待唐明轩这件事。我知道你相信他是清白的，但现在事实摆在眼前，他的清白已经连他自己都无法证明。我们在查他，经侦也在查他，不保证还会有其他部门也在查他……"

"刘队，"柯媛打断刘队的话，"解天钧的死真的跟明轩有关系吗？"

"不排除。"

"你都查到了些什么？"

"无可奉告。"

柯媛看着刘队肯定的眼神，突然笑了，那微笑带着些许轻蔑和自嘲："我应该早就猜到，那么大的商场，肯定有监控。看过监控就什么都明白了。"

刘队站起身，走到柯媛跟前，抚摸着她的头发："小媛，如果唐明轩是清白的，我会证明的。我向你保证。"

"你们会和经侦联手，并案调查吗？"柯媛抬起头。

刘队转身坐在桌子旁，和柯媛面对面："不会。经侦大队调查的是唐明轩伪造合同文件的案子，和杀人的性质不一样，没有必然联系。除非……"

"除非什么？"

"除非他做的那些事涉及到解玮瑶的被杀。如果真是那样……"刘队不再说下去，担忧的眼神紧盯着柯媛，"小媛，你现在也怀孕了，要不你回老家吧，先安安稳稳地把孩子生下来。"

"如果唐明轩真的杀了人，你觉得我还坐得住吗？"

"你也要为孩子着想。"

柯媛低头看了看肚子，左手轻轻地放在腹部抚摸着："我想他也想第一眼就看到爸爸。"说着，脸上挂起温暖的笑容。

刘队看着充满幸福的柯媛，他的心突然揪了一下。他实在不愿意告诉柯媛，不管是唐明轩还是解天钩，他们都是围绕在她身边的恶魔。

栗子瑶看着股东们一个个地走出会议室，格子间里鸦雀无声，职员们也都关注着会议室里的结果，谁也无心工作。

看到陈绍洋最后从会议室里走出来，栗子瑶快步走了过去，直接把他拽出了公司。职员们看着两人走出后，寂静的格子间里顿时传出嗡嗡声，交头接耳，议论纷纷。

栗子瑶一直拽着陈绍洋的胳膊，直到走上天台才松开手。"就没有转圜的余地吗？"栗子瑶猛地转过身，面对着陈绍洋，怒视着。

"没有。"陈绍洋回答得很干脆。

"我要见解天钩。"

"大哥不会见你的。"

"为什么？当初说好我们四个一起的，现在为什么又什么都不告诉我？"

"总之，都是为了你好。"

陈绍洋冷淡的眼神里划过一丝温柔，只可惜已被愤怒冲昏头脑的栗子瑶并没有看到那仅有几秒钟的温柔，只看到了陈绍洋的冷漠。她怎么也猜不到解天钧已经开始怀疑她，是陈绍洋为她做着担保。

"为了我好就应该让我知道你们的计划。"栗子瑶不肯放弃，"让我保护柯媛，总得让我知道理由。如果你们对她做出什么，我也不会措手不及。如果她怀疑到什么，我也好应对自如。"

"栗子瑶，"陈绍洋第一次这么郑重其事地叫她的名字，"你……"想问的话还是没有问出口。

他想问她有没有什么事瞒着自己？有没有欺骗过自己？可当看着她的眼睛时，又将话咽了回去。他问不出口，他是那么信任她，怎么可以只因为别人的怀疑而质问她，他做不到。

"你想说什么？"栗子瑶追问。见他没有回答，再次提出刚才一直争论的问题，一副打破砂锅问到底的架势。"这件事我不会罢休的，一个正当的理由也没有就想让我靠边站，我决不答应。"

"我也不答应。"栗子瑶话音刚落，从两人身后传出柯媛的声音。

两人同时回头，看到柯媛站在天台的出口处，神情镇定的样子，心里都是一惊。对于柯媛的突然出现，栗子瑶和陈绍洋都在想她什么时候出现在那里？又将刚才的对话听到了多少？就在他们猜测时，柯媛的一句话，让他们彻底醒悟到，她听到了全部。

"我要见解天钧。"柯嫒走到两人面前，高跟鞋敲击地面发出的声音掷地有声，一声声如锤子般敲在栗子瑶的心上，生疼。

柯嫒目光冷漠，看着面前神情震惊的两个人，一字一顿地重复道："带我去见解天钧，我要见他。"

栗子瑶和柯嫒目光对视着，眼神里充满了歉疚。

第十六章　交易

昏暗的房间，白色的灯光照在桌面上，唐明轩坐在桌前，目光呆滞地看着桌面上的白光。一阵头痛袭来，眉头微皱，唐明轩用右手揉了揉太阳穴。

"哒哒"，身后传来清脆的声音，一双红色的高跟鞋出现在唐明轩的眼前。唐明轩缓缓抬起头，看到红衣女人站在自己面前正在对着自己微笑。红艳的嘴唇向上弯曲，黑色的凝眸在灯光的反射下更加发亮。

红衣女人握住唐明轩的手，鲜红色的指甲油上泛着莹莹星光。"你还好吧？"红衣女人的声音温柔清脆，语气中竟有好似担心的意味。

唐明轩轻笑着："你是在担心我吗？真不容易啊。"

"傻瓜，这个时候我不关心你还有谁关心你。你都在这里待了两天一夜了，没有任何一个人来看你，连你最爱的柯媛都没有来看你。"红衣女人说着，眼角氤氲着冷漠，"他们就是这样现实，你风光时追在你后面，你落难时能躲多远就躲多远。"

"别人或许是，但柯嫒不会。"

"不会吗？如果不会，她为什么不来看你，为什么不把你从这里带出去？看人不能只看表面，要看这里。"红衣女人伸出食指，指向唐明轩的心口。

唐明轩拨开女人的手，笃定道："柯嫒不会！"

正说着，审讯室的房门打开了，唐明轩看到一个西装革履的陌生男人和警察并肩站在门口。"唐明轩，你可以走了。"警察说道。

唐明轩缓缓从椅子上站起来，走出审讯室。

满脸憔悴，靠墙站着的唐明轩精神萎靡，等待着律师办理手续的空档，唐明轩看到刘队从外面走进来，忙上前打招呼。"刘队。"唐明轩迎上去，走到刘队跟前。

没有防备，刘队被唐明轩的举动吓了一跳："哦，没事了？"

唐明轩点点头。

"没事就好。"刘队叹了口气说。

"刘队，杀解天钧的凶手找到了吗？"

刘队讶异地看着唐明轩："你还有心思关心他的事情？"

"唉，"唐明轩叹了口气说，"怎么说也算是一家人，不管他对我怎么样，看在瑶瑶的面子上我怎么都要叫他一声大哥。瑶瑶不在了，她大哥又遭遇这样的事情，也只有我操心这些事了。"

刘队注视着唐明轩。在他眼中，从见到唐明轩的第一刻起就在心里存下了一份不安与疑惑，他说不清楚这个外表俊朗阳光的男人为什么给自己一种阴郁的感觉，但是看到柯嫒看他的眼神，便始终把这份疑虑放在心里。他时常劝说自己太职业病，看谁都像犯罪嫌疑人，然而唐明轩一次又一次的举动让他不得不加深自己的怀疑。唐明轩，如果你没做过那些事，就请你证明自己的清白。这句话他不知在心里说过多少次了。

"解天钧的事我们还在调查，你就不要操心了，还是操心操心你自己的事吧。柯媛怀孕了，现在是最需要照顾的时候。"刘队说得轻描淡写。

"柯媛怀孕了？！"听到这个消息，唐明轩萎靡的样子顿时消失全无，眼神放光，精神奕奕。

"你进来那天查出来的，都已经三个月了。"刘队把柯媛的状况对唐明轩毫无隐瞒地说出。

"那我赶快回家。"

唐明轩正欲走，又因刘队的一句话愣住："她现在不在家，在公司。陈绍洋要变卖公司，她回公司处理了。"

柯媛站在栗子瑶和陈绍洋面前："我要见解天钧。"眼神里满是愤怒，如炬的目光像是要灼伤人般。

栗子瑶抬起沉重的手，拉住柯媛的胳膊："柯媛，你别这样。"

"栗子瑶，我真没想到你也跟着他们骗我。"

"我……"

"解天钧在哪儿？"柯媛将目光移向陈绍洋，"我要见他。"

陈绍洋和柯媛对视着，没有要躲闪的意思，但就是不回答柯媛的问题。

柯媛再也忍受不了陈绍洋的沉默，几乎用大喊的声音说道：

242

"解天钧在哪儿？我要见他！"

"我带你去。"身后传来姚伟的声音。

柯媛转头，陈绍洋和栗子瑶的目光也看向姚伟。

姚伟走到柯媛跟前："我带你去。"

柯媛二话不说，径直走出天台。

姚伟看了一眼栗子瑶和陈绍洋："你们待在这里。"留下这么一句话，也走出了天台。

目送两人离开，栗子瑶和陈绍洋对视一眼，都沉默无语。

唐明轩赶到公司时，柯媛和姚伟已经离开。在众人异样的眼神里，唐明轩直接冲进柯媛的办公室，却空无一人。

"唐明轩？"栗子瑶吃惊地叫道。

唐明轩闻声回头，看到栗子瑶和陈绍洋站在身后。"柯媛呢？"唐明轩顾不上和陈绍洋对质，着急地问栗子瑶。

栗子瑶看了一眼陈绍洋，欲言又止，不知该怎么回答唐明轩的问题。解天钧的假死是报复唐明轩的一步棋，如果让他知道柯媛去见解天钧，她难以想象事情会发展到什么地步，也许到时便会一发不可收拾。

"她出去了。"陈绍洋开了口。

唐明轩看向陈绍洋，追问："去哪儿了？"

"不知道，她没说。"陈绍洋回答。

"是啊，她是急匆匆地出去的，也没跟我们说。"栗子瑶附和着，"要不你给她打个电话问问。"

"我打了，没人接。"

听到柯媛不接电话，栗子瑶悬着的心终于放了下来。稍稳定心神后，注意到唐明轩精神疲惫，劝道："你应该是刚回来吧？要不你先回家休息，睡一觉。等她回来，我跟她说，让她今晚早点回家。"

唐明轩点点头，突然想到什么，又问道："公司变卖是怎么回事？为什么要卖？"

栗子瑶"啊"了一声，看向陈绍洋。唐明轩也把目光移向陈绍洋："为什么要卖？"语气从刚才的焦急转变为质问。

"你已经不是公司管理层的人了，卖不卖都跟你没关系。"陈绍洋摆出一副领导者的样子。

见两人剑拔弩张的架势，栗子瑶顺手把两人都推进了柯媛的办公室，关上了房门，同时也拉下了窗帘。

"你俩干嘛呀，当着那么多人的面说这些，还嫌公司不够乱？"

"我问你呢，为什么要卖？"唐明轩怒视着陈绍洋。

"我说过了，你已经不是管理层的人，卖不卖都跟你没关系。"

"陈绍洋，"说着，唐明轩揪起陈绍洋的衣领，"你有什么资格卖掉它？！"

"唐明轩。"栗子瑶见情势不妙，忙喊道。

陈绍洋拿开唐明轩的手，整理着衣服，说道："我当然有资格，现在我是这家公司的最高领导者，我想对它怎么处理就怎么处理。"

"我不会让你轻易卖掉它的。这家公司是瑶瑶的心血，我要守着它。"

"唐明轩，别把话说得那么冠冕堂皇。当初你要收购股权，不也是为了这家公司吗？现在说什么守着、保护，你不觉得自己很虚伪吗？"

话音刚落，唐明轩就一拳打在了陈绍洋的脸上，打裂的嘴角立刻浸出鲜血，一股铁锈般的味道在陈绍洋的嘴边晕开。

"唐明轩，"栗子瑶赶忙上前扶住趔趄的陈绍洋，"你太过分了。"

"我过分？"唐明轩指着陈绍洋，"他呢？你知不知道他是什么人？知不知道他为什么这么做？"

"不管他做了什么，你都不能打人。"

陈绍洋看着和唐明轩对峙的栗子瑶，没想到自己最爱的女人，在此时还这样维护自己，而自己却在怀疑她。想起亲眼见到栗子瑶和刘队见面的情景，再想到这时处处维护自己的栗子瑶，陈绍洋不知所措。

"陈绍洋，我不会放过你的。"唐明轩扔下狠狠的一句话，快步走出了办公室。

栗子瑶看着陈绍洋嘴角的血迹，环视了一下房间，忙从茶几的抽纸包里抽出一张纸巾替他擦掉血迹。

陈绍洋凝视着栗子瑶，握住了她替自己擦拭血迹的手。

姚伟把车停在寂静的巷口，柯媛从车上走下来，带有疑惑的目光看了一眼车另一边的姚伟。

"进去吧。"说着，姚伟向巷子里走去。

柯媛边环顾着四周边跟在姚伟的身后，慢慢向巷子里走去。

"这里……"见到巷子的第一眼，柯媛和栗子瑶有着同样的好奇，"怎么会有这样一条巷子？"

姚伟没有回答，头也不回地只顾往前走着。

在享受巷子的安宁间，姚伟把柯媛带到了一间唱片店前。

"进去吧。"姚伟转头看着柯媛。

柯媛上前一步，和姚伟齐肩站在唱片店前，向里张望着："这不是一家唱片店吗？"

店里依旧没什么人，只有一个男人站在柜台前整理着架子上的唱片。看到姚伟站在门口，放下手里的活计走上前："来了。"

姚伟点了点头。

柯媛跟进店里，环视着店内的环境。

"走吧。"姚伟转头对柯媛说完，径直走到收银台后面，打开房门，手指在墙壁的开关上按了一下。"进来吧。"又放下一句话，走了进去。

柯媛疑惑，跟在姚伟身后来到门前，木质的楼梯呈现在眼前。

昏黄的灯光，狭窄的通道，柯媛伸手就能触到两侧的墙壁。"吱"的一声，木质的门从头顶被推开，姚伟上楼后伸手把柯媛拽上了楼。

"坐吧。"柯媛还没有站稳，耳边就传来一个熟悉的声音。抬头闻声望去，解天钧坐在床上，正在看着自己。

虽然已经做好了心理准备，但是看到解天钧安然无恙地出现在自己面前时还是一惊。柯媛难掩心中的惊讶，快速跳动的心脏，"咚咚"声震得生疼，呼吸也变得急促，一时间说不出一句话来。

姚伟搬过椅子放在柯媛面前："坐吧。"自己走到了桌前靠在了桌沿边站着。

柯媛顿了顿坐在了椅子上。

"问吧。"解天钩先开了口。

柯媛定定地看着解天钩，还是不相信解天钩没有死的事实。"你们是怎么办到的？"看了一阵之后，柯媛不由自主地问出了问题。

解天钩和姚伟互望一眼，相视一笑。

"这个我以后再告诉你。"姚伟说道。

"问你想问的吧？"解天钩接道，"你现在最关心的应该不是我的死活吧。"

柯媛脸色微变，从一上来的惊诧逐渐变得严肃起来。

擦去脸上剩余的剃须膏，一张棱角分明的脸出现在镜子里。卸去疲惫，精神倍增的唐明轩又回来了。红衣女人看着镜子里的俊脸，一副欣赏的样子，意犹未尽。

"看够了吗？"唐明轩看着镜子里的红衣女人。

"不够，怎么看都不够。"红衣女人说道，"这才是你呀。"

"什么样的我？"唐明轩问。

"眼神里透着冷漠，神情变得冷峻，在整张脸上看不到一丝温柔。"红衣女人边说着边向唐明轩走来。镜子里的她越来越近，直到与唐明轩的这张冷峻的脸重合。

"这才是你。"

"这才是我。"

红衣女人和唐明轩的声音重合。

"唐明轩。"嘴角上弯，冷冷的笑容挂在脸上。

出租车从身后驶离，柯媛站在家门口迟迟不肯走进去。望着别墅里亮起的灯光，想到栗子瑶发来的唐明轩已经回家的消息，想起解天钧对自己说的那些话，此刻她不知道该怎么面对唐明轩。

"我们做笔交易吧？"解天钧提出。

柯媛疑惑地看着他："交易？"

"你替我保守秘密，我不卖公司，也不再找唐明轩的麻烦。"

"你是想堵住我的嘴。"

"你怎么理解都可以，这笔交易对你来说是必赚的买卖。"

"我怎么知道你会不会信守承诺？你找唐明轩麻烦也不是一天两天了，就因为让我替你保守秘密而不再找他麻烦，你觉得我会信吗？你用假死来报复他，设这么大的一个局，没有任何结果就放弃，你觉得我会信吗？"

"那你就别总想着替他开脱罪名。"解天钧的脸色骤变，"柯媛，我特别不明白你。明明已经不相信他了，为什么还摆出一副绝对信任的面孔？你还在坚持什么？"

解天钧的这句话就像一把利刃，插进了心里。柯媛比任何人都清楚对唐明轩在情感上产生的微妙变化，可是连她自己都不是很清楚为什么自己还在坚持。或许是婚姻的束缚，让她只能选择信任，背叛对她而言是万万不能的。

"柯媛？"唐明轩的声音传入耳中，沉浸在回忆里的柯媛猛然回神，不知何时唐明轩已经站在自己面前。"你怎么了？"她

248

终于听清楚，还是那么地熟悉和温柔。

"哦，"柯媛愣了愣，"没事。你回来啦？"

唐明轩点点头，随即搀扶着柯媛进屋："怎么这么晚？你现在不能随便乱跑。"说着，反手关上房门。

"你知道啦。"

"今天下午刘队告诉我的，"唐明轩扶着柯媛坐下，"对不起啊，没能在身边陪着你。"眼神里的歉疚再次让柯媛不忍，眼眶里顿时晕染开一层雾气。

"你回来就好。"柯媛强忍着。

"还没吃饭吧。先吃饭吧，我炖了你最爱喝的骨头汤，很浓的。"说着，起身就往厨房走，"从今天起你不能再熬夜，要有正常的作息时间……"

看着唐明轩为自己忙进忙出，柯媛心疼起来，雾气凝结成眼泪，流了下来。

明亮的路灯把小区照得通亮，陈绍洋把车停在单元楼前，栗子瑶松开安全带，淡淡地说道："不早了，你也回去休息吧。"

正欲下车，陈绍洋突如其来的一句问话让栗子瑶有些不知所措。

"你跟刘队是什么关系？"陈绍洋的目光直视着前方。

栗子瑶停住正要开门的手，背对着陈绍洋，一语不发。

见栗子瑶没有反应，陈绍洋这才看向她："你为什么总去他们家？"

栗子瑶回头，刚才震惊的眼神已完全消失，用几乎愤怒的目光盯着陈绍洋："你跟踪我？"

"对，我是跟踪你，"陈绍洋毫不掩饰，"如果我不跟踪你，还不知道你跟刘队会那么熟。"

"这跟你没关系。总之不是你想的那种关系。"说完，栗子瑶开门下车，径自向单元楼走去。

陈绍洋跟下车，快步上前拽住栗子瑶："你还没回答我的问题，你跟他是什么关系？"

两人对视着，许久无话。

定定地看着熟睡的柯媛，唐明轩的嘴角泛起幸福的笑容。然而，这幸福的笑容还没在脸上停留一分钟，即刻又变成诡异的笑容。唐明轩伸出手，红色的手指甲，指腹轻拂过柯媛额头上的发际，直到脸颊。

"真的好漂亮。"红衣女人深情地望着柯媛，"你希望她给你生个男孩儿还是女孩儿？"

"这不应该是你关心的。"

"你怎么知道我不关心。"

"你不是说过吗，我就是你，你就是我。"

红衣女人微微一笑，转头看了一眼站在床尾的唐明轩，站起身走向他："终于开窍了。"

"你想要这个孩子吗？"红衣女人凑近，"说心里话。"

唐明轩注视着红衣女人的眼睛，清楚地看到瞳孔里的自己，嘴唇抽动几下后说道："我说想，你会不会放过柯媛？"

红衣女人直起身，转头看着熟睡的柯媛："她，孩子。你只能选一个。"

唐明轩扑哧一声笑了："你会这么好心。"

红衣女人玩味地盯着唐明轩。

"在你心里，想要谁死就必须得死，你会让她活那么久吗？"

红衣女人呵呵地笑了："你是商人，懂得做生意的道理。要不然这样，我们也做笔生意，怎么样？"

唐明轩不解。

"以陈绍洋这样的小角色怎么会有野心吞掉一家公司，如果不是背后有人支持着他，他又怎么会想到保留你伪造合同、收购股票的证据，又怎么会想到去公安局告发你。"

"你的意思是解天钧？"唐明轩说着，"可是，解天钧已经死了。"

"但还有一个人。"

"姚伟？他只是解天钧身边的一个律师……"

"只有他见了解天钧的最后一面，你知道他们都说了什么吗？"红衣女人分析着，"姚伟在解天钧眼中不像陈绍洋。"

唐明轩眼睛一亮，好似明白了什么。

"我帮你把失去的夺回来，只要你用……"红衣女人看向躺在床上的柯媛，"她做本钱就行了。"

随着红衣女人的目光，唐明轩的目光也落在柯媛的身上。

陈绍洋在客厅里来回踱着步子，栗子瑶坐在沙发上，眼神对着陈绍洋的步子来回移动着。

"解天钧怀疑我是卧底？"栗子瑶表现得镇定，心里却很是紧张。

陈绍洋停下脚步，看了一眼栗子瑶："那倒没有。"

听到这句话，栗子瑶在心里松了一口气。

"如果你再去找刘队，难保他不这么认为。"陈绍洋劝告着，"大哥是一个很警觉的人，如果有一点行差踏错，他就一直记着……"

"你的意思是，他已经记住我了？"

陈绍洋不说话了。

几分钟的安静，窗外汽车驶过的声音充斥着整个房间。栗子瑶叹了一口气，笑了。陈绍洋诧异地看着她，不明白她这一声笑是为了什么，"你笑什么？"陈绍洋问道。

栗子瑶从沙发上站起来，端起桌子上的水杯走到饮水机前："不相信我正好，我还不想管他们这些闲事呢。解天钧也好，唐明轩也好……他们之间的恩恩怨怨本就不关我的事。"

"那柯媛呢？"陈绍洋接过栗子瑶递过来的水，"她可是你的好姐妹，你也不管了。"

"我管得过来吗？"栗子瑶又接了一杯水，喝了一口，"或许人家还不让我管呢。"

放下水杯，陈绍洋站了起来走到栗子瑶面前："话也不能这么说，大哥也不是不相信你。你在他身边待了这么多年，他心里也清楚你是什么样的人。再说了，你也说了是刘队主动找你，只是为了让你保护柯媛。大哥不也说了嘛，让我们看好柯媛，别让她出事。"

"你说这个我想起来了。解天钧跟柯媛之间有什么关系吗？为什么这么在乎她？"

陈绍洋摇摇头："不知道。大哥做事从来不说明原因，我们也从来不问。"

"就是因为你们什么都不问，才养成他这种高高在上、唯我独尊的毛病。"

"嘿，怎么说话呢？那是我救命恩人，我不允许你这么说他。"

栗子瑶放下手里的水杯，推开陈绍洋向门口走去，伸手打开房门："你可以走了。"

见栗子瑶下了逐客令，陈绍洋想到是不是刚才自己说错了话，惹到了她，软了下来："我今晚能不走吗？"

"不行！"

"你都让我上楼了，还让我下去呀。"

"我让你上楼是跟你说正事，现在正事说完了，你该下楼了。"

陈绍洋看栗子瑶坚决，自己也耍起了赖，走到沙发前一屁股坐在沙发上，顺势又躺了下来："我今晚就睡在这了。你放心，看见没，那道门……"边说着边指着卧室的房门，"就是界限，你放心在屋里睡觉，我绝对不越雷池一步。"

栗子瑶关上房门，走到陈绍洋跟前："你不走是吧。那我走。"说完，就要伸手提包。还未反应过来，陈绍洋突然把栗子瑶一拽，没有任何防备地摔在他的身上。

待栗子瑶反应过来时，准备挣扎离开，又被陈绍洋紧紧地抱在了怀里。

"别动，就让我抱一会儿，一会儿就好。"陈绍洋缓缓闭上眼睛。

栗子瑶也不再挣扎，脸贴在陈绍洋的胸口，有序的心跳声传进耳内。

秋季深夜，晚风微凉。

柯媛被从窗外吹进屋的凉风冻醒，一睁开眼就看到枕边没有唐明轩的身影。关上窗户后，柯媛套了一件单衣走出卧室。站在走廊里，来回望了望，只见书房半掩的房门门缝里有微弱的灯光闪出，随即从屋内传出悠扬的钢琴曲。

熟悉的曲子，很久没有听到了。随着曲子跳动的音符，柯媛缓慢向书房走近。

"本来不想让明硕牵扯进来的，最终还是没能……"唐明轩手里拿着小半杯红酒，对着窗户的方向说。

红衣女人站在窗前，背靠着窗户，喝着红酒。

"杀了姚伟，我就把他送出国。"唐明轩的语气了充满了对弟弟的愧疚，"不能再让他受到伤害，这是我唯一能为他做的了。"

"你觉得他会听你的吗？"红衣女人反问，"他已经不是小时候那个听你话的弟弟了。当年的打击让他对这个世界充满了冷漠，你跟他谈兄弟，他把你当哥哥吗？"

唐明轩把杯中的红酒一饮而尽，空酒杯放在桌子上："我不管他认不认，但我要弥补这些年对他的亏欠。"

"他杀了人，你保得了他一生，保不了他一世。警方一直在追查他的行踪，迟早会找到他，而且他也会把你供出来。"

"他不会。"

"你怎么知道不会。你就是这样，心软。"

"他是我弟弟。"

"他会拖累你。"

"我不……"

唐明轩的话刚说出口，就听到门外传来一声尖叫。伴随着尖叫声，就是什么东西摔下楼梯的声音。

唐明轩三步并作两步，打开房门走出书房。

"柯媛！"

正对门的楼梯下，柯媛躺在地上，身下一片殷红。

第十七章 真假

暴雨如注，雷声滚滚。

手术室的指示灯亮着，唐明轩在紧闭的门前来回地踱着步子，时不时地看向手术室。走廊的长椅上，红衣女人坐在椅子上背靠着墙壁，右腿放在左腿上，红色的高跟鞋在半空中反复地晃着。

"坐一会儿吧。"红衣女人开了声。

唐明轩没有回应，向红衣女人扫了一眼，没有再理会。

"医生都说了会尽力救她的，着急有用吗？"

唐明轩背对着红衣女人，眼睛一直盯着手术室的大门，眉头紧皱着，充耳不闻。

"我真的是该庆幸，不用自己动手，就可以解决她。"说完，走廊里响起红衣女人的笑声。

"你能不能闭嘴！"唐明轩突然走到红衣女人面前，瞪视着。

此时，手术室里的一名护士走出来，被唐明轩突如其来的呵斥声吓得停下脚步，诧异地望着唐明轩。只见他站在长椅前，怒视着座位，像是跟人说话的样子。

感觉到哪里不对劲的唐明轩看向正在望着自己的护士，手足无措。

护士呢喃了几句，从唐明轩的身后走过。

唐明轩反应过来急忙拦住护士，问道："请问，病人她……"

护士看了唐明轩几秒钟，异样的目光让唐明轩感到背脊发凉。"手术已经结束了，大人没什么事，孩子没保住。再稍等一下，一会儿就出来了。"护士安抚着唐明轩的情绪。

望着护士渐渐远去的背影，唐明轩终于松了一口气。

窗外的大雨还在下着，雨水拍打着窗户发出噼啪的声音。唐明轩坐在病床前双手紧紧地握着柯媛的手，看着因为麻醉还没有清醒过来的柯媛，苍白的脸色，干涩的嘴唇，惹人心疼。

"真可怜。"一个熟悉的声音传进唐明轩的耳朵。

唐明轩不为所动，眼神一刻也不敢离开柯媛。

"不过，也真幸运。"红衣女人继续说着，"看来你不用再为难了。"

"什么意思？"唐明轩理着柯媛的鬓发，问道。

"孩子、大人，你不是只能选择一个吗？看来这次你不用选了。"

"你是在说这是天意吗？"

"我从来不信天。"

"那你会就这样放过柯媛吗？"

"你想让我放过她吗？"

唐明轩没有回答，呵呵笑了两声，起身走出了病房。

大雨丝毫没有停止的意思。

可能是因为下雨，忙忙碌碌又到了深夜，街上没有什么人。唐明轩蹒跚地在大雨里走着，全身湿透。红衣女人跟在唐明轩身后，一句话不说，就那样跟着。两人之间仅有三步之远。

"你能别跟着我吗？"大雨的声音掩盖过唐明轩的声音，红衣女人没有听到。

唐明轩漫无目的地往前走着，疲惫的样子，蹒跚的脚步，仿佛不经意就会被风吹倒。

红衣女人漫无目的地在后跟着，精神的气色，坚实的脚步，不见丝毫的疲劳。

"你能不要再跟着我了吗？"唐明轩停下脚步，压着嗓音，压抑着心中的怒火，说着。

红衣女人也停下脚步，不回应。

唐明轩缓缓转过身，头痛让本就疲惫的他更加难受，边敲着头边喊着："我让你离我远一点，请你不要再跟着我，再烦我了好不好？！"

红衣女人不为所动。

一阵闷雷后，雨势变得更大。

唐明轩跪在地上，双肘撑地，双手抱头，哭喊着："我求求你，别再跟着我了，我受不了了。"

哒哒的脚步声，红色高跟鞋出现在唐明轩眼前，随即红衣女人的声音再次传来："我求求你，让我跟着你，好不好？"

这个声音第一次听起来这么温柔，唐明轩心想。

唐明轩缓缓抬头，看到红衣女人正低头对着自己微笑，可是这微笑里充满了诡异和魅惑。

"唐明轩，你现在想摆脱我，晚了。"刚才的温柔声音全然消失，红衣女人狠戾的目光穿透唐明轩的身体。

"你还会杀柯媛吗？"唐明轩问，"你不是说过在她和孩子之间只能选一个吗？我选好了，柯媛，是柯媛。我要她。"

红衣女人摇摇头："已经晚了，你没得选择了。"

"可是孩子已经没了……"

"但孩子不是因你而死！"红衣女人打断唐明轩的话。

硕大的雨滴砸在唐明轩的背上，疼痛已经让他麻木，身体的疼痛不及内心的伤痛。失去孩子的唐明轩此时此刻真的累了，这场谋杀游戏他不想再继续。他本来就不是那种不择手段的人，也不喜欢靠打杀来得到自己想要的。

然而，偏偏在他的身体里住着一个恰恰喜欢这些的人，她嫉妒、冷血、不择手段，她厌恶世间的美好，她喜欢操控别人。

雷雨声夹着唐明轩声嘶力竭的哭喊声，响彻在整条街上。

红衣女人蹲下身，干涩不沾任何水滴的手捧起唐明轩眼泪和雨水混合在一起的脸，露出晴天般的笑容，只是这温暖的笑容却挂了一张阴冷的脸上，阴郁的目光对视着唐明轩湿润的双眼。眨眼间，唐明轩的眼神变得阴郁，脸色阴冷，嘴角上扬，一个晴天般的微笑挂在脸上。

下了一夜的大雨终于停了，雨后的窗户上还有雨水的痕迹，模糊了窗外明媚的阳光。柯媛躺在床上，目光呆滞地看着天花板。正在准备点滴的护士看到柯媛醒来，忙说道："醒啦。"

柯媛望了一眼忙碌的护士："我怎么了？"

"你刚做完手术。"

"手术？"

"手术很顺利，打完这瓶点滴就可以回家了。对了，你老公昨晚离开医院后就没再回来……"

柯媛慢慢坐起身，打断护士的话："我做什么手术？"

"流产手术。"

护士脱口而出的话让柯媛顿时大脑空白。流产手术，自己为什么要做这个手术？

"你的意思……"柯媛呆呆地看着准备给自己输液的护士，"你是说，我的孩子没了？"想了半晌，柯媛终于问出了这句话。

护士低头拍着柯媛的手背，寻找着血管："不过你放心，手术很顺利。以后还是有生育能力的。"

眼泪夺眶而出，柯媛一句话也说不出来，好像有什么东西梗在了喉咙处，心突然疼了。手背传来一阵刺痛，细细的针头扎在血管里，护士撕下贴在自己手背上的胶带粘在针头上。"对了，你老公昨晚走的时候什么也没交代，要不要帮你给他打个电话来接你？"护士固定好针头，调好输液管里液体滴落的速度，问道。

柯媛没有说话，待护士准备离开时，柯媛说道，语气虚弱："那个，我没带手机，您能帮我打个电话吗？"

"好。我们有家属的联系方式，我帮你打。"

"不是，"柯媛有些急，犹豫了一下，"他现在可能在忙，最近家里也有事……他应该走不开，你帮我给一个朋友打电话吧。"

夜行人

护士点了点头，拿出一个小本子："好，那把你朋友的电话告诉我，我记一下。"

柯媛把栗子瑶的手机号码告诉护士，还特别交代护士不要让栗子瑶告诉别人。

手机响起时，栗子瑶还没从睡梦中醒来，朦胧中听到手机铃声，栗子瑶闭着眼睛伸手就朝床头柜上摸，摸了半天没有摸到，这才睁开眼睛。再仔细一听，手机铃声是从客厅里传进来的。便睡眼惺忪地从床上爬起来，踉踉跄跄地走出卧室。

一出卧室就朝着手机的方向走去，完全没有注意到昨晚睡在沙发上的陈绍洋已经不在。

"喂。"带着满腔慵懒的语气，栗子瑶接通了电话。

注射液瓶里的液体已经过半，柯媛注视着窗外，阳光穿过湿润的绿叶照在窗户上，玻璃上的水珠反射出彩色的光线映在纯白的墙壁上。消毒水的味道充斥着鼻腔。

"柯媛。"栗子瑶站在门口，看着呆坐在床上的柯媛。

闻声，柯媛转头看向门口，苍白的脸色，嘴角微扬："来了。还有半瓶才输完。"

栗子瑶冲到病床边，一脸担心："你没事吧？"

柯媛显然知道栗子瑶这句话是指什么，微笑道："没事。"她刻意避开了话题。可栗子瑶看得出来，在强忍着的笑容后面是难以忍受的疼痛，柯媛眼眶里的潮热还是出卖了她的内心。

"怎么可能没事，"栗子瑶说，"柯媛，我知道你坚强，但是这个时候别强忍着，想哭就哭出来。"

眼泪掉了下来，但是柯媛并没有痛哭。然而，这无声的眼泪

第十七章 真假

和强颜欢笑更惹人心疼。栗子瑶把柯嫒抱在怀里，眼泪从眼角滴下来，滴在柯嫒的病号服上，晕染开来。

输完液，办理完出院手续已近晌午。栗子瑶搀扶着柯嫒从医院里走出来，突然想起什么，问道："真的不告诉唐明轩吗？"

"我现在不想见他。"

"吵架啦？"

柯嫒没有回答。

栗子瑶自言自语道："奇怪了，这都中午了怎么也不见唐明轩来接你。就算你不打电话给他，他也应该知道来接你呀。"说话间两人已经走到停车场，栗子瑶打开副驾驶的车门，扶着柯嫒坐进了车里之后，安顿好才绕到驾驶位，开车离开医院。

"我先把你送回家，然后……"

"子瑶，"柯嫒打断，"我能去你家住几天吗？"

栗子瑶愣了愣："好。那我一会儿去你家给你拿几件换洗的衣服。"

柯嫒点了点头。

"怎么回事？"刘队腾地从椅子上站起来，问道，"她现在在哪儿？什么都没说吗？"

办公室里其他警员见刘队如此强烈的反应，也都一一将目光转向刘队，都希望从他那里听到一些有价值的信息。解玮瑶的自杀案、黄锡伦的枪杀案、解天钧的遇袭案，已经成为整队人的一块心病，每个人都知道时间过去越久，案件破获的概率越低，有力证据也会越来越少。

夜行人

"好，你先去。我晚上过去。"刘队放下电话，队员们就围了上来，你一嘴我一嘴地问着。每个人的眼神里都带着期待，直到刘队告知电话的来源，刚才那充满期待的明亮眼神，又变得暗淡无光。

看到队员们疲惫的样子和失落的神情，刘队鼓励大家不要放弃，凶手一定会落网的。受到鼓舞的警员们重新恢复工作，继续开始梳理案件。

挂断刘队的电话，栗子瑶没有马上启动车子，而是看着手机上姚伟的电话号码愣了一会儿。柯媛发生这样的事情，她不知道该不该让解天钧知道。如果真像陈绍洋说的，解天钧对自己的怀疑并未解除，现在是取得他信任的最佳时机。

犹豫了半刻之后，栗子瑶还是拨出了姚伟的电话。

听到柯媛流产的消息，姚伟感到震惊。在跟栗子瑶通话的过程中，姚伟刻意走出办公室向唐明轩的办公室望了一眼，只见办公室里空无一人。

挂断栗子瑶的电话，姚伟站在办公室门口，然后向陈绍洋的办公室走去。

"柯媛流产了？！"听到这个消息，陈绍洋还有些不相信。

"上午看到唐明轩了吗？"姚伟问。

陈绍洋摇摇头，表示没有。

"那就奇怪了，柯媛都这样了，他倒是躲了。"姚伟百思不得其解。

现在，陈绍洋倒是不想知道唐明轩去了哪里，他只想知道要不要把柯媛流产的事情告诉解天钧。

"柯嫒流产的事要不要跟大哥说？"陈绍洋问。

姚伟思忖着，静了大概有一分钟，回道："这个你别管了，专心把公司这边的事情搞定。柯嫒的事情，我去跟他说。"

陈绍洋点着头："好。"

两人话音刚落，办公室的房门被人推开了。

"都在呀。"闻声望去，唐明轩衣衫整齐地站在门口，精神奕奕。

看到唐明轩的样子，姚伟和陈绍洋愣住，不知该给出怎样的回应。

栗子瑶把包里的衣服都拿出来挂进柜里，"你下午好好休息，晚上有个人过来看你。"栗子瑶说着。

柯嫒怔了怔，以为栗子瑶说的人是解天钩，没有回应。

"哦对了，"说着，从自己的背包里拿出手机和钱包，"给你。我没找到你手机的充电器，反正咱俩用的手机都是同一个牌子，你先用我的充电器充电。明天我去专营店再给你买一个。"

"谢谢。"柯嫒接过手机和钱包。

"谢什么，咱俩还用这么客气？"

栗子瑶挂好衣服，整理好衣柜，正要走出卧室，又被柯嫒叫住："子瑶。"

"怎么了？想要什么？"

柯嫒摇摇头，眼睛一直盯着栗子瑶，嘴唇嗫动了几下，终于脱口而出三个字："对不起。"

这三个字让栗子瑶有点儿发懵。

"之前，在天台……我不应该对你发脾气。"

"你不用跟我道歉。"栗子瑶看到柯嫒的神情，以为她误会了自己的意思，忙解释道："我的意思是说，我不应该一直瞒着你，所以你不用跟我道歉。"

"谢谢。"

"再睡会儿吧。你现在需要好好调理身体，其他的什么都别想。我今天不去公司了，就在家陪你。我就在外面，有事叫我。"说完，栗子瑶提着空包走出了卧室，关上了房门。

十几平米的卧室里只剩下柯嫒一人，安静下来的时候柯嫒总会想到昨天晚上看到的情景，书房里的那一幕在她的大脑里挥之不去。

虚掩的房门，柯嫒站在门外大气都不敢出，看着书房内自言自语的唐明轩。"嗡"的一声，大脑一片空白，耳鸣声传来，心跳加速的同时气短急促，瞬间感觉自己快要窒息。眼前，屋内，唐明轩自导自演着，一字一句都像一块块大石，重重地砸向柯嫒。

沉重的脚步缓慢地向后退着，眼神空洞，一切都太让人难以置信。自己千方百计维护的人会是策划一切的凶手，这比任何一个人告诉她都更加令人心痛。不打自招的方式，让柯嫒备受打击，在退步的过程中没有意识到自己已经走到楼梯边缘，一脚踩空，摔下楼梯，不省人事。

"他真是这么说的？"解天钧已经拆去头上的绷带，脸色也变得红润，有了血色。

第十七章 真假

姚伟和陈绍洋互望了一眼，同时点了点头。

解天钧沉思着，不再说话。十几平米的阁楼里安静下来，只能听到楼下 cd 机里的音乐声，穿过木质地板的缝隙缓缓地传进来。

静默一阵后，姚伟先开了口："有没有觉得唐明轩好像变了一个人似的？"目光看向坐在桌子上的陈绍洋。

陈绍洋没有马上回答，回想了一会儿，说道："的确是挺奇怪的，但是又说不出来哪里不对劲。"

"有什么问题吗？"解天钧问。

姚伟若有所思地说："柯媛出这么大的事情，他为什么不在医院陪着？柯媛出院，他为什么不去接？虽然我们知道是柯媛让栗子瑶把自己接走的，但是对唐明轩来说柯媛就像突然失踪一样，他连找都不找。而且……"

"而且……"陈绍洋接道，"在跟我们的对话中，他连提都不提关于柯媛的任何事。"

"没错，"姚伟继续道，"他跟我们说话的眼神都不对，很冷漠。就好像柯媛流产，跟他没有任何关系似的。"

陈绍洋认同地点着头。

听着姚伟和陈绍洋的话，解天钧也疑惑起来。唐明轩，到底怎么了？一夜之间这么大的转变，难道真的是因为孩子的事情受到了什么刺激才会变成这样吗？

这次换解天钧百思不得其解了。

栗子瑶端着一碗热汤走进卧室，看到柯媛已经醒了，说道：

"醒了。正好，把汤喝了。这汤我小火煲了一下午，刚关上火。补气的，趁热喝了它。你想吃什么，我去给你做。"

柯媛接过汤碗，摇了摇头。

"不吃可不行，"说着，栗子瑶叹了口气，"我知道你心里有火，现在肯定吃不下东西。你别管了，我去给你做吧。我妈说，女人小产跟生完孩子一样，身子如果不调理好就容易落下病根，等将来老了以后大病小病就全都找上门了。所以呀，这个时候你就安心养身体，我呢就是月嫂，伺候你吃喝。"

"没给你添麻烦吧？"

"没有。"

"对了，我妈还说让你这个月不要沾冷水，你洗澡的时候注意一下水温。我知道你有时会用冷水洗头，现在可不行了啊。"

柯媛一口一口地喝着热汤，点着头应答着。温热的汤水穿过食道，进到胃里，顿时感觉有一股暖气正从体内向外散开，柯媛感到从内到外暖和了起来。虽然只是初秋，有时还有一些酷夏的暑气，但是还是让柯媛觉得自己如深处寒冬，浑身上下冒着寒气。而此时，正是这碗热汤让她又感觉到了温暖，眼泪不由自主地从眼眶里流了出来，滴在了碗里。

栗子瑶正要开口说什么，门铃声响起。"我去开门。"说着，起身走出卧室。

柯媛想起下午栗子瑶说晚上有人要来，当时以为是解天钧，后来一想解天钧是假死，不可能这么快出现。就在想着会是谁时，只见一道黑影出现在门口。看着黑影，柯媛缓缓抬头向上望去，目光变得惊诧，脸上浮现出害怕的神情。

"柯媛。"熟悉的声音传入耳中,让柯媛心里咯噔一下,拿在手里的勺子掉进碗里,溅出水花,汤渍喷溅在床单上、薄毯上。

是唐明轩,他就站在自己面前,还是那么精神,脸上还是挂着温暖的笑容,只是眼神里没有任何温度。柯媛对视着,冷漠的眼神穿透她的身体,刚刚被温暖的心又因这如冰般的目光变得寒冷,背后一股凉气油然而生。

当柯媛反应过来时,唐明轩已经走到自己跟前,坐在了床沿边上。"我们回家吧。"唐明轩握住柯媛的手,曾经温暖的手心此时也变得冰冷。

柯媛下意识地把手一缩。

对于柯媛的这一举动,唐明轩没有想到。厌恶的表情转瞬即逝,微笑道:"对不起,我白天一直在处理公司的事情,没有接你出院。我跟你道歉,你原谅我好不好?"声音温柔,可在柯媛听来竟没有任何感情。

栗子瑶站在卧室门口,注视着柯媛的反应。从柯媛的种种反应中不难看出,她不想见到唐明轩,甚至还有些害怕他,更不想他碰自己。

见柯媛不知所措的样子,栗子瑶走上前:"还是让她在我这休养吧。"

唐明轩抬起头,看着栗子瑶,冰冷的眼神让栗子瑶一怔。"不用麻烦了,还是我来照顾她吧。"

"你还要处理公司的事情,那么忙怎么照顾她?她现在需要调理身体,你懂得伺候月子里的女人吗?"栗子瑶断言道。

听到栗子瑶的话,唐明轩转头看向柯媛:"你想要我照顾吗？"

柯媛迟疑了一会儿，微微地摇了摇头。

唐明轩嘴角上扬，诡异的微笑浮现在脸上。这个微笑，栗子瑶没有看到，柯媛却看得清清楚楚，这正是昨晚她见过的笑容。

"那好吧，"唐明轩突然站起身，"那就麻烦你了。正好这段时间公司还有很多事情等着我处理，也确实没时间细心照顾她。那就拜托你了。"

栗子瑶没想到唐明轩会爽快地答应，说道："不麻烦。"

"那我就先走了，"唐明轩弯下腰摸了摸柯媛的头，"我明天再来看你。"说着，在柯媛的额头上轻轻一吻。

送走唐明轩，栗子瑶赶忙走进卧室。

"你没事吧？"看着柯媛惊魂未定的样子，栗子瑶担心不已。

柯媛开始瑟瑟发抖。

栗子瑶把她抱在怀里，安抚着："没事了，没事了。"

瑟缩在栗子瑶的怀里，柯媛才感觉到了一丝安定。

"来，"栗子瑶把柯媛扶正，两人对视着，"柯媛，你告诉我，你刚才是在害怕吗？"

柯媛盯着栗子瑶的眼睛，轻轻点了点头。

"为什么？你为什么怕他？"栗子瑶不解。

柯媛迟疑了一下，回道："他，他不是……"

话还没说完，门铃声再次响起。

栗子瑶捋了捋柯媛的头发，把她放倒在床上："什么都不要想了，没事了，休息一下。"

安顿好柯媛，栗子瑶走出卧室，关上了房门。门铃声还在响着，这次栗子瑶没有马上开门，而是透过门上的猫眼看了一眼，确认这次来的是刘队之后才打开了门。

"你在家呀。"

"嗯。刚才在安抚柯媛。"

"她怎么了？"刘队边说着边走进客厅。

栗子瑶关上房门，跟着走进客厅，接过刘队手里的水果，欲言又止地说道："唐明轩刚刚来过。"

刘队没明白栗子瑶的意思："他来怎么了？"

栗子瑶把水果放进厨房，走出来："柯媛好像有点儿怕他。"

"怕他？"刘队被栗子瑶这几句不着边际的话搞得有些懵，"你跟我说清楚，到底怎么回事，从头到尾地说。"

一门之隔，卧室内柯媛瑟缩在床上，想起唐明轩刚才那个诡异的笑容、冰冷的眼神，就更加害怕起来，整个人蜷缩在薄毯里，不寒而栗的感觉散布全身，令人瑟瑟发抖。嘴唇蠕动，呢喃着，声音颤抖。

他，他不是……不是明轩。

第十八章　还击

"都在呀。"声音随着来人的脚步一起出现在姚伟和陈绍洋面前。唐明轩看到两人诧异的神态，问道："看到我很惊讶吗？"

"你怎么会在这里？"姚伟不假思索，脱口而出这么一句话。

唐明轩微微耸肩，朝着姚伟和陈绍洋走去，双手插兜站在两个人面前。炯炯有神的目光，精神倍加的神情，任谁看到此刻的唐明轩都不相信在妻子小产、失去孩子后还能够站在这里。

这个人的心到底是什么样的？陈绍洋在心里问着。

"我不能在这里吗？"唐明轩坐在沙发上，反问。

姚伟深吸了一口气，说道："我听说柯媛昨晚住院了，她没事吧？"

"没事了。今天中午就出院了。"

"怎么回事？"姚伟追问了一句。

唐明轩抬头，看着姚伟，没有马上回答他的问题。房间里大约静默了一分钟，唐明轩说道："流产。"平静的语气，两个充满伤痛的字就这样被他说了出来。

对于唐明轩的平静，姚伟和陈绍洋都感到难以理解。"那就应该在家好好陪她，她现在是最需要人关心和陪伴的时候，公司的事情……"姚伟缓和地说着。

"有人陪着她呢，"唐明轩打断，"公司最近有人作乱，搞得各位董事们很不满意，我得回来拨乱反正呐。"说着，眼神扫向陈绍洋。

姚伟干笑了两声，说："公司的事情你就不用操心了，从上次伪造文件的事情之后你在公司的身份就特殊，恰巧这次柯媛身体也不好，你就把心思都放在她身上。公司这边有我和绍洋，就够了。"

唐明轩笑了，无声的笑容慢慢浮现在干净俊气的脸上："交给他？"边说着，边指向陈绍洋，"一个背叛者，谈什么信任。"

陈绍洋脸色顿时变得难看起来。

"你想怎么做？"姚伟看出了唐明轩的决心，不再跟他客套，直接问道。

唐明轩眼睛变得明亮，身子稍微向前倾了倾："我这个人不贪，还给我应得的那部分，我就不会追究……"

"好像应该是我们追究你才对吧？"陈绍洋打断。

唐明轩撇了撇嘴，又重新靠在沙发背上："随便，反正我已经在公安局留有案底，现在又是取保候审。我是无所谓，只要警方找不到新的证据证明你们所说的，我的结局显而易见。"

姚伟注视着唐明轩，从他的一举一动中仔细观察着。他开始怀疑面前的这个人是不是唐明轩，只有三天没有见到他，再见面突然感觉这个坐在自己面前的男人，变得陌生。思忖间，耳边又传来唐明轩的声音："不过，你们别误会，我不是在征询你们的意见，更不是在请求你们，我只是通知。"最后两个字，唐明轩一字一顿地说了出来。

回想着姚伟和陈绍洋告诉自己关于唐明轩所说的事情，解天钧有一种不祥的预感。阴郁的天气，使得本就昏暗的房间更加黑暗。解天钧打开了桌子上的台灯，这也是整间屋子里唯一的光源。

解天钧翻开解玮瑶的日记本，扉页上 2009 年的字迹映入眼帘。关于唐明轩的身世背景，解玮瑶全都写在了这本日记里。

看着娟秀的字体，仿佛又被带回了那一年，即使自己不想再回忆，可是为了妹妹，解天钧还是强忍着心痛翻开了它。

栗子瑶把唐明轩刚刚来过的事情全盘告诉了刘队，同样让刘队和栗子瑶百思不得其解的也是唐明轩的改变。

"柯媛看上去那么害怕他，他们之间是不是发生了什么事情？"栗子瑶做思索状，分析着，"如果唐明轩没有对柯媛做什么，以柯媛那么爱他的心理，不可能害怕他。"

"你去医院接她时，她有没有再跟你说什么？"刘队问。

"没有。我问过她唐明轩为什么没来，她总是沉默，一句话也不说。"

刘队转头看了一眼卧室紧闭的房门，"这样吧，我明天去医院问问。以她现在的状态很需要人照顾，你看看你那边能不能请假，多陪陪她。记住，千万不要让她离开你的视线。如果可能的话，还是得再问问她到底发生了什么事。"

栗子瑶点了点头："我知道了。"

"我先走了。"刘队站起身，向玄关走去。

栗子瑶跟在后面，送刘队出门。

刘队走出门，又转身叮嘱了一句："晚上锁好门。"

栗子瑶"嗯"了一声，目送刘队离开后，关上了房门。

唐明轩回归的第一件事就是解除了陈绍洋在公司内的所有职务，可是让解天钧不明白为什么留下了姚伟。唐明轩到底在打着什么算盘？是解天钧和姚伟最想知道的。

柯媛的身体一天天好转，自从上次唐明轩来过之后便再没有出现，偶尔也就给柯媛打个电话寒暄两句，但也从未提过要接她回家的事情。

"子瑶，这段时间谢谢你的照顾，我现在身体也没事了。明天我就回去了。"柯媛放下手里的碗筷，对栗子瑶说着。

栗子瑶抬头看着柯媛，还是有些不放心："你真的没事了吗？"很显然，栗子瑶不是在问她的身体，而是暗指她的内心。

柯媛靠在椅背上，眼睛注视着桌子上的饭菜和碗筷，说道："伤口愈合了，就没事了。"

"伤口是愈合了，但会结痂，留疤。"

柯媛缓缓抬头，眼眶潮热，微微一笑。

"那，你回去之后怎么办？"看到唐明轩时柯媛害怕的样子在栗子瑶的脑海中一直挥之不去。她知道，柯媛这样回去势必会面对唐明轩，真的会没事吗？她开始担心柯媛会步解玮瑶的后尘。

"我不知道。"柯媛几乎是脱口而出。说完，重新拿起碗筷继续吃饭。

栗子瑶看着对面的柯媛，一想到她那害怕的样子，心里就开始发颤。

"看见陈总了吗？"栗子瑶看了一眼办公桌上的钟表，又望了一眼陈绍洋的办公室。快到中午了都不见陈绍洋来上班，栗子瑶向坐在后面的女同事问道。

"走了。"同事若无其事地说道。

"干吗去了？"

"他没跟你说吗？"

"说什么？"

女同事顿时来了精神，惊讶道："他竟然连你都没说。"转而又故作神秘地说道："他被唐总开除了，走的时候什么都没让带。"

栗子瑶急道："什么时候的事？"

"有一周了吧。"

栗子瑶暗忖着，这么长时间没有任何一个人向她透露任何消息，自己不在公司的这半个月陈绍洋和唐明轩之间到底发生了什么，唐明轩是在展开他的报复行动吗？清除异己。

"子瑶，子瑶？"女同事连叫了她两声。

栗子瑶回过神来："啊？"

"唐总找你。"女同事向唐明轩的方向抬了抬下巴。

随着女同事的视线望去，只见唐明轩站在办公室门口，正在注视着栗子瑶。

"你来一下。"唐明轩脸上没有任何表情，说完转身进了办公室。

栗子瑶愣了一下，起身向唐明轩的办公室走去。

"您找我？"栗子瑶站在门口，不敢上前。

唐明轩看到她的样子，笑道："你干吗？还怕我吃了你呀。"

栗子瑶也察觉到自己有些失态，忙放松了下来："你有什么好怕的。"

"不怕我，干吗离我那么远。你站那么远还让我怎么跟你说话。"

"就这么说呗，我听得见。"

唐明轩不再追究，从抽屉里拿出一个信封，起身走上前递到栗子瑶面前。

"这是什么？"栗子瑶没有接，看着白色的信封问道。

"你的酬劳。"

"不是已经发了工资吗？"

"这不是工资，是你照顾柯媛的酬劳。"

栗子瑶明白了："算了。"

"还是算清的好。"唐明轩淡淡地说道。

见他认真的模样，栗子瑶怔了怔，还是接下了这笔钱。

栗子瑶拆开信封看了一眼："这也太多了吧。柯媛在我那也就是家常便饭什么的，没花多少钱，真用不了这么多。"

"你拿着吧。以后柯媛那边还得麻烦你的照顾……"

栗子瑶一听还需要照顾，急问道："柯媛怎么了？"

"她没事。"

听到柯媛没事，栗子瑶稍微安下了心。

唐明轩转身走回办公桌前，边走边说："我把陈绍洋开除了。"

栗子瑶没想到唐明轩会突然把话题转到陈绍洋身上，愣了几秒钟才应道："我已经知道了。"

"那你知道他是解天钧的人吗？"

他竟然知道。栗子瑶没想到唐明轩竟然知道陈绍洋的身份，此时此刻，在她的脑海里只有一个问题，唐明轩是怎么知道的？可她没有想到唐明轩的突然一击其实是在试探她，试探她的身份真伪。

"你俩以前认识吗？"

他为什么要这么问？是看出我和陈绍洋之间有什么问题了吗？一个又一个的问题随着唐明轩的问话在栗子瑶的脑子里萦绕着。

"你跟解天钧熟吗？"

他是在怀疑我吗？那又是怀疑我什么呢？栗子瑶想得越来越多，完全没有了解答的能力。

看到栗子瑶一直沉默不语，唐明轩叫道："子瑶，栗子瑶。"

"什么？"栗子瑶反应过来。

"你怎么了？"

"没事。你刚才说什么？"

唐明轩盯了栗子瑶一会儿："没事了，你出去吧。"

栗子瑶一句话没说，走了出去。

看着栗子瑶的背影，唐明轩阴沉着一张脸，眼神锐利。

"她什么都知道。"红衣女人从唐明轩的身后走出来，目光跟随着栗子瑶的身影，"是最好的隐藏者。"

"她跟刘队又是怎么回事？"唐明轩自言自语，"跟柯媛有关吗？"

红衣女人将目光移向唐明轩："后悔了？"

唐明轩看向红衣女人："我后悔什么？"

通透的玻璃窗，唐明轩的一举一动被姚伟和栗子瑶尽收眼底。他是在说话吗？他在跟谁说话？同时站在过道上的两人，相互对视一眼后又都看向唐明轩，心里都问着同样的问题。

"自言自语？"解天钧好奇。

姚伟点了点头，看了一眼坐在床沿边上的栗子瑶："我和栗子瑶都看到了。"

解天钧沉思不语。

"绍洋呢？"姚伟问。

"我让他去查点儿东西。"解天钧边说着边看了一眼栗子瑶，"去外地了。"

栗子瑶和解天钧的眼神对视上，瞬间想起陈绍洋曾经说过解天钧怀疑自己的事情。陈绍洋不在，是去调查自己吗？栗子瑶想着。

紧跟着，解天钧的声音再次传来："我在瑶瑶 2009 年的日记本里发现了点儿异样，让陈绍洋去查查怎么回事。"

听到陈绍洋是去调查解玮瑶和唐明轩，栗子瑶悬着的心放松了下来。

"哦？"姚伟说，"唐明轩的举动太不寻常了。"

话音刚落，从木地板的缝隙里传来一个熟悉的声音。姚伟和解天钧都一惊，栗子瑶见状也仔细听了起来。是唐明轩！三人互相对视着，仿佛眼神里都在说："他怎么会来这里？"但是没有人能够回答这个问题。

　　由于唱片店的格局特殊，楼上的人能听到楼下的声音，但是楼下的人听不到楼上的动静。可即便如此，或许是做贼的总会心虚，阁楼里的三个人此刻连大气都不敢出，更不敢发出一点动静。

　　"您要的那个唱片已经绝版了，要不您看看其他的吧。"老板说。

　　"不用了，谢谢。"唐明轩边说着，边环视着整间唱片店。仿佛是在看着货架上林林总总的各种 cd 和唱片，目光实际总是停留在店内的装修设计上。

　　"老板，您的这家店经营多久了？这么偏僻的地方还能有这么精致的一家老唱片店，算是闹中取静吧。"唐明轩问着，语气很客气。

　　"我不是老板，"店老板从容地回答着，"老板很多年前就移居国外了，平时就喜欢收集一些老古董。被国外的儿女接走时还对这家店依依不舍的，子女见老人这么不舍就保留了下来，雇佣我帮忙给看着。"

　　唐明轩笑着点了点头，又说道："我也算是这家店的老顾客了，上学的时候总来。"唐明轩刻意隐瞒了自己在这家唱片店打工的经历，也隐瞒下了在这家唱片店与解玮瑶邂逅的事情。

　　"是吗？"店老板应和着。

　　"嗯。"唐明轩说，"很多年没来了，这里都变样了。"

第十八章　还击　　　　　　　　　　　　　　　　　　　279

"对，之前是重新装修过。"

唐明轩不再问了，随手从货架上拿了一盘 cd，走到收银台前："这个。谢谢。"付完钱，走出了唱片店。

"走了。"栗子瑶向窗外看了一眼，"他怎么知道这家唱片店？"

"这是瑶瑶和他相遇的地方。"解天钧想了起来。

"他不会看出了什么吧？"栗子瑶又走回来，脸上沉重的神色变得明显。想到昨天唐明轩问的那几个问题，强烈的敏感度让她觉得唐明轩一定察觉到了什么。

姚伟沉思状，双手抱胸靠着桌边："但愿不会。"语气略显无力，看了一眼解天钧，"你怎么看？有什么想法吗？"

"等等洋子吧。"充满无奈的一句话从解天钧嘴里说出来，竟与他平时的做事风格那么不相称。

从唱片店出来，栗子瑶拦下一辆出租车驶离了巷子。车刚开出去不久，一辆白色私家车尾随跟上了出租车。

出租车一路行驶，白色私家车一路尾随。

唐明轩跟了两条街，发现栗子瑶所去的方向正是自己家的方向，直到看到出租车停在自己门口，看到栗子瑶从车上走下来，按响了别墅的门铃，亲眼看到柯媛开门，栗子瑶走了进去才调头离开。

唐明轩把车停在路边，车尾和车头的双闪灯一亮一灭。一双涂着艳红色指甲油的手搭在了唐明轩的肩膀上，一张红艳的双唇出现在唐明轩的耳边。

"她对我们有了戒备心。"红衣女人的手在唐明轩的肩上挪动着，直到抚上脸颊。

轻柔的动作，带着冰凉的温度，在唐明轩的脸颊上滑动着，痒痒的。唐明轩不为所动，靠着座椅背直视着前方，像是在想什么。

红衣女人的手指在唐明轩的耳廓滑着，"其实也不是没办法。"红艳的双唇附耳说道，一股暖气流入耳蜗内。唐明轩顿感背部有什么东西向脖颈处缓缓地爬着，痒痒的，浑身一个激灵，动作轻微。

华灯初上，冗长的巷子，一排排的路灯垂直地照着水泥地面。夜幕渐渐降临，寂静的巷子人烟稀少，店铺内墙壁上的挂钟也将指针指向深夜。随着其他店铺的关门声，唱片店也拉上栅栏，从内侧锁上了门。

昏黄的路灯下，在唱片店正对的方向一个黑影直视着黑暗的店内。透过路灯隐约可以看到店里的情况，只见店老板推开墙壁上的一扇门，走了进去。

"这是我从孤儿院查到的，还有这张全家福照片。"陈绍洋把一张照片放到桌子上，推到解天钧的面前。

姚伟走上前，拿起照片仔细地看着："唐明轩是双胞胎？"

"对。"陈绍洋继续讲述调查到的事实，"唐明轩大概5岁的时候，家里着了一场火，父母都在那场火里丧生，而弟弟也在那时失踪了。当年警方经过调查发现是一起人为纵火，可是调查了很长时间都找不到纵火的犯罪嫌疑人。而且据当时的邻居说唐明轩他们家没有什么仇人，不可能是有人报复。

"后来，唐明轩被送进了孤儿院。唐明轩很听话，学习成绩也很好，上了高中之后就一直住校很少再回孤儿院了，考上大学之后就再没有回去过。"

"能找到那场大火的相关资料吗？"解天钧问。

陈绍洋摇摇头："都二十年了，很难。虽然那场大火很受媒体关注，可是谁家会存一份二十年前的报纸。而且，还是九几年的事情，不像现在网络这么发达。"

姚伟点头表示认同。

解天钧看着照片不发一语。

"唐明轩的弟弟后来找到了吗？"解天钧突然问。

"没有。"

"你怎么看？"解天钧问姚伟。

姚伟推了推鼻梁上的眼睛，又重新拿起照片看着，说："5岁大的孩子多少也有些记忆了，只要他也同样被孤儿院收养就能够找到相关记录，不过等同于大海捞针。可万一他没有被孤儿院收养，找到他的概率是零。还得从唐明轩入手，但也并不代表就放弃，可以通过警方试试。"

解天钧眼睛突然一亮，他想到了刘队。

"洋子，你明天带着这张照片去找刘队。"

"知道了。"陈绍洋说着收起照片。

唱片店外，路灯下的黑影已经消失，垂直的灯光下只剩下三颗烟蒂。"哗啦"一声，栅栏门被拉开，陈绍洋和姚伟先后从里面走出来。两人并肩一起走到巷口后，分道扬镳。

第二天一早陈绍洋就到了刑警队找刘队，把全家福的照片交给了刘队。看着照片上一模一样的两个孩子，刘队抬眼看了看陈绍洋和姚伟，放下照片："行了，我知道了，谢谢你们提供信息。"

"刘队，天钧的案子有什么进展吗？"姚伟问。

"不方便透露。"刘队把照片夹在本子里，"不过你放心，我们一定给死者家属……给你们一个交代。"

对于刘队的态度，陈绍洋有些看不下去："刘队，我知道在您眼里我们不是什么好人，但是你也不能这种态度吧？"

"在我眼里没有好人坏人之分，只有守法不守法之分。"

陈绍洋还想说话，姚伟拦住了他，说道："那我们等您的消息。"

送走姚伟和陈绍洋，刘队又重新拿出了那张全家福照片，呢喃着："难道那些案子都是他做的？"

"刘队，嘟囔什么呢？"警员问道。

刘队转头看向来人，立刻问道："鉴定结果出来了吗？"

"鉴定？什么鉴定？"

"睡醒了吗？"刘队拍了拍警员还带有睡意的脸。

刘队摇着手里的照片，警员接过照片看了一眼瞬间反应过来，忙说道："DNA 比对呀。说是今天出，我去问问。"说完，急忙转身走出了办公室。

"快去"两个字还没说出口，小警员已经消失得无影无踪。

车水马龙的街道，看似宁静安详的城市却隐藏着恐慌。连日来发生的多起女性被害案件让刘队等人的工作更加繁重，连轴转的工作量让每个人身上都像是背着一座大山，而在刘队身上除了背着大山，在他的心里还装着一个千斤重的秤砣，压得……

……只有书房里的台灯亮着，微弱的灯光映在窗户上。

姚伟坐在电脑前，镜片上映出电脑显示器上的画面。突然，一声闷响从楼下传来，姚伟下意识地警觉起来。

柯媛站在阳台上，抬头看着天幕上挂着的月亮，唐明轩从身后抱住，没有防备的她被吓了一跳，身体过激的反应让唐明轩手足无措。

"吓着你啦。"唐明轩投以关切的目光，双手打算握住柯媛的双臂。

柯媛向后退了一步，逃出了唐明轩伸过来的双手。

看到柯媛的反应，唐明轩表现得镇定，放下了双手。"柯媛，你已经很多天没理过我了。我知道孩子没了你很伤心，我也一样。可是……"

"我困了。"柯媛打断唐明轩的话，走进了屋里。

唐明轩跟进屋子，从身后紧紧抱住柯媛，不顾柯媛的挣扎越抱越紧："柯媛，我不想看到你这个样子，我求你别这么折磨自己，好吗？你跟我说说话，我受不了你一句话不说的样子，受不了这么安静的家。"

见无法挣脱，柯媛垂下了手臂，任由唐明轩就那样地抱着，也不再刻意躲避他。熟悉的味道扑鼻而来，柯媛鼻头发酸，眼泪滑过脸颊滴在了唐明轩的手臂上。

月光照进阁楼，解天钧躺在床上注视着。这时，手机突然响了两声，解天钧坐起身向桌子看了一眼，手机屏幕的灯光垂直射向天花板。

解天钧没有马上查看手机，而是对着手机看了一会儿，直到手机上的光线消失，依旧不敢动一下。不知为何，在解天钧心里有一种说不出来的感觉，心慌不已。就这样定定地看着手机，像时间静止般不知道过了多久。

手机再次响起，不间断的铃声充斥只有十几平米的寂静房间，被突如其来的铃声吓了一跳，解天钧才醒转过来。

拿起手机，看了一眼来电显示，姚伟的名字映入眼帘。

"喂。"

手机内，只是有沉重的呼吸声，没有人回应。

解天钧又叫道："喂，伟哥。"

依旧是沉重的呼吸声。

解天钧的心顿时提了起来，心脏的快速跳动让呼吸也紧跟着变得急促起来，不祥的预感油然而生。就在要继续追问时，对方挂断了电话。

想到刚才手机信息的提示音，解天钧马上打开收到的信息，一张可怖的照片出现在手机屏幕上，姚伟全身是血地躺在地上，生死不明。

解天钧震惊，不敢相信看到的画面。

第十九章　答案

楼下的闷响让姚伟警觉了起来，他看了一眼手表已近深夜，神情开始变得紧张。姚伟起身走到书房门口，拉开一条门缝又先仔细听了一阵，闷响声消失。就在要关上门重新回到电脑前时，又一声闷响传来。这时姚伟确定家里进来了人，会是谁？小偷吗？没有多想，姚伟回头望了一眼，看到书架上摆放的工艺品，快步走到书架前随手拿起其中一个就走出了书房。

姚伟边向楼下走，边打开走廊上的灯，直到走到客厅，整栋别墅变得亮堂起来。看到客厅里空无一人，门窗也没有任何异样，姚伟开始察看每个房间。楼上楼下察看一番之后，也没有发现有人闯入过的痕迹。姚伟怀疑是自己听错了，正要转身关灯上楼时，忽觉一阵风从背后吹过，不等回头姚伟就被一棒击倒在地。头部的剧痛让姚伟躺在地上难以起身。

逆光望去，一个穿着黑色外套、戴着黑色口罩和鸭舌帽的男人站在灯光下，棒球棍再次向自己挥了下来，又一次重重地落在头部，这次鲜血喷溅在了墙壁和地面上。

陷入昏迷后的姚伟醒转过来时，只见黑衣男人正坐在沙发上，拿着手机在摆弄什么。看到姚伟醒来，男人起身走了过来，把手机放在了他的耳边。姚伟清楚地听到电话里传出解天钧的声音，可是伤势太重他无法和解天钧对话。

黑衣男人挂断了电话，把手机扔到了一边，摘下口罩，一张熟悉的脸出现在眼前。姚伟的脸上虽然布满血迹，但看到这张熟悉的脸孔时还是露出了震惊的神情。

此时，黑衣男人从身后抽出一把军刀，毫不犹豫地向姚伟的心脏刺去。弥留之际，姚伟从黑衣人的脸上看到了诡异的笑容。

当解天钧赶到现场时，整栋别墅已拉起警戒线，警方的工作人员进进出出忙碌着。陈绍洋看到解天钧，急忙迎上来："大哥。"说着，试图把解天钧拦在门外。

"怎么样了？"解天钧镇定地问。

陈绍洋不知道该怎么回答，欲言又止的样子看得人心急。

"我想到结果了，你就直说吧。"

陈绍洋看着解天钧，犹豫了一下，刚张了张嘴话还没说出口，就听到身后一个声音传了过来："你来啦。"

闻声望去，刘队正站在身后。"出去聊聊吧。"对解天钧的突然出现刘队并不感到意外。可是，由于记挂姚伟，解天钧没有注意到这一点。陈绍洋倒是想问，看到现场混乱的样子，话到嘴边又咽了回去。

刘队在前，解天钧跟在后面走到院子里。

"最近有没有发现什么人跟踪你们？"刘队开门见山地问。

解天钧不假思索地回答："没有。"

"别着急回答，好好想想。"

"不用想，没有。"解天钧笃定。

"凶手很残忍，姚伟有跟人结仇吗？"

"没有。"

"你有没有怀疑的对象？"

"有。"

"都有谁？"

"唐明轩。"

"除了他。"

解天钧没有回答，沉思了一会儿，说道："你是不是早就知道我没死？"

"回答问题，还有没有其他人？"刘队不理会解天钧的问话。

"即使有也都是直接冲我来，谁敢动我身边的人。"解天钧没有正面回答刘队的问题。

刘队停住写字的手，抬起头："解天钧，你的问题我们会再找你。现在先说说这件案子。姚伟临死前给你打过一个电话，他都跟你说什么了？"

"什么也没说。"

"什么也没说？"

"电话里只有他沉重的呼吸声，我怀疑不是他亲自打给我的。"

刘队继续在本子上做着记录。

"这段日子你都在哪儿？"

"你是什么时候知道我没死的？"终于问到了解天钧最关心的话题上，他反问道。

刘队没有回答他的问题，而是继续问道："在这期间有没有发生什么可疑的事？"

解天钧看他一直不回答自己的问题，索性不再追问，决定先配合他的工作。"在老城巷子里我有一间唱片店，我一直在那里……"解天钧把自己如何对外宣称自己死亡，又如何到唱片店养伤等这段时间发生的所有事情一五一十地跟刘队讲述着，"……大概三天前，唐明轩来过一次唱片店。当时我、姚伟还有栗子瑶就在楼上……"解天钧把唐明轩和店老板的对话大致说了一遍，顿时想起当时姚伟还用录音笔做了录音，忙问道："对，录音笔。"

"什么录音笔？"

"当时姚伟用录音笔录下了唐明轩和老王的对话，正好录下的是唐明轩跟老王说自己是老顾客，还问了老王关于唱片店装修和老板的事。"

话音刚落，鉴定科的警员叫道："刘队，你来一下。"

刘队合上记事本，向别墅内走去。

电脑前，搜证人员挪动着鼠标，显示器上出现一张张照片。刘队左手扶着桌沿，弯腰看着显示器上的照片："都是唐明轩。"

"您再看这几张。"说着，搜证人员打开了另外一个文件夹。显示器上迅速出现五张唐明轩和一个黑衣男人站在路灯下的照片。

"拿上电脑，跟我来。"

说完，刘队走出了书房，又来到院子里。

"这个笔记本电脑是谁的？"刘队问。

"姚伟的。"解天钧看了一眼笔记本电脑，回答。

"你们一直在跟踪唐明轩吗？"

"对。"

"照片是谁拍的？"

"是我。"陈绍洋接道。

"都是什么时候拍的？"

"那上面不是都有时间嘛。"陈绍洋没有直接回答，刘队也没再追问。

刘队在电脑的感应器上点了两下，屏幕上出现唐明轩和黑衣男人的照片，问道："这个也是你拍的吗？"

陈绍洋走上前看了看，摇头说："不是。"

"姚伟有没有跟你们提过照片里的这个黑衣男人？"

解天钧和陈绍洋都摇了摇头，表示没有。

刘队示意警员把电脑拿走，又说道："看来，他是查到了些什么，而没有告诉你们。"

"这个人是谁？"栗子瑶看着照片里的黑衣男人，问道。

刘队没有直接回答，而是又拿出了另外一张照片，正是唐明轩的那张全家福。

栗子瑶拿起照片仔细端详着："这照片里的孩子怎么看着那么眼熟啊。"

"这是唐明轩家的一张全家福，陈绍洋和姚伟送过来的。"

栗子瑶惊讶："你怀疑那个黑衣男人是……"

刘队点了点头。

"从身高来看，这个黑衣男人和唐明轩的身高相同，体型也跟唐明轩接近，虽然看不清相貌，但唐明轩小时候的遭遇让我不得不怀疑这个黑衣男人就是他的双胞胎弟弟。叫什么无从得知，也就是说唐明轩早就找到了他弟弟。如果真是这样，那么解玮瑶、黄锡伦的被杀以及解天钧的被袭，都是这个人所为，唐明轩的不在场证明就是成立的。"

"如果真像你说的，那么姚伟的死也是他弟弟所为，唐明轩的不在场证明继续成立，而柯嫒第四次成为了他的证人。"

刘队认同地点着头。

"可是，要怎么证明这个人就是唐明轩的弟弟？"栗子瑶问道。

刘队从包里拿出一份鉴定报告，递上前："我们还是比较幸运的，在最近发生的三起女性被害案中，在其中一个女受害者的指甲里我们找到了一些皮屑组织，经过比对发现这个凶手的DNA和一个人的DNA相似，法医推断这两个人有血缘关系。"

栗子瑶立刻想到了唐明轩，几乎是脱口而出："唐明轩。"

刘队的脸上露出了笑容。

"那现在怎么办？"

刘队刚浮现笑容的脸立刻又沉了下来："我们需要谨慎，不能打草惊蛇。现在，柯嫒还在唐明轩的手上，如果贸然行动柯嫒就会有危险。而且，眼下的证据还不足以证明唐明轩参与杀人。假如我们推断的没错，就是唐明轩制订计划，他弟弟具体实施。可是，杀人动机不明，证据链也没有。即使抓了，也很难定罪，甚至有可能会出现翻供。"

"那如果以这三起女性被害案逮捕唐明轩的弟弟呢？"

"行不通。我们不知道他藏在哪里，只有唐明轩知道。"

两个人都静默不语，目光都看向桌子上的两张照片，看着全家福里长得一模一样的两个孩子，盯了一会儿终于让栗子瑶发现了问题。

陈绍洋把一杯水递给解天钧，接过水，解天钧没有喝放在了茶几上。"姚伟的录音笔你还记得吗？警方没有在家里找到他的录音笔，他会放在哪儿呢？"解天钧像是在自言自语，又像是在问陈绍洋。

陈绍洋坐在沙发上，思忖了一会儿："会不会是在公司里？"

解天钧抬头，陈绍洋继续说："唐明轩开除了我，可是并没有开除姚伟。会不会在公司里？"

"有可能。"解天钧认同着，"但现在我们两个都不方便回公司。"

"我去找栗子瑶。"陈绍洋提议道。

解天钧点头表示同意。

栗子瑶接到陈绍洋的电话时，正在跟刘队分析着唐明轩的那张全家福。看到是陈绍洋来电，栗子瑶没有马上接，而是先看了一眼刘队。刘队示意她接听后，才接起了电话。"喂。"栗子瑶故意打着哈欠，模仿被半夜吵醒的语气。

电话里传出陈绍洋充满歉意的声音："这么晚了还吵醒你，不好意思。"

"没事。"栗子瑶又打了个哈欠，问道，"有事儿？"

"有件事想拜托你……"陈绍洋把让她去姚伟办公室找一支录音笔的事情告诉她。

"好，我知道了，"栗子瑶挂断电话，问道，"你们没在案发现场找到姚伟的录音笔吗？"

刘队摇摇头，问道："怎么了？"

"陈绍洋刚刚给我打电话，说姚伟的录音笔可能在公司，他和解天钧都不方便回公司，让我明天到姚伟的办公室找一找。"

刘队抬头看了一眼墙上的挂钟，指针已经指向凌晨三点，想了想说道："还有两三个小时天就亮了，天亮之后你马上去公司。"

"那你呢？"

刘队把照片和鉴定报告放回到包里："我去家里找唐明轩。"

栗子瑶"嗯"了一声，点了点头。

静默一阵，栗子瑶突然问："您怎么想到把凶手的 DNA 跟唐明轩的 DNA 做对比的？"

刘队笑了笑，说："鬼使神差。"

栗子瑶诧异地看了刘队一会儿，也笑了起来。

唐明轩刚打开房门准备关门，就听到身后传来一个男人的声音："上班去呀？"

闻声回头，只见刘队正站在院子里，只有他一个人。"刘队，有事吗？"唐明轩边说着边走上前。

自从唐明轩从经侦被保释出来之后，他再未见过他。柯媛出事那天晚上听到栗子瑶讲述唐明轩的变化之后，刘队一开始还心有疑虑，现在真正面对他时，那股让柯媛和栗子瑶都感到的冰冷，的确让人觉得后背发凉。

一瞬间，刘队竟不敢对视上唐明轩的目光。

"方便聊两句吗？"刘队正言道。

唐明轩犹豫了一下，侧身伸手示意刘队进屋。

两人一进屋，柯嫒听到关门声，从二楼走了下来。看到唐明轩走进客厅，正准备问话，就看到刘队紧跟着走了进来："刘队？"

刘队向柯嫒望去："身体好些了吗？"

说话间，柯嫒已经走到跟前，微笑道："好多了。"

"坐吧。"唐明轩说道，"刘队这么早来，是有什么事吗？"

柯嫒转身去倒水，刘队的目光在柯嫒的身上停留了一会儿，才坐在了沙发上："昨晚你在哪儿？"

唐明轩听出问话中不善的意味，反问道："您是在审问我吗？"

刘队轻咳一声，柯嫒已经端着一杯水走了过来。刘队没有回答，迟疑了一下，等到柯嫒把水杯放在茶几上，待她坐定才说道："昨晚姚伟被杀了。"

听到姚伟被杀，柯嫒震惊："什么？"

"我是犯罪嫌疑人，对吗？"唐明轩倒是表现得镇定自若。

"每个和姚伟有关的人都是我们调查的对象。"刘队说着官方话，又重复刚才的问话，"昨晚你在哪儿？"

"在家。"

"几点？"

"七点下班后一直在家，柯嫒可以为我证明。"说着，唐明轩把目光移向恍惚的柯嫒，伸手握住她的手。

果然又是利用柯媛做了他的不在场证明，刘队心里想。"中间没有出去过吗？"说着，将目光移向柯媛。

　　柯媛还沉浸在听到姚伟被杀的消息里，神情恍惚，目光闪烁，低着头，没有听到刘队的问话。

　　唐明轩知道刘队这句话表面上是在问自己，其实是在向柯媛求证。"没有。"唐明轩干脆地回答。

　　"柯媛？"刘队叫了一声。

　　柯媛猛地抬头："啊？"

　　"没事吧？"

　　柯媛转头看了一眼也注视着自己的唐明轩，回答："没，没事。"

　　栗子瑶一走进公司就直奔姚伟的办公室，还不到上班时间，公司里空无一人。栗子瑶在姚伟办公室里翻找了一阵，什么也没找到，空着手走了出来。

　　刚从唐明轩家走出来，刘队就接到了栗子瑶的电话。电话里栗子瑶把没有找到录音笔的事情向刘队做了汇报后问道："您那边怎么样？"

　　刘队叹了一口气："正如我们所说的，唐明轩又一次成功地让柯媛成为了他的不在场证明。但是，他在这里面起着怎样的作用，我们还没有确凿的证据证明。"

　　"柯媛怎么样？"

　　"听到姚伟被杀的消息后，情绪不太好。"刘队沉默了几秒钟，又说道，"我总觉得柯媛隐瞒了什么？因为唐明轩在场又不方便说。"

"那我晚上找柯媛聊聊，看能……"

栗子瑶话没说完，就被刘队打断："先不急，别引起唐明轩的怀疑。"

"你说，录音笔会不会已经被唐明轩拿走了？"栗子瑶问道。

"不排除这种可能。"

刘队还想再说话，只听手机里传出"嘟嘟"声，随即传来栗子瑶的声音："陈绍洋打电话进来，先不说了。"

"好。"

栗子瑶挂断刘队的电话，接起了陈绍洋的电话："喂。办公室里没有，你确定他没带在身上吗？家里呢，有没有？再仔细找找。"

"家里现在还被警方封锁着，很难进去。"陈绍洋看了一眼解天钧，回道。

解天钧盯着陈绍洋，目光充满渴望的神色，希望能够从他的嘴里听到录音笔被找到的好消息。可是，听到陈绍洋把话题岔开，便知道栗子瑶没有在公司里找到，眼神变得暗淡。

"嗵"，几秒钟的手起石落，一个精致的录音笔变得粉碎。看着地上的碎片，唐明轩阴冷着一张脸说道："真没想到解天钧会来这一招。"

唐明硕站起身，把石头扔到一边："真没想到你比我还狠。"说着，嘴角勾起一抹微笑。"姚伟死了，下一个该解天钧了吧。你不是早就想让他消失吗？上次让他躲过一劫，这次打算怎么办？"唐明轩边擦刀边说着。

唐明轩没有回答，而是直接把一个大信封放在了桌子上。唐明硕扫了一眼，继续擦着刀，问道："口述就行。"

"这里面是一些钱，在警方找到你之前，赶紧离开这里。"

"又想抛弃我？"

"不是。"唐明轩说，"我是为你好，你身上背着太多案子，警方迟早有一天会找到你。你总不能躲一辈子吧？离开这里，不管你去哪里，重新换一个身份，好好生活。"

唐明硕放下刀，扑哧一声笑了："重新换一个身份。好好生活。"说着，拿起大信封，打开看了一眼，"你早干吗去了！我不需要这些。"

"需不需要是你的事，我只管给。"

"当"，亮晃晃的刀插在了桌子上。唐明硕用凶恶的目光瞪视着唐明轩："你要真想给，就把我该拥有的回忆，却被你剥夺的那些过去还给我。"

唐明轩被说得哑口无言。

"没找到你之前我就被警方通缉，躲了这么多年，早习惯了这种日子。"唐明硕从桌子上拔下刀，插进腰间的刀套里，"你还是担心你自己吧。"

"只要你没事，我就没事。"

"我没事，你就没事。"唐明硕仔细琢磨着这句话，又看了一眼桌上的大信封，"我明白了，你是在用钱封我的口，这是封口费。也对，我一旦被抓肯定会供出你，早做打算是吧？唐明轩，你这样多不保险啊。想让一个人闭嘴，唯一的办法就是让他永远都不能说话，人间蒸发。"

唐明硕最后四个字说得诡异。

"明硕，你误会了，我不是这个意思。我是真的……"

唐明硕拿起大信封，拍在唐明轩胸前，打断他的话："我不管你真还是假，拿回你的钱，我不需要。"最后"不需要"三个字说得铿锵有力。

唐明轩接过钱，叹道："这笔钱我给你留着，需要时告诉我。"

正要离开时，再次传来唐明硕冰冷的声音："等一下。"

唐明轩转身。

"你让我跟踪的那个人，"唐明硕递上照片，"你自己看看吧。"

唐明轩见他缄默不语，接过照片自己翻阅起来。一开始还眉头舒展，当越往后翻时，眉头开始微促起来。

柯媛坐在客厅里看书，眼睛时不时地扫向钟表，已经快11点了，见唐明轩还不回来正准备起身去餐厅收拾碗筷时，房门处传来开门的声音。

柯媛站在客厅，看着唐明轩走进来，说道："这么晚。"

唐明轩关门，没有回答。

"饭凉了，我去给你热一下。"

唐明轩也不看柯媛，径自从她面前走过，冷冷地放下一句话："不用了。"便直接上了楼。

看着唐明轩的背影，柯媛不知所措。如果是放在以前，她绝对会追上去问他发生了什么事。但现在她害怕靠近他，见他不开心也不会再关心，见他沉思不语也不再询问什么事。两个人之间变得越来越陌生，柯媛开始有了搬出去的想法。

见唐明轩从卧室出来之后就把自己关进了书房，柯媛端了一杯水推开了书房的门。唐明轩听到开门声，转头看了一眼柯媛，没有说话又把脸转向了窗户，望着窗外。

柯媛把水放在桌子上，站在原地小心翼翼地说道："明轩，我想跟你说件事。"

唐明轩还是不说话。

"我想去栗子瑶家住两天，她这几天身体不舒服，让我去陪陪她。"

唐明轩还是不回应，柯媛身子微微向右侧了侧，看着窗户上映出唐明轩的冰冷脸色，不敢再说话。

书房里的空气变得压抑，让柯媛开始有些喘不过气来，想到那次见到唐明轩自言自语，不知道这个时候，面前的这个人是不是唐明轩，柯媛更小心说话了："明轩，我……"

话还没说出口，唐明轩终于有了反应："栗子瑶还好吗？"

"什么？"柯媛惊诧。

唐明轩转过身，刚才冰冷的脸色已经不见，微笑地问："你不是说栗子瑶身体不舒服吗？她怎么了？还好吗？"

柯媛见唐明轩笑了，悬着的心稍微放松下来："啊，就是感冒了，病毒性的。她在这边不是没什么人嘛，我去照顾她几天。"

"好啊。"说着，唐明轩走到柯媛跟前，速度之快出乎她的意料，"去吧。前段时间你流产后也是她照顾你，我们还没好好谢谢人家呢。"

柯媛盯着唐明轩的眼睛，仿佛要把他看穿，想要仔细看看此时的唐明轩是不是自己认识的那个细心、温柔、体贴的丈夫。

唐明轩不躲避柯媛的眼神，也定定地看着柯媛，右手伸向桌子上的水杯。

"那我明天就去了，这些天我不在家，你照顾好自己。"

唐明轩转移目光，端起水杯喝了一口，笑道："好。"

"很晚了，早点休息，别忙太晚，我先睡了。"说完，转身就往门口走。

书房内压抑的空气让她喘不过气来，早就想赶快逃离这个房间，不敢再面对唐明轩。"柯媛。"刚走出一步，唐明轩的声音从身后传来。

柯媛一怔，没有转身，而是像石柱般伫足。唐明轩走到柯媛身后，双手放在柯媛的肩膀上。对于唐明轩的举动，柯媛本想躲闪，又害怕让唐明轩起疑，只好身体僵直地站着不动。

"你跟刑警队的刘警官很熟吗？"唐明轩问。

柯媛快速地思考着唐明轩为什么突然间问这个问题。

思忖间，唐明轩走到面前："你跟刘警官是什么关系啊？我怎么没听你提过？"

"我，他，"柯媛吞吞吐吐了一会儿，故作镇定，"他不是负责解玮瑶的案子嘛，你忘啦？"

"我没忘，"唐明轩的语气变得阴沉，"我是问，在瑶瑶的案子之前，你们是什么关系？你们认识吗？"

唐明轩的目光让柯媛不敢直视，忙低下头："我们……不认识。"

唐明轩露出厌恶的表情，和上次去栗子瑶家接柯媛时一样，极致的厌恶。柯媛感到肩膀被捏得很疼，眉头微皱，说道："明轩，你捏疼我了。"

只是，无论柯媛怎么请求，唐明轩都没有要放手的意思。没有任何感情的眼神、极度厌恶的身影，手背上凸显的血管，柯媛被他抓得更紧。

这时，柯媛才抬起头，熟悉的面孔映入眼帘，除了惊恐再也说不出一句话来。

第二十章　救赎

　　唐明轩翻着照片，唐明硕坐在床上，一只脚蹬在床边，另一只脚着地，靠着床头："最近栗子瑶除了去陈绍洋的家之外，就是去找这个警察。而且，有几次你老婆也都在场。"

　　看着照片上的柯媛，唐明轩说不出话。

　　"喂，"唐明硕叫了他一声，继续道，"她早就该是个死人了。她该不会出卖你吧？"

　　唐明轩把照片扔在桌子上："她不会。"

　　红衣女人看了一眼照片，说道："你怎么知道她不会？"

　　唐明硕问道："你怎么知道她不会？"

　　唐明轩被问得哑口无言。

　　"告诉他，让他今晚代替你回家，就像上次你去接柯媛一样。"红衣女人凑到唐明轩耳边，指示着。

　　"不行。"唐明轩脱口而出。

　　唐明硕疑惑地看向唐明轩："什么？"

"只有这样才能知道她有没有出卖你。"红衣女人继续教唆着。

"我做不到。"唐明轩继续说着。

看到唐明轩异样的神情，唐明硕觉得他不是在对自己说话，便起身向唐明轩走过去："喂，你没事吧？"

红衣女人看了一眼唐明硕，又对唐明轩下令道："你已经做过一次了，还有什么做不到的。如果你能忍心看柯媛受苦，并能从她嘴里问出想要的答案，你可以不做。可惜你不能。"

唐明硕伸手要拍上唐明轩的肩膀，唐明轩呆滞恍惚的目光突然移向自己，猛然抓住了唐明硕伸过来的手："你去。"

被唐明轩这么一拽，唐明硕倒是被吓了一跳，怔怔地看着他。只见，恍惚的眼神变得坚定："像上次一样，你去找柯媛，问她。"

唐明硕注视着唐明轩，不再说话。

"你跟刘警官什么关系？"唐明硕盯着柯媛，问道。

唐明硕露出厌恶的表情，和上次去栗子瑶家接柯媛时一样，极致的厌恶。柯媛感到肩膀被捏得很疼，眉头微皱，说道："明轩，你捏疼我了。"

只是，无论柯媛怎么请求，唐明硕都没有要放手的意思。没有任何感情的眼神、极致厌恶的身影，手背上凸显的血管，柯媛被他抓得更紧。

这时，柯媛才抬起头，熟悉的面孔映入眼帘，惊恐地看着眼前的男人，嘴唇抽动了几次，终于说出了心存许久的疑问："你不是唐明轩。"

唐明硕露出狡黠的笑容，没有回答柯媛的问题，只是将捏着她肩膀的右手伸向脑后，用力一捏，柯媛便不省人事。

柯媛被唐明硕扛在肩头，带出了别墅。

见唐明硕把柯媛带了回来，唐明轩立刻大发雷霆。唐明硕不理会唐明轩的怒气，自顾自地把柯媛捆绑起来，扔在床上。

"别那么多废话。"唐明硕猛地转身，制止唐明轩的喧闹，"我只管劫不管问。你想知道什么，想问什么，自己来！"

"你……"唐明轩气得说不出一句话来。

唐明硕拿起桌子上的鸭舌帽，戴在头上："你放心，我不会偷听的。"说完，摔门走了出去。

唐明轩看着躺在床上的柯媛，不知所措。

红衣女人站在床边，看着床上昏迷不醒的柯媛，笑道："这么看，这个女人的确是个美人，难怪你舍不得呢？"

唐明轩走到床边，没有解开柯媛，而是把她重新调整了一下姿势，好让她睡得舒服。

"她跟解玮瑶比，哪个漂亮？"红衣女人玩味地问。

唐明轩不理她，拉过桌边的椅子，坐了下来，注视着柯媛。

入秋后的第一场大风吹得窗户呼呼地响，柯媛被这声音吵醒，顿感脑后有些酸痛，想伸展手脚又无法动弹。待完全醒来察看怎么回事时，才发现自己四肢都被绑着。环视了一圈房间，惊觉自己陷入了危险，开始想办法逃离。可是，无论怎么挣脱绑在手腕处的绳子，都无济于事。

不知自己身在何处，想要喊救命又怕惊动对方，柯媛欲哭无泪。

一夜的大风让整座城市平添了凉意，栗子瑶刚走出家门就收到了一条信息，是一个陌生号码发来的短信。

栗子瑶看了一眼短信提示是一张照片，没有多想便划开手机锁屏，一张柯媛被捆绑的照片出现在手机屏幕上。看着照片里的柯媛，栗子瑶慌了。与此同时，解天钧、陈绍洋和刘队都收到了相同的短信。

来不及多想，栗子瑶先试着拨打柯媛的手机，始终无人接听。这时，刘队的电话打了进来："柯媛是怎么回事？"

"我也不知道。"栗子瑶着急地回道。

"你现在在哪儿？"

"在家。"

话音刚落，陈绍洋的电话打了进来。栗子瑶看了一眼手机，回道："陈绍洋打电话给我。"

"你马上回公司看看唐明轩在不在，我去他家看看。先挂了。"不等栗子瑶回复，刘队挂断了电话。

栗子瑶接通陈绍洋的电话，还没开口就听到电话里陈绍洋急切的呵斥声："刚才给谁打电话，这么久才接！"

栗子瑶顾不得反驳，问道："怎么了？"

"柯媛是怎么回事？"陈绍洋问。

栗子瑶没有想到陈绍洋会问和刘队一样的问题，迟疑了几秒恍然间明白过来："你也收到了？"

"我和大哥都收到了，"陈绍洋问，"你在哪儿？"

"在家。准备去公司。"

"不用去了，唐明轩肯定不在公司。"

栗子瑶不知道陈绍洋怎么会这么肯定，问道："什么意思？"

"你马上来我家。"陈绍洋没有回答问题，也不等栗子瑶说话就挂断了电话。

刘队使劲拍打着房门，始终无人应门。无计可施，只好绕到房后，透过窗户察看屋内的情况。贴着窗户望了一阵，刘队确定唐明轩也不在家，只好作罢。

离开柯嫒家，刘队开着车疾驰在马路上，想到照片里柯嫒被捆绑的样子，心里更急。他答应过柯嫒的大哥要照顾好这个妹妹，可是现在却让她陷入危险，还不知道她身在何处。这时扔在副驾驶位上的手机响起，刘队拿起手机看到是队里的座机号码，忙接通："怎么样？查到了吗？"

"刘队，查到了。是一个本市的号码，登记人是唐明轩。"

"能追踪到具体位置吗？"

"不行。这个号码好像是发完信息之后就关机了。不过，我们查到这个号码不只给你发过信息，它还把这张照片同时发送给另外三个号码。那三个号码我们也调查了，分别是解天钧、陈绍洋和栗子瑶。"

"追踪唐明轩的电话号码。这个关机了，他常用的那个应该不会。"

"知道了。"

挂断队里的电话，似乎找到了方向，刘队又拨通了栗子瑶的电话："你到公司了吗？"

不知电话里栗子瑶说了什么，刘队的脸色变得凝重，只说道："好，我马上过去。"

一路直行，刘队直奔陈绍洋的家而去。

栗子瑶放下手机，看向解天钧："你是什么时候知道我的身份的？"

解天钧叹了口气："现在不是谈这个问题的时候，还是想想怎么救柯媛吧。"

"你跟柯媛是什么关系？"

"刘队没跟你说过吗？"解天钧反问。

栗子瑶摇了摇头。

"那还是让刘队亲口跟你说吧，"解天钧说，"其实，说实话我也不知道自己跟柯媛之间有什么关系。我只是受人之托忠人之事，至于我跟柯媛之间到底有什么样的瓜葛，等这件事结束之后，我得好好查查。你最好也问问刘队，他可能知道得最清楚。"

门铃响起，陈绍洋起身去开门。

刘队走进屋，看到解天钧和栗子瑶，清楚了一切。

"来商量一下对策吧。"解天钧坐在了沙发上。

刘队走近，看了栗子瑶一眼，坐在了沙发上："等一下，我们已经在追踪唐明轩的电话号码了。很快就会有消息。"

"唐明轩的手机应该关机了，很难追踪到的，"解天钧说，"他给我发了信息之后，我就拨打了电话，对方关机。"

"发信息的这个号码肯定是处于关机状态，但唐明轩常用的手机未必。"

"我说的就是唐明轩常用的手机，"解天钧继续道，"收到照片之后我就想到了唐明轩，所以试着打了电话。"

刘队沉默不语，他相信唐明轩还会再开机，如果他真的爱柯媛的话。

"洋子。"解天钧示意陈绍洋把东西拿给刘队。

陈绍洋领会，从电视柜的抽屉里拿出了一叠资料，还有解玮瑶的一个日记本。放到刘队面前的茶几上。

"养伤那段日子我一直在看瑶瑶写的那些日记，其中在2009年的那本日记里我发现了点儿东西，所以前段时间我跟洋子回了一趟唐明轩的家乡，查到了些东西。"刘队翻看着资料，解天钧继续道："我们很幸运，找到了唐明轩家的邻居，其中有两个还是他们兄弟俩的发小。他们跟我说了一些关于唐明轩和别人不一样的地方，回来之后我找心理咨询师了解了一下，唐明轩可能患有人格分裂。"

听解天钧这么一说，栗子瑶也想起了唐明轩的那张全家福上，唐明轩的眼神的确和别人不太一样。

"唐明轩是双胞胎，有一个弟弟叫唐明硕。二十年前的那场大火后，兄弟俩失散了……这些信息我想刘队都已经调查过了，我也就不多说了。"

"那就说点儿我们都不知道的，"刘队放下资料，"柯媛在哪儿？"他不想再听解天钧说这些有的没的，只想快点救出柯媛。

正如刘队所料，唐明轩开机了。只是，不是因为救柯媛，而是为了质问。唐明轩把手机里唱片店的照片拿到柯媛面前，语气和缓地问道："你是不是知道解天钧没死，一直躲在这里？"

柯媛看了一眼手机里的照片，认出了是姚伟带自己所去的那个唱片店。柯媛看着唐明轩，看出他眼神里的犹豫和不舍，哽咽地问道："他们真的都是你杀的吗？"

唐明轩静默了。他不知道该怎么回答柯媛的问题，告诉她不是，可是他们的死的确出于自己的计划；告诉她是，可是自己又从未动过手，都是那个女人的唆使。

"你怎么可以……"见唐明轩沉默不语，以为他就这样默认了，柯媛心痛得难以呼吸，眼泪扑簌簌地掉下来。

"去自首吧，"柯媛劝道，"不要再错下去了。我知道不完全是你的错，是你身体里的那个人在驱使着你。"

唐明轩没想到柯媛会说这些，有些惊诧。

"那天晚上我看到了你自言自语，"见唐明轩听进去了自己的话，柯媛继续劝说，"虽然我不知道他是谁，是男还是女，是老人还是孩子，但是我只想你就是你。不要被他束缚，不要受他驱使……"

"你凭什么？"一个女人的声音打断了柯媛的话，"你没有那个资格。"

柯媛怔了怔，看着唐明轩的脸，声音竟是一个女人，起先感到害怕随即想到那晚，便镇定了心神，不卑不亢地说道："我是没资格，难道你就有吗？"

"我当然有。因为我就是唐明轩，唐明轩就是我。"唐明轩对视着柯媛，女人的声音充满了愤怒。

"你没有。你一点都不了解明轩，如果你了解他，你不会带给他灾厄。"柯媛的语气也渐渐平静下来。

"你胡说！"唐明轩忽然站起来，用女人尖锐的声音怒喊着，"我怎么会给他带来灾厄，我给他带来的都是幸运。因为我，他才会变成现在这个样子。"

"他变成什么样子？！"柯媛也怒喊起来，"他变成了杀人犯！"

"杀人犯"三个字彻底刺激了唐明轩，"那些人该死，还有你，你也该死！"女人声嘶力竭。说着，冲上前掐住了柯媛的脖子。

柯媛顿时喘不上气来，不一会儿，唐明轩又松开了手，去解柯媛绑在手腕上的绳子："别怕，我带你出去。"

"明轩？"柯媛叫道。

唐明轩解开绳子，面对着柯媛："对不起，让你受苦了。"忙又蹲下身要解柯媛脚上的绳子。

还未动手，唐明轩的手又重新掐住柯媛的脖子："你今天必须死。"双手越掐越紧，柯媛的脸变得通红，双手使劲抠着唐明轩的手，"如果不是你，唐明轩不可能一次又一次背叛我，更不会一次又一次心软。"

柯媛使劲抓挠着唐明轩的手臂，唐明轩的皮肤上出现一道道血印，也不见他松开手。眼看着柯媛就要被掐死，唐明轩的手又松开了。得救的柯媛干咳着，眼眶潮湿，模糊了视线，只听耳边一直传来唐明轩的叫喊声："快走，柯媛，快走。"

柯媛边咳着办弯腰解脚上的绳子，只听唐明轩的声音和女人的声音开始交替传来。

"唐明轩，你敢阻止我！"

"我不能让你伤害她，我不想再杀人。"

"你想发善心？！你的善心值几个钱！"

"我不管，我只要她安全。"

"你是被世人抛弃的怪物，是我给了你自信，是我让你得到了现在的一切，是我让你在人前显贵。你现在要背叛我！"

"但你也毁了我！"

柯媛终于看清了眼前的形势，只见唐明轩背对着自己，像是在跟什么人说话。与那晚在书房外看到的情景一模一样，只是她看不到那个人的存在。看着唐明轩在眼前自言自语，时不时还会手舞足蹈，好像在阻止那个人，柯媛心里苦涩难忍。

这个男人，到底遭受着什么样的痛苦？柯媛扪心自问着。

"你以为你放过她，她就会放过你？"

"我不管，我只要她活着。"

"你真以为自己有那个能力？你也太过自信了吧。"

"这不正是你给的吗？"

"唐明轩，你别逼我。"

"你也别逼我。"

话音一落，红衣女人就向唐明轩扑了上去。

看着向自己扑过来的唐明轩，柯媛吓得不知所措。唐明轩一把抱住柯媛，用力把她推出了门外，关上了房门。

柯媛回过神来，用力地敲着房门："明轩，明轩。"

门内传出唐明轩的声音，随即传来的还有桌腿摩擦地面发出的刺耳声："走！"

解天钧、刘队、栗子瑶、陈绍洋四个人围坐在茶几前，一张城市地图平铺在茶几上。

"那三具女尸被发现的地方正好是在这片烂尾楼附近……"

刘队在地图上用手指画了一个圈。

"就像您说的，如果杀黄锡伦和姚伟的是唐明硕，他身上还背着这么多案子，肯定不会住在繁华地段。"解天钧说。

刘队点头表示同意。

"那柯媛应该就在这里。"栗子瑶推断道。

"但是……"刘队话还没说出口，手机就响了起来。看到是警员打来的电话，连忙接通了电话："喂。知道了。"

"怎么样？"栗子瑶见刘队挂断电话，急忙问道。

"找到了。"

"找到了？！"解天钧、栗子瑶、陈绍洋三人异口同声地说道。

刘队站起身："唐明轩果然开了机。我们的人已经赶过去了，我也得赶紧过去。"

"我也去。"栗子瑶主动请缨。

刘队点了点头："走吧。"

解天钧也想跟去，被刘队拦了下来："你就不用去了。"

"怕我杀了唐明轩？"

"你要真想杀不会等到现在。"刘队放下一句话，离开了。

栗子瑶看了一眼陈绍洋，一句话没说也跟了出去。

"他什么意思？"解天钧问陈绍洋。

然而，陈绍洋这时根本没有心思回答他的问题。想到刚才栗子瑶看自己的那个眼神，陈绍洋的心里五味杂陈。

路上，刘队把车开得很快，栗子瑶手扶着车窗上部的把手，紧紧地攥着。

"对不起。"栗子瑶气馁地说道。

"为什么说对不起？"刘队边开车边问。

"我的身份暴露了。"栗子瑶满腹愧疚，"我太大意了，没想到解天钧会调查……"

"是我的问题。"

栗子瑶看向刘队，问道："刘队，您让我在解天钧身边是为了柯媛吗？"

刘队专注地开车，没有回答。

"解天钧说是您让他保护柯媛，还说这是他欠柯媛的。他跟柯媛之间有什么恩怨？"

"子瑶，这件事我以后再跟你说。现在，我们先把柯媛救出来。"刘队转头看了一眼栗子瑶，微微一笑就结束了话题。

见状，栗子瑶也不好意思再问，只能作罢。可是，想到陈绍洋，她的心突然疼了起来。想到自己和陈绍洋的身份，两个人想在一起那是不可能的了。一个是警察，一个是嫌疑人，结果只有一个。

一想到这里，栗子瑶的鼻子开始发酸，眼眶潮热，噙着眼泪，强忍着不让它流下来。

到达目的地点时，数辆警车已经包围了整栋大楼，救护车也赶到了现场。刘队和栗子瑶从车上走下来，迅速向最前面跑去。

警员看到刘队，忙上前汇报情况："刘队，我们赶到的时候人质已经出来了。"

"人呢？"栗子瑶急问。

"那边，在救护车里。医生说了只是受了些惊吓，没受什么伤，但还在检查。"

栗子瑶顺着警员的手指望去，一辆救护车正停在警车后面。

"我去看看。"栗子瑶向刘队请示道。

刘队应允地点了一下头。

待栗子瑶离开后，刘队继续询问情况："里面现在什么情况？"

"柯媛说是唐明轩把她放出来的，但是唐明轩一直都没有出来。"

"唐明硕呢？"

警员也摇摇头："柯媛说一直就没见到唐明硕。我们的人已经进去了，由于考虑到唐明轩情绪的问题，不敢轻举妄动，只能先守着。"

"走，进去看看。"

栗子瑶跑到救护车前，看到柯媛躺在担架上，叫道："柯媛。"

柯媛缓缓睁开眼睛，看到是栗子瑶，一句话没说抱着栗子瑶哭了起来。憋了太久，终于可以释放，栗子瑶和在场的医生都没有劝说，任由她哭着。

刘队安排到场的警员注意楼内的其他出口，防止唐明轩逃跑。而自己站在紧闭的房门前，从腰间抽出手枪，向另外两名警员打了个手势，正对着房门就是一脚。

"别动。"刘队踢开门，首先冲进了房间，其他警员紧随其后。

一阵喧哗之后，房间里安静了下来。

刘队收起手枪，蹲了下来。

唐明轩身上插着一把军刀，军刀刀刃直插入心脏。

唐明轩死了，唐明硕逃了。

站在唐明轩的墓前，柯媛的眼泪还是止不住地流。可怜之人必有可恨之处，这是刘队告知她唐明轩死亡的消息时说的话。只是，在柯媛心里唐明轩并不可恨，在最关键的时候是唐明轩救了她，她看得出唐明轩是想回头的。

　　只可惜，太晚了。

　　栗子瑶站在远处，看着柯媛的背影，说道："你说，她恨过唐明轩吗？"

　　陈绍洋也注视着前方："不知道。"

　　"你恨我吗？"栗子瑶看向陈绍洋，转移话题。

　　陈绍洋不知道该怎么回答这个问题，恨从何说起？

　　"不知道。"陈绍洋沉默许久，回道。

　　栗子瑶笑了。

　　从警校刚毕业就因一口流利的英语口语被选中成为卧底，潜伏在了解天钧的身边。梦想着穿上警服的那一天，终于到了。栗子瑶站在镜子前，仔细端详着镜子里这身正装，衬得自己也神采奕奕。

　　刚走进办公室，还没正式向领导报到，就被刘队拉到了空无一人的会议室。

　　"刘队，怎么了？"栗子瑶疑惑地问。

　　刘队手里拿着一份报告，问道："安葬唐明轩那天之后，有没有再跟柯媛联系过？"

　　栗子瑶摇摇头，看他焦急的样子，追问道："到底怎么了？柯媛怎么了？"

"你看，"栗子瑶接过刘队手里的报告，直接翻到了最后一页，结果大吃一惊，"死的人是唐明硕？！那唐明轩呢？"

"不知道，"刘队叹气，"柯媛被救那天，那间屋子里到底发生了什么恐怕只有柯媛知道。"

"那怎么现在才鉴定出来？"栗子瑶拿着鉴定报告问。

"当时我们都以为死的人是唐明轩。可是第二天我就接到一个匿名电话，电话里的人不说话，只听到一段录音。录音里有唐明轩、唐明硕和一个女人的声音……"

"你觉得那个女人是柯媛？"栗子瑶问，"可她不是说是唐明轩让她出来的吗？而且，咱们的人赶到的时候，也的确看到柯媛就在楼下……"

"我们看到的的确是这样，"刘队坐了下来，"那我们没看到的呢？柯媛说她一直没见到唐明硕，那唐明硕之前去了哪里？后来又怎么回来的？和唐明轩之间又发生了什么？唐明轩……不对，唐明硕为什么又死在了自己的军刀下。鉴定科鉴定过，插在唐明硕身上的那把军刀正是杀死姚伟的那把。"

栗子瑶也越来越觉得有太多说不清的地方，放下报告，说道："我去找柯媛。"

"我跟你一起去。"

说着，两人先后走出了会议室。

在所有人都认为唐明轩死后，柯媛从公司辞了职，也搬出了原来的那栋别墅。来到柯媛的新家，栗子瑶敲了敲房门，没有人应门。

栗子瑶变得谨慎起来，看了一眼身后的刘队，"我有她家的备份钥匙。"从包里拿出钥匙，小心翼翼地打开了房门。

栗子瑶先走进屋子，客厅里窗明几净，空无一人。两室一厅的房间，屋内的摆设一目了然。栗子瑶向卧室走去，刚走进去就喊道："刘队，你来看。"

刘队快步走进卧室，只见床头柜上放着一张字条：

子瑶，对不起，我对所有人都说了谎。我不能没有明轩，更不能眼睁睁看着他堕落下去。我爱他胜过恨他。我知道这样做犯法，可是我说服不了自己。不过，我会负责任的。等我安顿好明轩，我就会去自首……